ANATOMY OF A METAHUMAN

蝙蝠侠手记
超人类绝密档案

[美] S. D. 佩里　[美] 马修·曼宁
著

[美] 明·多伊尔
绘

李镭
译

新星出版社　NEW STAR PRESS

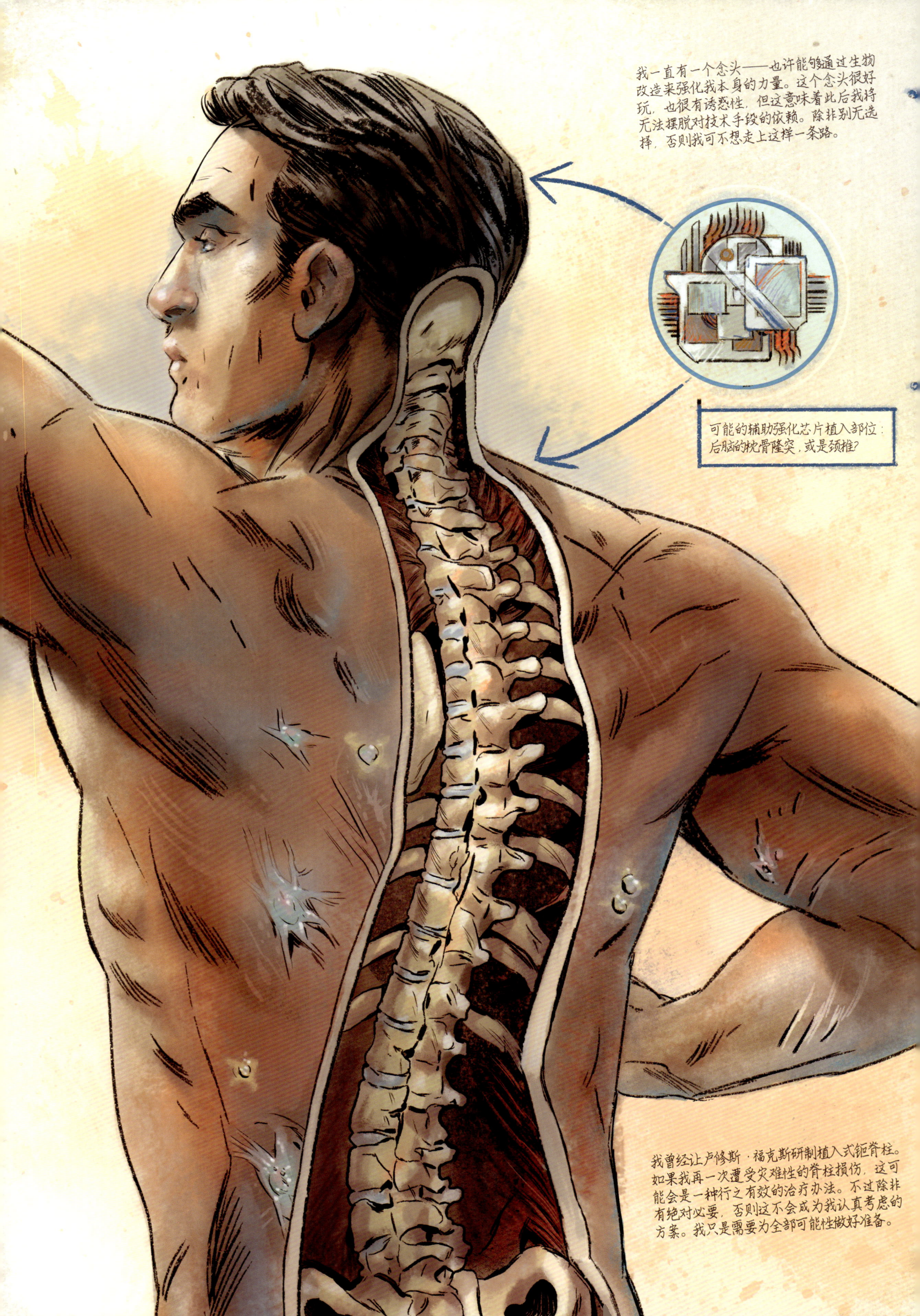

目录

前言	07
超人	08
豹女	30
海王	44
钢骨	58
火星猎人	72
沼泽怪物	86
达克赛德	96
贝恩	108
毁灭日	120
杀手鳄	130
比扎罗	140
冰霜杀手	148
结论	158

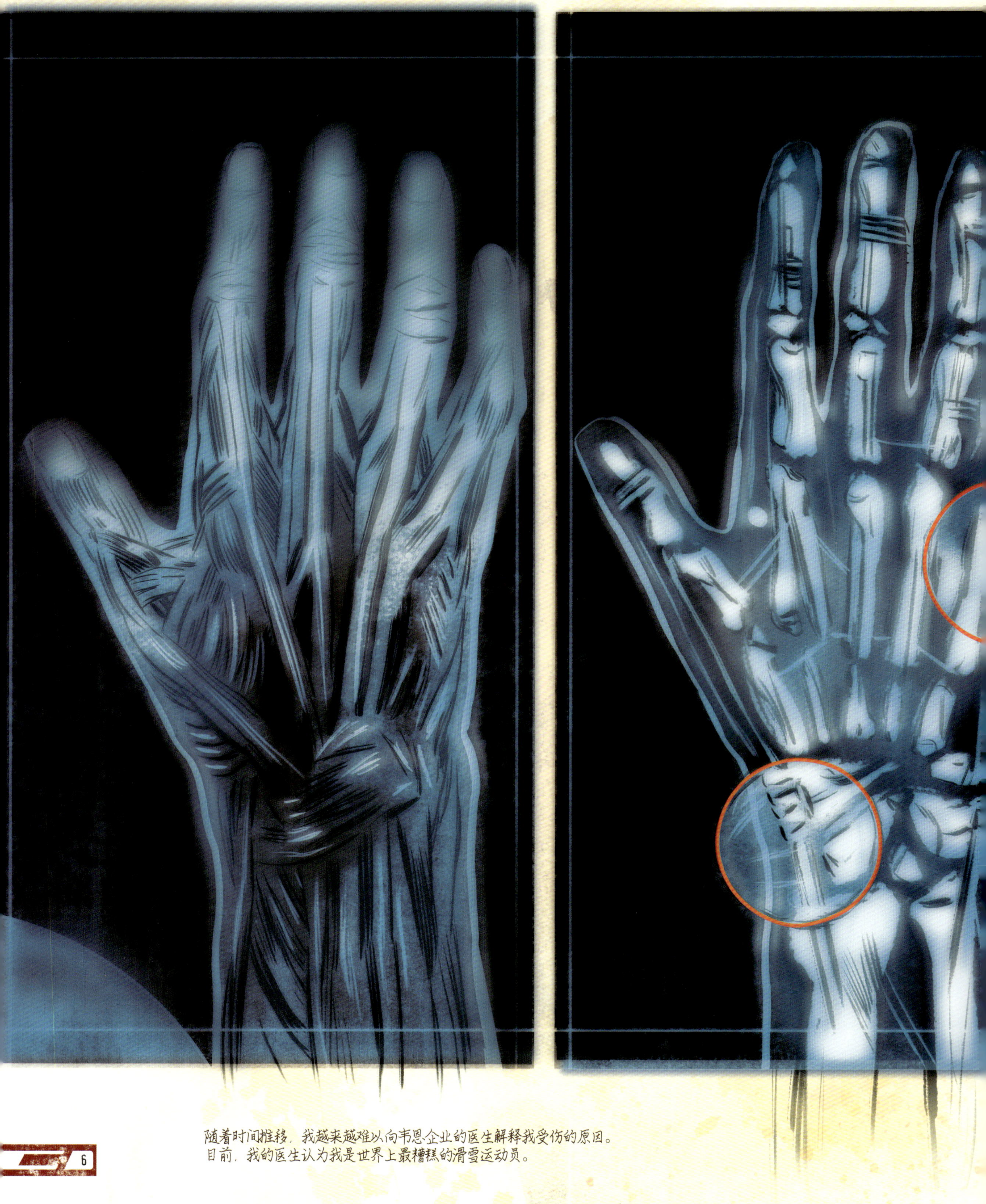

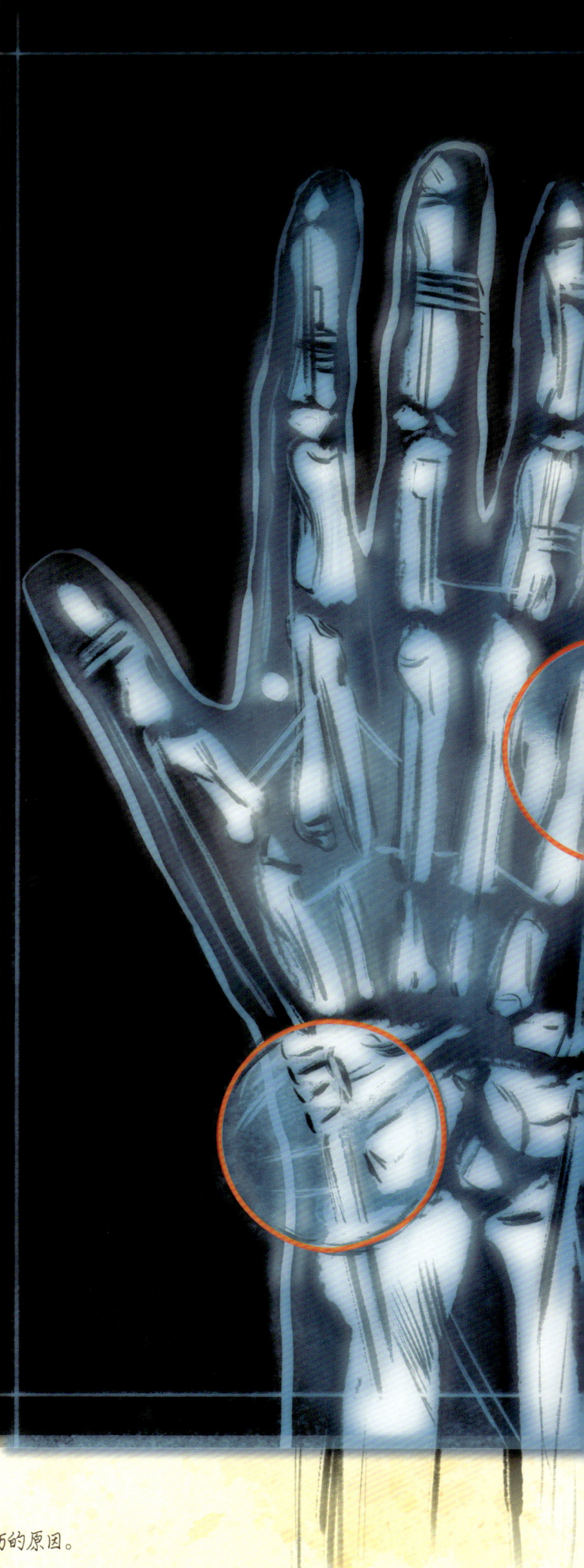

随着时间推移,我越来越难以向韦恩企业的医生解释我受伤的原因。
目前,我的医生认为我是世界上最糟糕的滑雪运动员。

前言

只有在两种情况下，你会接触到这份档案。最好的情况是，我面对的敌人过于强大，我一人对付不来，这本书出现在你的手中，是为了帮助你更好地理解他们会构成怎样的威胁。最糟的情况是，我们曾经的盟友走上了邪路，如果我将这份情报交给你，就意味着我们的世界可能陷入了危机。

档案中呈现了我的应急计划：包括过去数年中我在超人类样本身上收集的所有解剖学和生理学资料，以及我对这些外星人、半机械人和变异人种的生化机理和功能的研究理论。为了获取这些情报，我曾经潜入政府机密网站，黑进许多防火墙，从全世界的犯罪现场中收集证据。但迄今为止，我探查到的只是冰山一角。

这本书将成为我们的终极预案之一。我们的世界中有诸多险恶的存在，不做最坏的打算是愚人之举。虽然我希望我们不必使用这些研究成果来对抗我们的超人类盟友，但不堪设想的事情确实发生过。朋友成为敌人，英雄沦为恶棍，这些事都有可能再次发生。希望你能够明白，人类的命运也许最终取决于我们对于这些"超级物神"有怎样的了解，以及我们如何利用这些知识。这就是我耗费数年编写这本书的原因。这些成果得来不易，而我的探索也远远没有完结。不管怎样，记录在此书中的信息具有无与伦比的价值。

也许这本书被束之高阁，无人问津才是我乐于见到的结果。但过往的经验告诉我，这份期盼多半将会落空。我有预感，这也许将是我们最后的防线。

布鲁斯·韦恩

警告： 不要复印这份档案，或者试图将其转化为数码格式储存。

我们必须使用实物储存方式，以提防钢骨这样的强大超人类。毕竟他能够在毫微秒（十亿分之一秒）内黑进强力防火墙，眨眼间下载无以计数的字节信息。

谨记：即使是盟友，也有可能背叛。

超人

我们称他为超人,寥寥两字,简洁优雅,却道出了他的本来面目:人类的躯壳中蕴藏着神明般的力量。他决意用自己的天赋维护真理和正义,很难想象还能有谁比他更适合这个绰号。

但剥去他迷人的微笑和质朴的西部人姿态,让你的目光穿透他胸前灿烂的徽章,你将发现,超人不可能成为我们的杰出代表,实际上,他根本就不是"我们"中的一员。

超人出生在一颗已然不复存在的遥远行星上,他是氪星最后的幸存者之一,本名卡尔·艾尔(KAL-EL)。氪星行将毁灭时,为了给他赢得一线生机,尚在襁褓中的超人被父母用太空船送入了我们的世界。尽管他是一位天外来客,但他的养父母还是竭尽心力将他抚养长大,给他起名为克拉克·肯特,让他从小就接触到人类最美好善良的一面。但肯特一家也承认,人性并非全善,人与人并不相同。

他的视觉能力非常惊人,无法以人类生理构造予以解释。希望我的推测能够抛砖引玉,启发后来者更进一步地用我们能够理解的方式来解释超人独特的生理特征。

数据收集:

和这套档案中的许多样本不同,超人似乎可以理解对于超人类数据进行研究的必要性,并自愿提供了许多极具价值的信息。然而,就算是蝙蝠洞的科技手段也没办法完全解析他的外星生化机理。传统探针无法刺破他的皮肤,常用的放射成像设备也往往无法穿透他密集的肌肉组织。幸运的是,此前他受伤时,我曾在事发地收集了些许他的血液和组织样本。尽管如此,测试过这些样品后,我得到的问题远比答案更多。

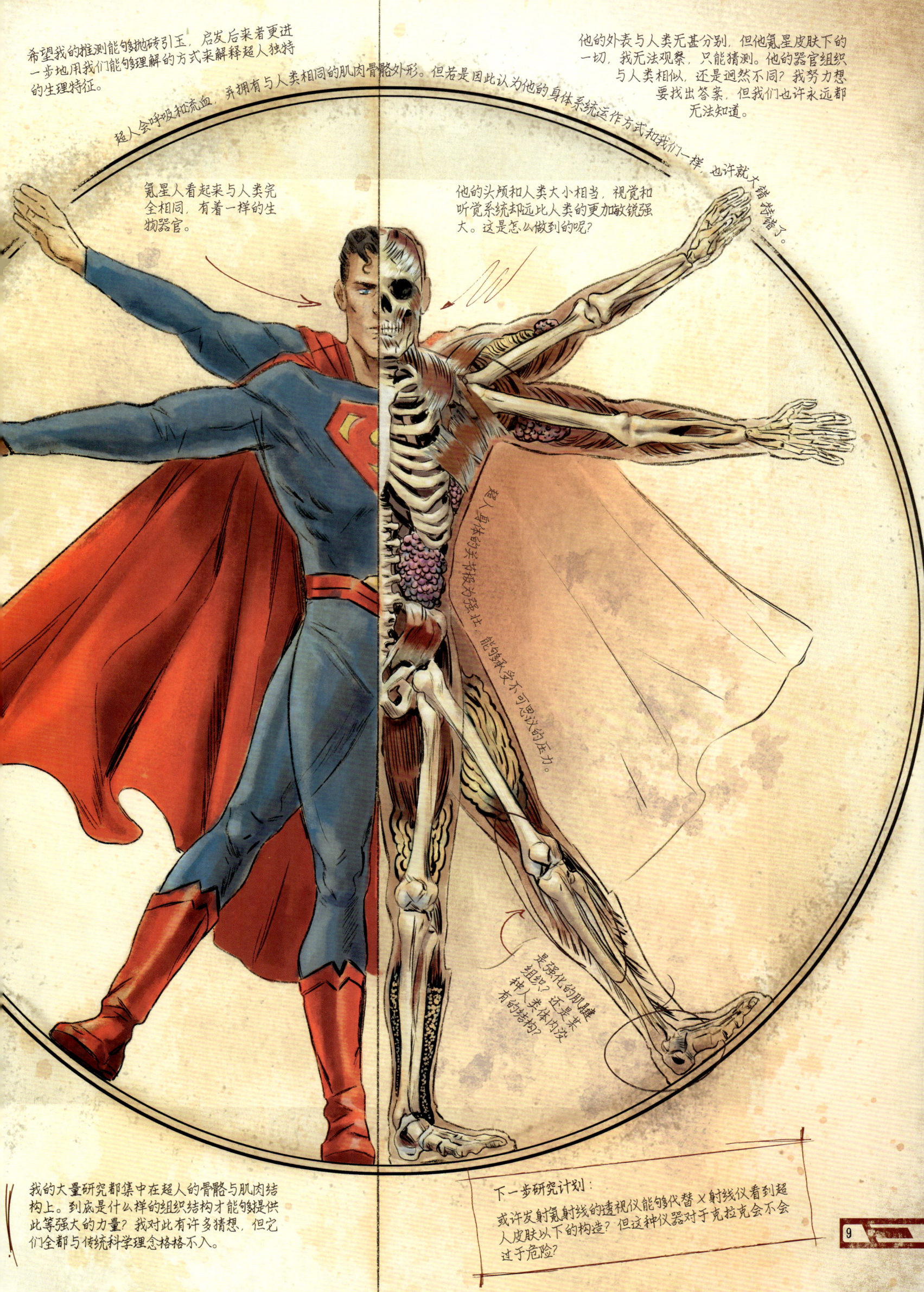

细胞结构/太阳能量

理解超人的基因构成也许是理解他能力来源的关键,甚至他的细胞结构本身便透露了些许端倪——超人本人曾欣然承认,他能够从我们黄色太阳的射线中汲取能量。

他的上皮细胞显然非常特殊,仿佛是动植物细胞的混合体。尽管外观像是动物细胞,却具有植物细胞的一些特征*,能够在暴露于阳光下时进行光合作用,并储存能量。可以推测,吸收阳光能量在氪星是一件很寻常的事情,如同我们会借助阳光合成维生素D一般。在氪星的红色太阳下,氪星人的力量和耐力水平与普通地球人相近,并没有展现出我们所知的"超能力"。似乎暴露在我们的太阳下让氪星人的体能系统得以超水平发挥,令他们获得了几乎没有限制的能量供给。

超人经历了许多普通人绝无可能生还的事件——卡车撞击、爆炸、猛烈的自然灾害——却都安然无恙。他的身体怎么能够承受如此巨大的破坏力?那些能够高效储备光能的细胞一定也具有隔绝外力的特殊机能。

哺乳动物半流质的细胞质能够吸收外来的冲击力,保护细胞内的细胞器。而超人上皮组织中的细胞质——尤其是他皮肤中(上皮细胞还广泛存在于人体各处腔道表层)的上皮细胞质似乎更像非牛顿流体。他的皮肤平时与人类别无二致,而一旦遭受重击,每颗细胞都会自我保护,让皮肤变得硬如钢铁。实际上,超人皮肤的抗张强度似乎远远大过地球上的任何金属,就算是钜金属也无法与之相比;再加上他表皮和真皮层的厚度,让他几乎不会受到常规的物理伤害——这大概就是来自一颗远比地球体积更大,密度更高的行星的好处。

植物吸收阳光,利用它们储存的能量将水分解成氢和氧。氧气被释放进入大气,而氢则与二氧化碳结合,被用于制造葡萄糖。

[注]动物细胞和植物细胞的一个主要差别是植物细胞有细胞壁和细胞膜,而动物细胞只有细胞膜,但是这句话不是说细胞壁有光合作用,进行光合作用的是叶绿体,而是说超人的细胞虽然只有细胞膜而没有细胞壁,但是内部结构却和植物细胞类似,因此能够进行光合作用。

受伤时，人类的治愈过程全然符合生物学原理，而超人在自身机理

阳光是否对他有直接的治疗效果？还是只是一种能量来源，为他特殊的细胞所利用？

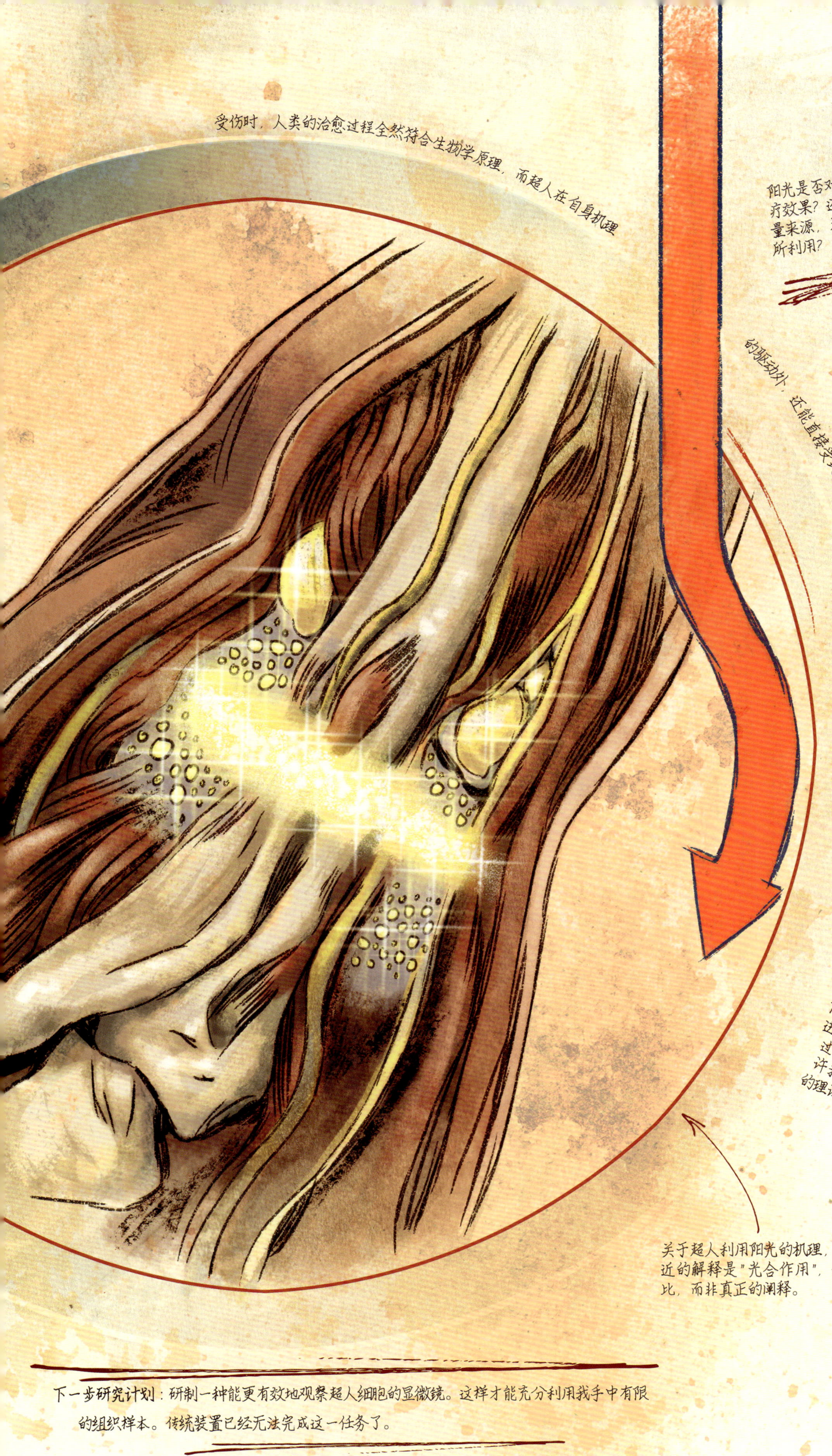

的驱动外，还能直接受到阳光影响。

注意：
将光合作用与太阳对超人的影响进行比较是不是过于简单了？也许我需要拓展我的理论。

关于超人利用阳光的机理，我能做出的最接近的解释是"光合作用"，但这更像一种类比，而非真正的阐释。

下一步研究计划：研制一种能更有效地观察超人细胞的显微镜。这样才能充分利用我手中有限的组织样本。传统装置已经无法完成这一任务了。

视觉能力

超人展示过多种超人类视觉能力，那些能力都超出了人类的认知。克拉克很坦率地提供了大量关于自己视力的信息，但他复杂的感光系统与人类差异巨大。他所"看见"的东西就连他自己也很难加以解释。

远眺与显微

无论是地球上空千百里外还是比原子更小的空间内发生的事情，超人都能一览无遗。这意味着，他的眼中应该有多重厚度各不相同的晶状体，并且这些晶状体和视网膜之间的距离能够随时调节，他才可以同时拥有超远距离和显微视觉的能力。这种调节完全是他的双眼的自主功能。但不管怎样，考虑到这种不可思议的视觉幅度变化和始终如一的精准性，他的眼睛应该要比现在的样子巨大很多才对。我无法解释这种异常现象（克拉克也同样对此一无所知），需要进一步研究。

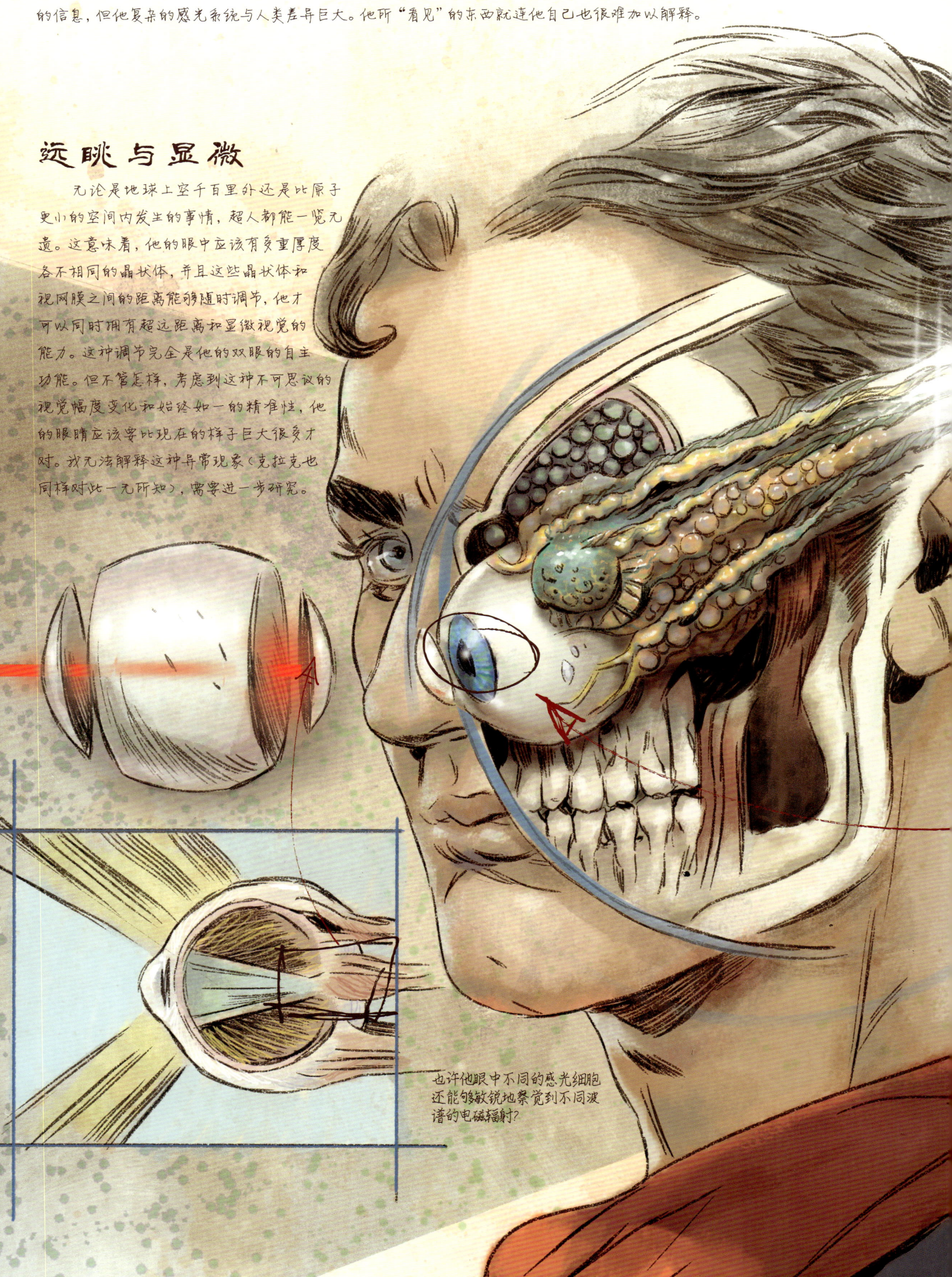

也许他眼中不同的感光细胞还能够敏锐地察觉到不同波谱的电磁辐射？

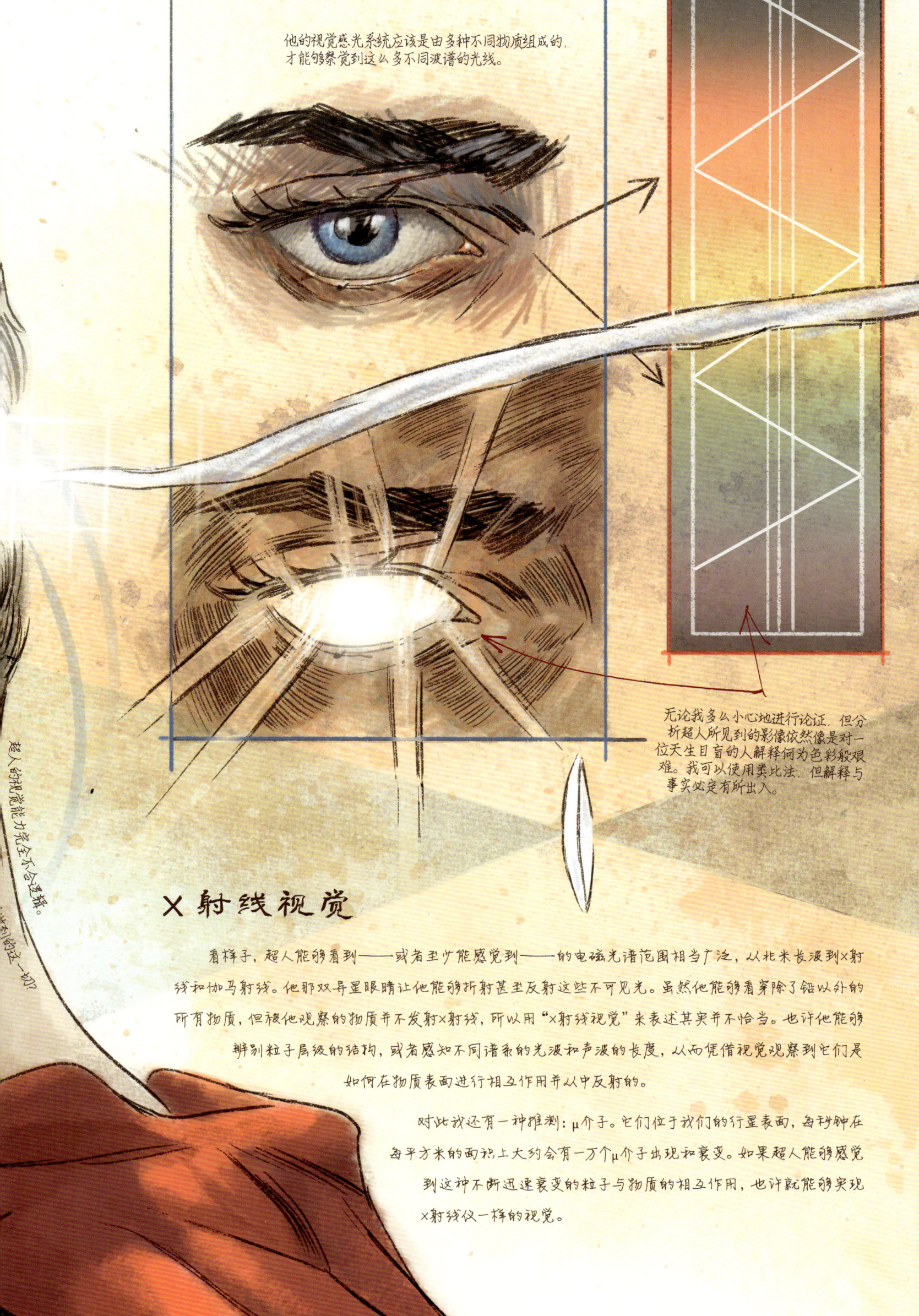

热能视线

超人能从眼中射出能量，形成辐射光束。克拉克说这种能量是以太阳能为基础的，我没有理由怀疑他。因为缺乏数据，我也无法评估这种光束的温度。不过根据各种目击证据，我们可以假定他的光束热能至少可以和闪电相比，达到30000°C的极致高温。

我曾经仔细研究过蝙蝠，发现许多夜行哺乳动物的视网膜后面都有反光层，让它们能够放大自然光线，强化自身视力。我认为超人可能拥有类似的反射器官，那应该是由一种半固态光学晶体材料形成，如同应用于激光放大器中的磷酸盐物质；玻璃体可能是激光介质。光线穿过瞳孔，到达这一反射器官，通过多重晶状体反射回虹膜。储存的太阳能肯定会在这一过程中发挥关键作用。随着光线在反射和遮射过程中逐渐被增强，能量得以增强，万亿光子随之产生，以同一频率，朝同一方向发生谐振。一道明亮而灼热的光束随即产生。

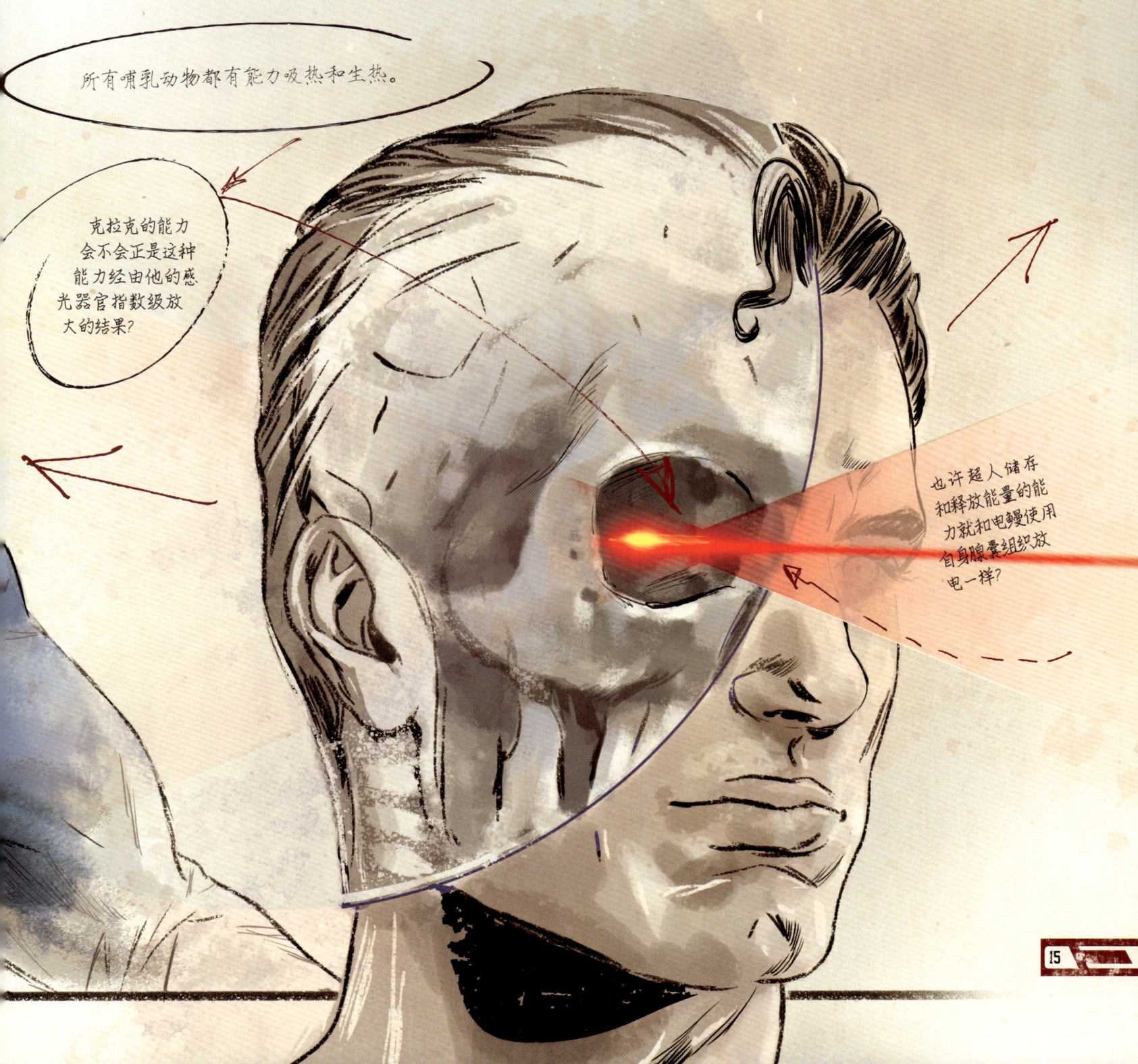

所有哺乳动物都有能力吸热和生热。

克拉克的能力会不会正是这种能力经由他的感光器官指数级放大的结果？

也许超人储存和释放能量的能力就和电鳗使用自身腺囊组织放电一样？

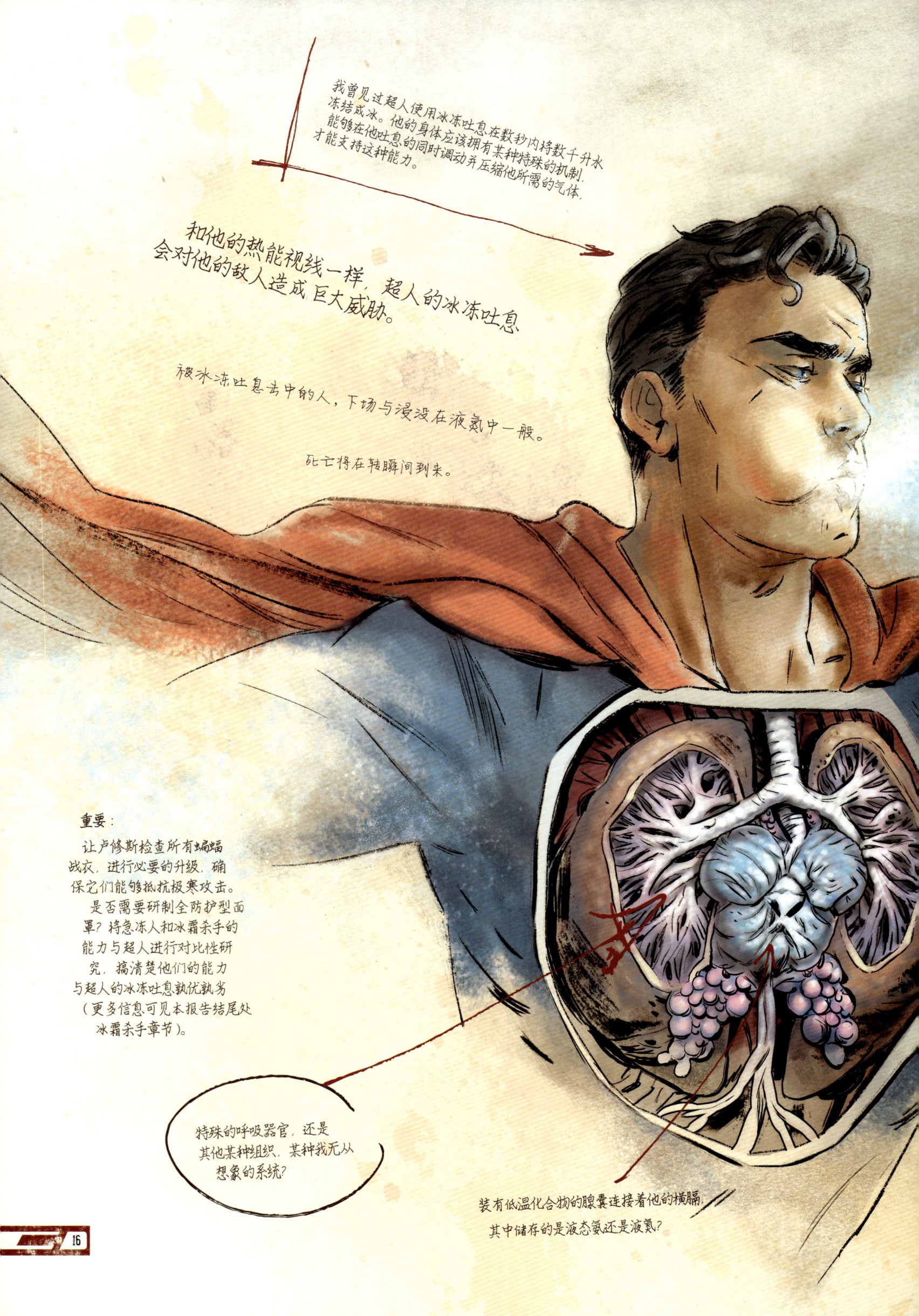

必须进一步研究这种能力的限制：超人能够冻结的水体极限有多大？一条河？湖泊？整片海洋？

冰冻吐息

超人能够呼出温度极低的空气。数次见识他不可思议的吐息后，我深入研究了能够造成此神效果的科学机理。热力学中的焦耳-汤姆逊效应描述了压缩和绝缘的气体或液体在高压下通过阀门时的温度变化。在室温下，除氢、氦和氖以外的所有气体在这一过程中膨胀后都会迅速冷却。

考虑到地球大气层主要成分是氮气和氧气，超人的呼吸系统应该是一个绝缘系统，他的嘴唇是一个阀门。当他吸气时，胸部一些尚未确定的机制会挤压和浓缩这些气体，使它们过热。当他呼气时，加热和压缩的空气迅速膨胀。膨胀越快，空气就会越快冷却。根据我自己的观察和旁观者拍摄的视频，我估计他至少可以向空气施加每平方米两百吨的压强。

为了实现这种身体机能，超人的横膈膜必须是可折叠的，内脏也必须强壮到能够承受挤压和位移，他的胸膜需要足够柔韧，肺组织则要有足够的弹性。除此之外，他的肋间外肌必须非常发达，才能有足够的力量排出压缩空气。再次申明，我并不确定这些都是事实，这只是我根据收集到的数据和观察做出的最有可能的猜测。

当然，如果超人在邪恶力量影响下堕落，他的冰冻吐息很可能会被误用，导致灾难。但不可否认，这是一件能够造福人类的强大工具。我曾目睹他吐出寒气，冻结整片潮汐，拯救了成千上万的生命。

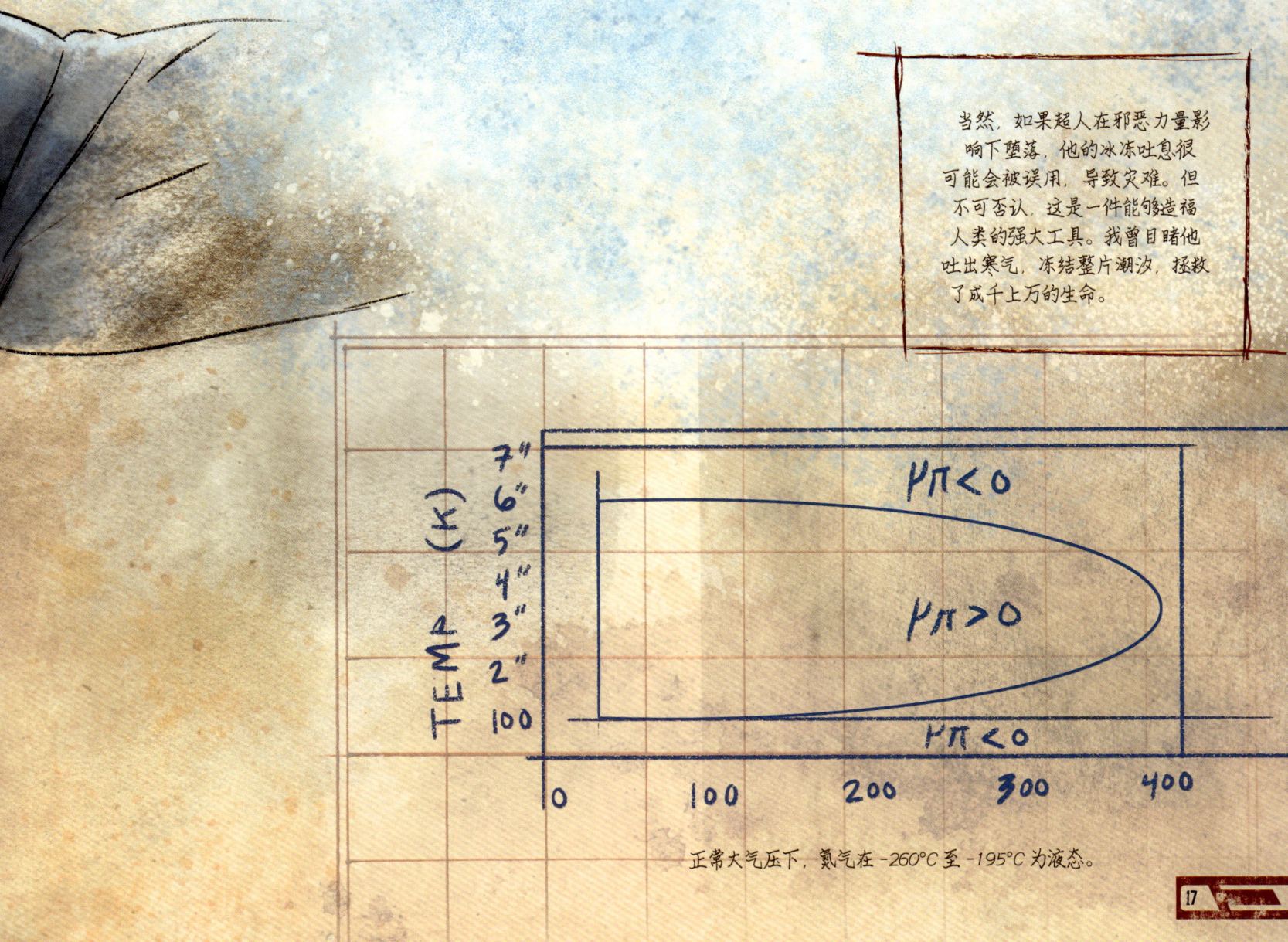

正常大气压下，氮气在 -260°C 至 -195°C 为液态。

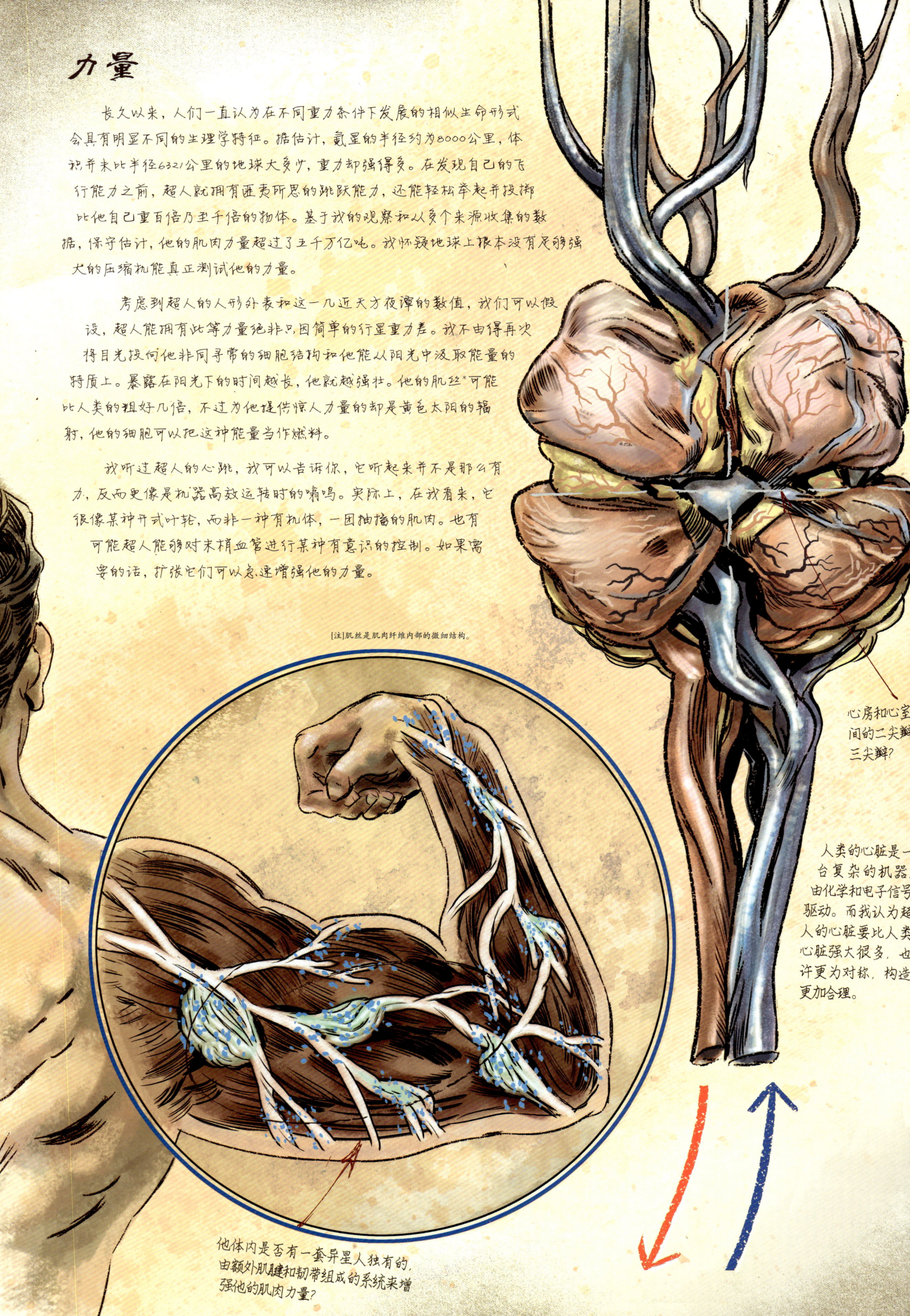

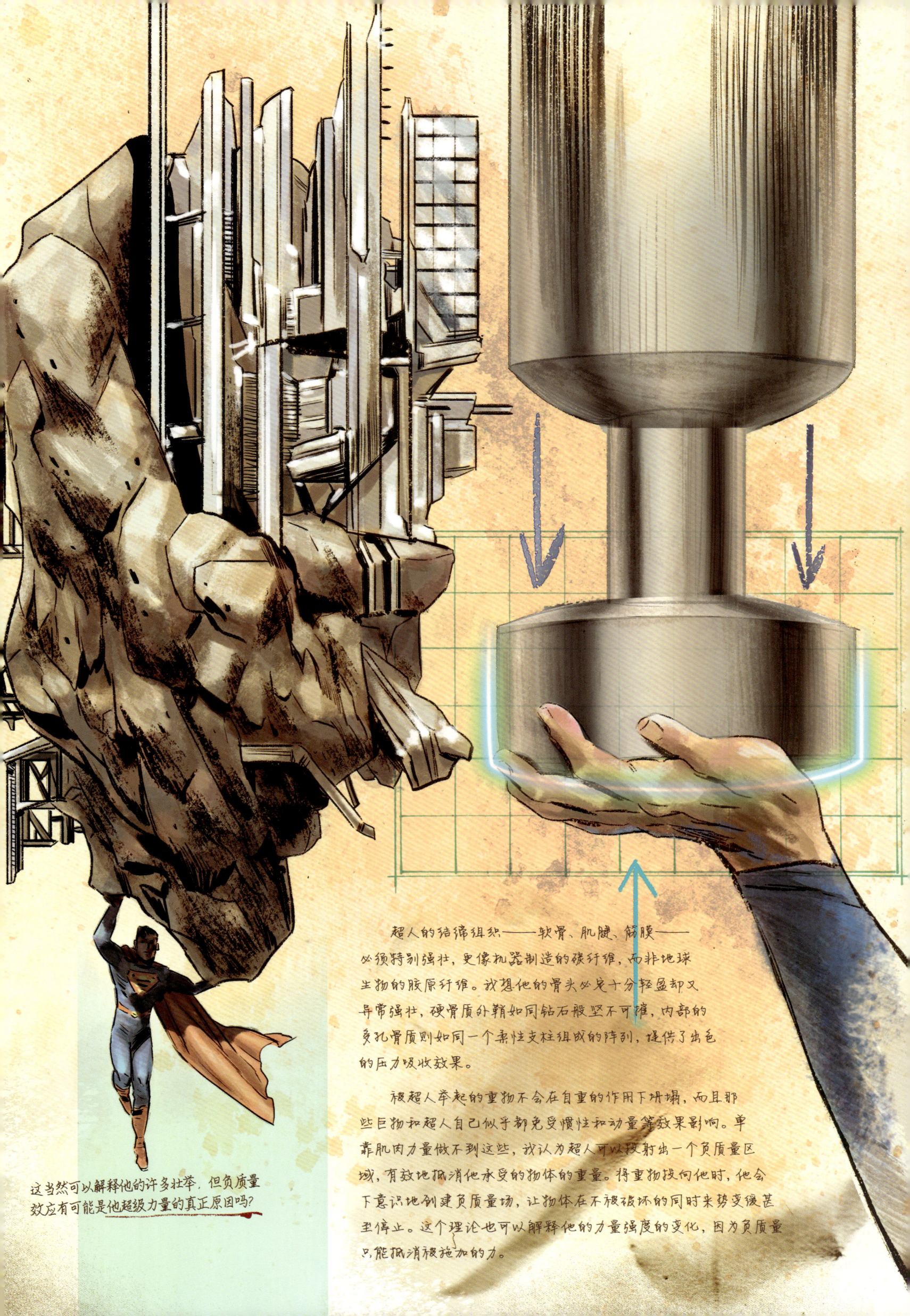

这当然可以解释他的许多壮举，但负质量效应有可能是他超级力量的真正原因吗？

超人的结缔组织——软骨、肌腱、筋膜——必须特别强壮，更像机器制造的碳纤维，而非地球生物的胶原纤维。我想他的骨头必定十分轻盈却又异常强壮，硬骨质外鞘如同钻石般坚不可摧，内部的多孔骨质则如同一个柔性支柱组成的阵列，提供了出色的压力吸收效果。

被超人举起的重物不会在自重的作用下坍塌，而且那些巨物和超人自己似乎都免受惯性和动量等效果影响。单靠肌肉力量做不到这些，我认为超人可以投射出一个负质量区域，有效地抵消他承受的物体的重量。将重物投向他时，他会下意识地创建负质量场，让物体在不被破坏的同时来势受缓甚至停止。这个理论也可以解释他的力量强度的变化，因为负质量只能抵消被施加的力。

飞行

　　超人的能量供应几乎无限制且无穷尽，他的体内会经由种种变化产生大量各异的电荷，对地球磁场做出反应。这种电磁感应使得超人能够让电磁波支撑并推动自己，无疑可以视作飞行。我们的银河系充满了强大的太阳磁波，他大概就是借此穿越太空的。同样，他的太阳能"电池"可以与宇宙中的自然辐射发生作用，让他轻而易举地在真空环境中穿行。假设他的细胞确实能够将光转化为燃料，长时间不呼吸他也能够存活，就像他不需要靠饮食来维持健康一样。负质量场的概念可以为他的飞行能力提供另一种解释，特别是将其与某种有机的远距离感应（亦即心灵感应）能力相结合时。也许他能够将自己的意识指向一个目标，并用意识推动自己，看起来像是在飞行。这并不是我主要的探索方向，因为这种可能性看起来并不大，但在研究中保持思想开放是很重要的。

重要：
如果太阳磁波理论是正确的，也许有一种方法可以干扰这种辐射波，从而破坏他的飞行模式。
这可能是消除他飞行能力的有效方法。

他是生成了这种磁波，还是只是简单地驾驭它们？

超人的**飞行能力**和机动性让他在面对大多数对手时拥有巨大的优势。我经常用空中战术对付敌人，但对付超人的话，我在这个领域显然没有任何优势可言。

实际上，如果超人能创造磁场或与之相互作用，他完全可以随心所欲地坐着或站着飞行。但是俯卧姿势显然有其意义所在，它的好处是速度快，能最大程度发挥感官能力，并且能在面对突发状况时争取主动位置。

人体在空气动力学上不适合飞行，但超人将自己定位为潜水员，伸展身体，通过压低头部、伸直双腿和调整双手来校准航向。

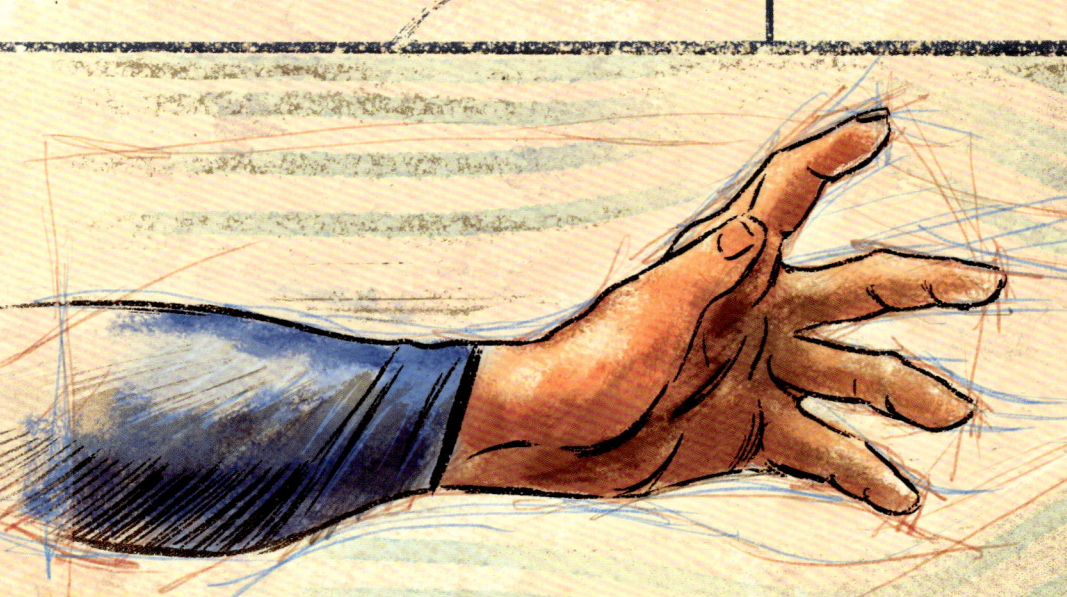

无论超人是如何做到的，他飞行时的姿态表明，于他而言飞行如同走路一般轻松自如。

下一步研究计划：
制订在地面与超人交战的战术，使其飞行能力丧失或受阻。探索多种作战方案，包括引诱他进入存在氪石或缺少阳光照射的战场，让他处于战术劣势。

超级听力

超人能听到人类听不到的声音,从次声波到超声波,这比人类能感知到的广阔且细致得多。为了不影响他的日常生活,克拉克训练自己屏蔽大多数噪音,并对自己的倾听方式进行了微调,以便在数里之外辨别出一个人的心跳,或是城市另一端的对话。

声音是由空气或其他气体、水、固体等介质的振动产生的能量形式。当有东西振动时,它就会推动传导介质的分子,把它们压缩成压力波。能量从一个介质分子转移到另一个介质分子,直到能量耗尽。我们的耳朵和听觉系统收集、放大并将声音转换成电脉冲,大脑利用电脉冲感知和定位声音。音频是以赫兹(Hz)为单位来表述的,也就是声源振动的频率。每秒振动一次的物体频率为1Hz。

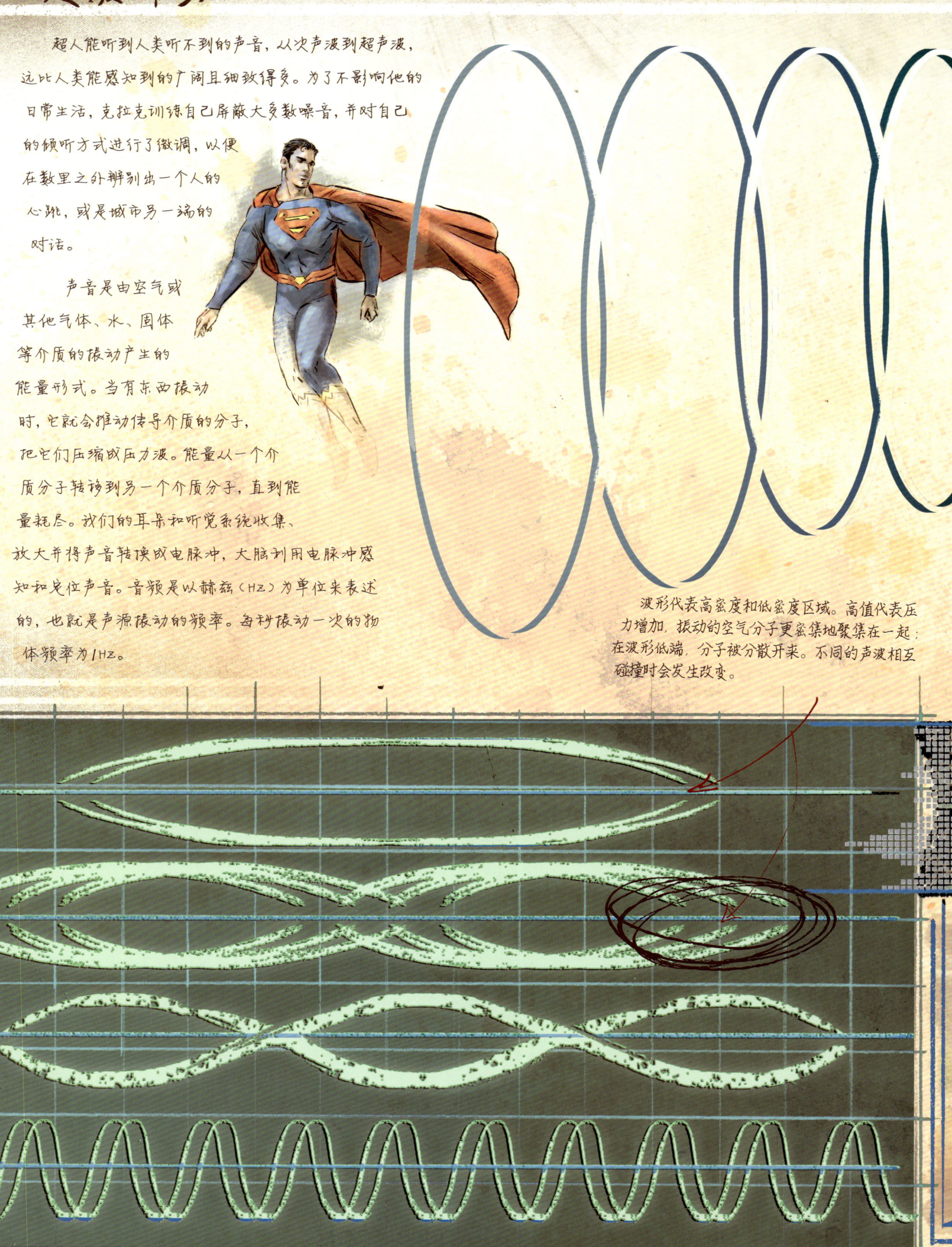

波形代表高密度和低密度区域。高值代表压力增加,振动的空气分子更紧密地聚集在一起;在波形低端,分子被分散开来。不同的声波相互碰撞时会发生改变。

声波是通过长度、振幅(以波形高度表示)和频率来表述的。

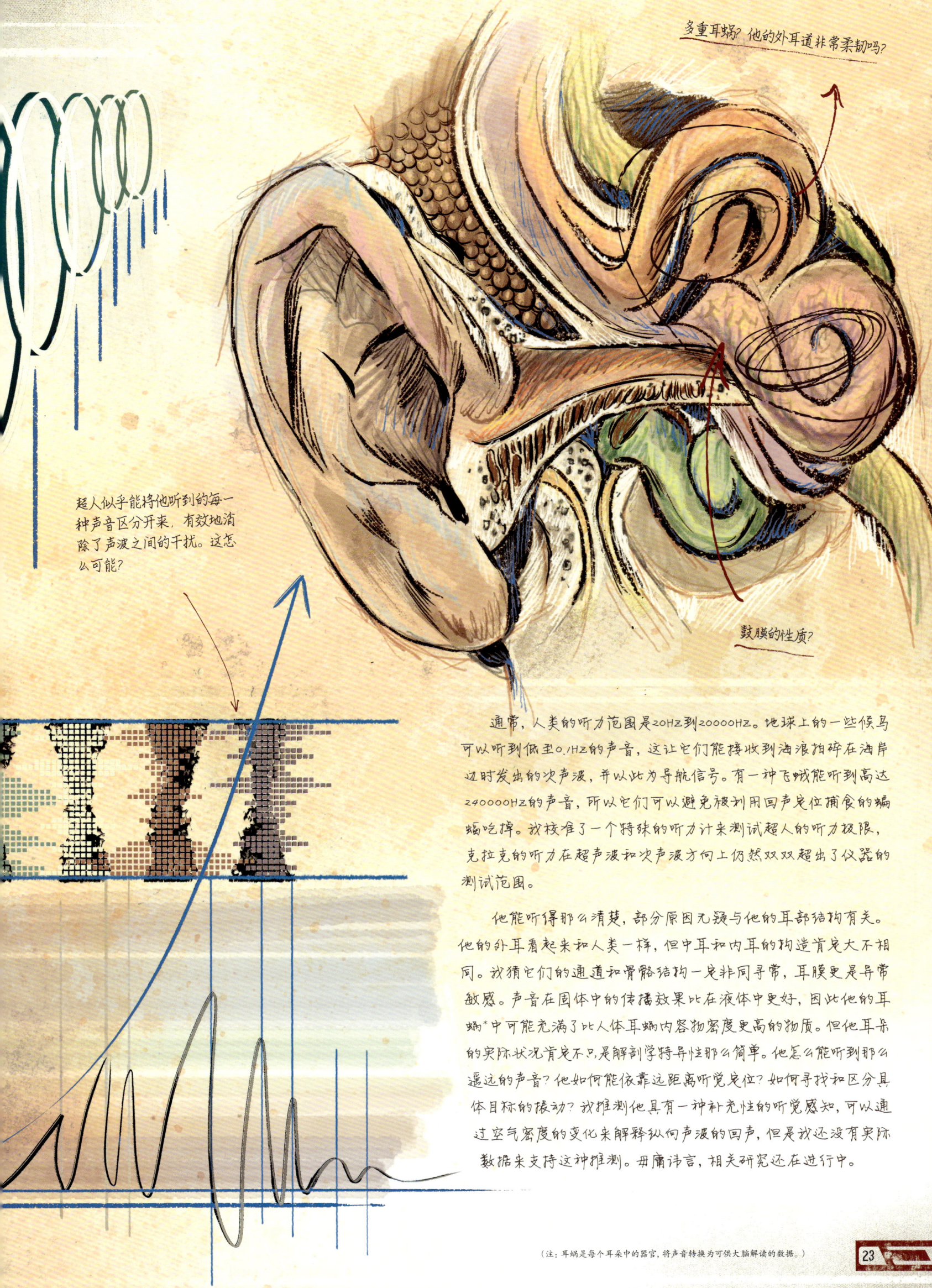

多重耳蜗? 他的外耳道非常柔韧吗?

超人似乎能将他听到的每一种声音区分开来,有效地消除了声波之间的干扰。这怎么可能?

鼓膜的性质?

通常,人类的听力范围是20Hz到20000Hz。地球上的一些候鸟可以听到低至0.1Hz的声音,这让它们能接收到海浪拍碎在海岸边时发出的次声波,并以此为导航信号。有一种飞蛾能听到高达240000Hz的声音,所以它们可以避免被利用回声定位捕食的蝙蝠吃掉。我校准了一个特殊的听力计来测试超人的听力极限,克拉克的听力在超声波和次声波方向上仍然双双超出了仪器的测试范围。

他能听得那么清楚,部分原因无疑与他的耳部结构有关。他的外耳看起来和人类一样,但中耳和内耳的构造肯定大不相同。我猜它们的通道和骨骼结构一定非同寻常,耳膜更是异常敏感。声音在固体中的传播效果比在液体中更好,因此他的耳蜗*中可能充满了比人体耳蜗内容物密度更高的物质。但他耳朵的实际状况肯定不只是解剖学特异性那么简单。他怎么能听到那么遥远的声音?他如何能依靠远距离听觉定位?如何寻找和区分具体目标的振动?我推测他具有一种补充性的听觉感知,可以通过空气密度的变化来解释纵向声波的回声,但是我还没有实际数据来支持这种推测。毋庸讳言,相关研究还在进行中。

(注:耳蜗是每个耳朵中的器官,将声音转换为可供大脑解读的数据。)

他经常伸展手臂飞行。这是有助于飞行的策略,还是仅仅是他的个人风格?

到底是什么机制在他穿越时空的时候为他导航?

注意:
虽然超人的许多能力都具备值得关注的作战潜能,但我认为他最具威胁的还是这种无与伦比的速度。超人的行动速度超越了人类的一切可能——即使是我这种接受过专业训练的人类也不可能做到他那种程度。同时,我们也找不到方法抵消他的这项优势。虽然我的战衣能够随着先进的技术升级,但我怀疑它永远无法在反应速度与灵活性上与超人比拟。

我需要进一步研究超人的太空旅行能力。虫洞理论当然可以解释他是如何在非常短的时间内穿越宇宙的。重要的是获得更多的数据。必须与卢修斯讨论发射更多韦恩企业卫星的事情,它们将被专门用于收集这些信息。

超级速度

超人能够以不可思议的速度移动和飞行,但并未到达光速。要做到这一点,他必须将自己转换成纯能量体,而他显然没有做过这种事。虽然只是接近光速,他的尾迹也实实在在地剥离了大气,制造出一片真空区域。我已经考虑过超人使用速度力的可能性,就像闪电侠一样,但这似乎是极不可能的。克拉克当然不懂得如何使用任何超维度力量。

那么,超人如何能够在几天而不是几个世纪内穿越星际距离,或者在几分钟内环游世界却并未造成什么损害呢?目前唯一合理的答案也只是推测,它结合了狭义相对论和量子场论。我的基本假设是:他反复制造穿时空结构,创造出只存在几纳秒的虫洞。当他的速度看起来比光速更快时,实际上是他通过这种脉冲量子通道时造成的错觉。当他把普朗克时间的距离减半时,速度就会加快——理论上,这是时间的最小量度。他动作是如此之快,所以他疾速飞行时并不会消失,如同我们无法用肉眼辨别

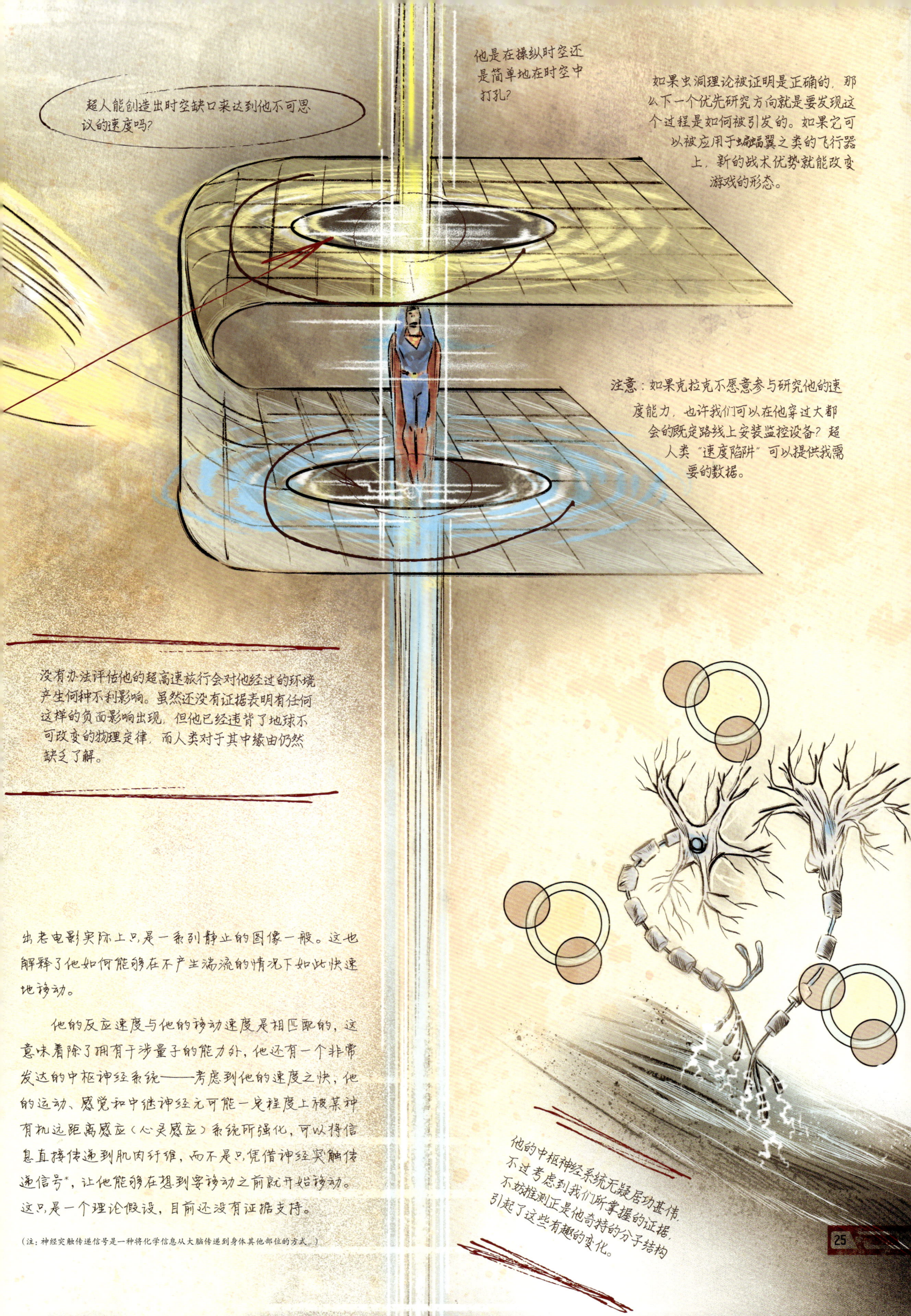

额叶与运动功能和高等学习过程有关。超人的额叶内是否有其他专门的区域负责他的超人类躯体能力?

对于大脑是如何工作的,科学上已经取得了巨大的进展,但这些理论能应用到氪星人身上吗?

颞叶负责感觉输入及其处理。我冒昧地猜测超人拥有不止一个颞叶。我估计他的枕叶(负责视觉处理)一定发育得很好。

大脑

超人大脑的功能布局一定和我们大相径庭。假设他的大脑和人类的大脑一样,那么他的枕叶皮质就必须更为巨大,才能支持他的视觉能力。而负责在大脑和身体各部位间传递感觉信号的丘脑也很有可能会更大,同时更全面地融入大脑系统,以支持他独特的感觉和反应能力。突触矩阵——神经元之间相互传递信号的化学通信网络——需要延伸到额叶深处,让他能够迅速访问和处理数据。小脑主要负责处理运动和平衡,应该有多个宽大的沟回来容纳更多的信息。

人类脑中的白质是为大脑各区域传递信息的组织,它能够隔开不同功能的轴突和神经纤维,同时能让电脉冲和化学脉冲以惊人的速度传播。我认为超人的大脑中会有更多白质,以及密度更高、功能各异的轴突,让他得以以远超人类的速度和深度吸收并处理感官数据。

我还认为,假设他的大脑中有某些与人类大脑毫无相似之处的构造是一种合情合理的推断。如果我之前的理论有任何一点正确的成分,超人的大脑就必须为自己的行动网络留出空间,让他能感知并操纵磁场和量子场,或许他的脑中还有一个区域可以作为灵能的生产源头或运输管道。对人脑的一些研究表明,当使用心灵能量(特别是心灵感应)时,右海马旁回会被激活,这表明此神能力可能与边缘系统有关,而边缘系统通常与本能驱动力和基本情绪

树突是神经元的一部分,负责接收其他神经元的信号并将之传递到细胞体。有关树突功效的新研究将改变人类研究大脑的方式,最终可能会让我重新考虑某些对超人处理信息方式做出的推论。

超人有远距离传送能力吗？考虑到他的能力似乎与操纵能量场有关，这种推测也许并不超出可能性的范畴。

不管怎样，这似乎依旧不太可能，因为如果他的心灵感应力量强大到足以移动物体，我们早就应该能看到了。

下一步研究计划：也许隐居堡垒中会有更多关于氪星人大脑和氪星人解剖知识的信息？克拉克愿意让我访问它的数据库吗？也许可以说服他。重要的是不能让他怀疑我收集信息的目的可能会对他不利。

有关。我从来没有关注过荣格的集体无意识的理论，但我们有盟友把它视为心灵感应能力的一个来源。由于我无法确认克拉克是否真的在使用灵能，所以这种理论目前没有任何实际用途。由于磁共振成像仪在他身边无法正常工作，我会继续研究用其他方法对他进行脑部成像的可能性。在我们能够更清晰地观察他的大脑之前，这一切都只是猜测。

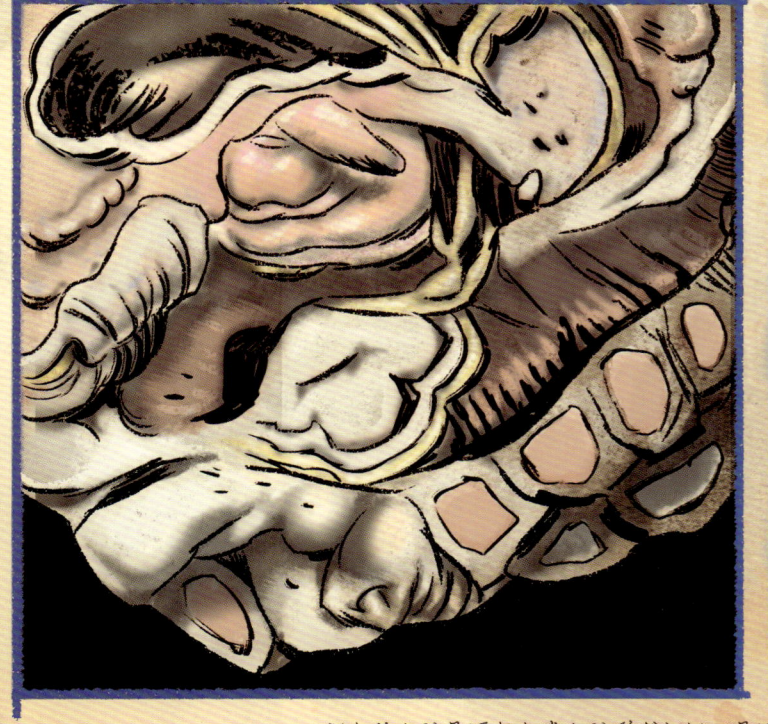

超人的大脑是否与人类大脑形式相似？是否有额外的信息加工区域和不同的神经化学机制？或者它完全就是异类之脑，只能与人类大脑进行最简单的类比？

弱 点

超人易受氪石的影响，氪石本质上是来自他被摧毁家园的受辐射碎片。根据莱克斯企业和星球（S.T.A.R.）实验室的数据，似乎氪石能够克制超人光合作用的能力，并缓慢地削弱超人，让他的力量接近于普通人类，甚至比人类更弱。无论出于何种原因，如果我们需要压制超人，氪石将是帮助我们改变局势的利器。我弄到了一块氪石碎片，以备不时之需。

超人曾经承认自己很容易受到所谓魔法的伤害，这通常是一种来自超维度的力量。第五维度的捣蛋鬼先生曾经让超人吃过不少苦头。他能够改变超人周围的世界，甚至可以改变克拉克的身体形态。

红日辐射也被证明对他的能力有影响，它可以产生类似于氪石中毒的驱散效果，但通常没有任何明显的症状。如前所述，氪星人在红色太阳的照射下只具有类似于人类的体力强度。当克拉克暴露在这种特殊的辐射下时，便无法通过细胞储存黄色太阳辐射，并获得增强的力量和超人能力。只要强度合适，红日辐射就是一种特别有效的方法，能够使超人丧失能力而又不会遭受永久伤害。适当的设备可以不断重现这种辐射，利用正义联盟的技术甚至可以常规性地储备这种辐射。不过，不能认为这些方法是万无一失的。超人非常聪明，经常能战胜看似无法克服的困难。

我把超人当作朋友，只不过我不会当着他的面这样说。如果我有他的力量，我肯定会变成不同的人，克拉克是活生生的证据，证明力量并非一定会导致腐败。但他的思想在过去也曾经受到控制。而且还有其他人有办法模仿超人的能力。需要采取一切预防措施，以确保在必要时有办法阻止他。克拉克自己也明白预防这种意外事件的必要性，这更是我尊重他的原因。

有限氪石暴露的长期影响还无法进行评估，但他确实在氪石的辐射下变得越来越虚弱，我曾亲眼见证，哪怕是短时间暴露也会对他造成明显的影响。

重要：进一步研究氪石的性质，获取更多样品，进行武器研发。

豹女

多年前，神奇女侠从天堂岛来到我们这里时，与芭芭拉·安·米涅娃成为朋友，米涅娃是她遇到的第一批人类之一。很长一段时间内，我们都认为米涅娃是一个骗子。这么多年里，她使用过多个不同的身份，并通过欺骗手段让自己变成戴安娜的亲密盟友。然而，正如处理所谓超自然现象时经常会遇到的情况一样，事实与表象往往有所出入。似乎过去的豹女曾被外界力量所操纵，而米涅娃可能正如戴安娜相信的那样，是一位值得信赖的朋友。

由于受过高等教育，并且获得了两个博士学位，米涅娃对揭开亚马孙神秘的失落历史有着极大的热情。她在史密森尼亚进行记录和研究神秘文物的工作，后来又为天眼会（A.R.G.U.S.）做事，评估她的发现是否有可能用于军事行动。然而，当她遇到一个仿若神灵的强大生灵——马尔兹卡塔加时，被转变成超人类豹女，一个猫科猛兽与人类的混合体，并从此对人类的鲜血情有独钟。

正如戴安娜是勇武战士的象征，豹女则是狩猎猛兽的化身，成了一位强大的对手。她强壮、敏捷，具备猫的一切优点，并拥有捕食猛兽的非凡灵活。并且显然不吝于用这些能力对付无辜的人类。

戴安娜非常希望帮助我对豹女进行研究，正是通过我们关于她自身力量本质的讨论，我对这两位女性超人类有了更好的理解。

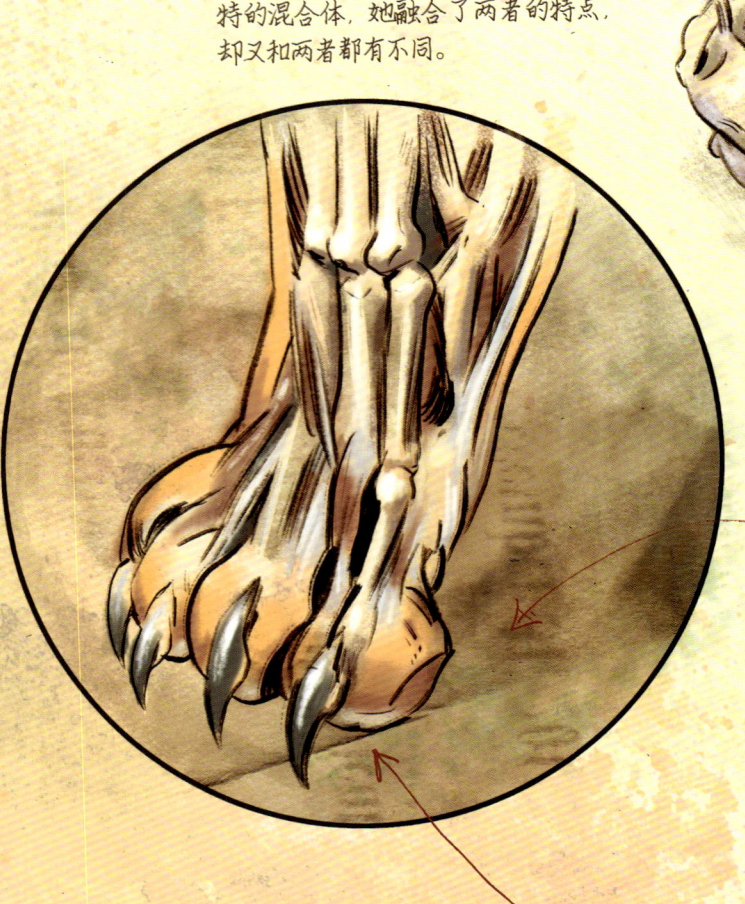

豹女似乎是人类和猫科动物的一个独特的混合体，她融合了两者的特点，却又和两者都有不同。

她的骨头精细而柔韧，是更像猎豹还是更像人呢？

她的跳跃和奔力来自猫科动这意味着她拥科动物的发达肌但她的体型基于人形。

她的关节是否像人类一样完全伸直？还是弯曲的，以配合更紧致的猫科动物的肌腱？

注意：豹女的爪子非常锋利，可以刺穿我的标准蝙蝠战衣。如果可能的话，当面与她对阵时应该穿上厚重的盔甲。

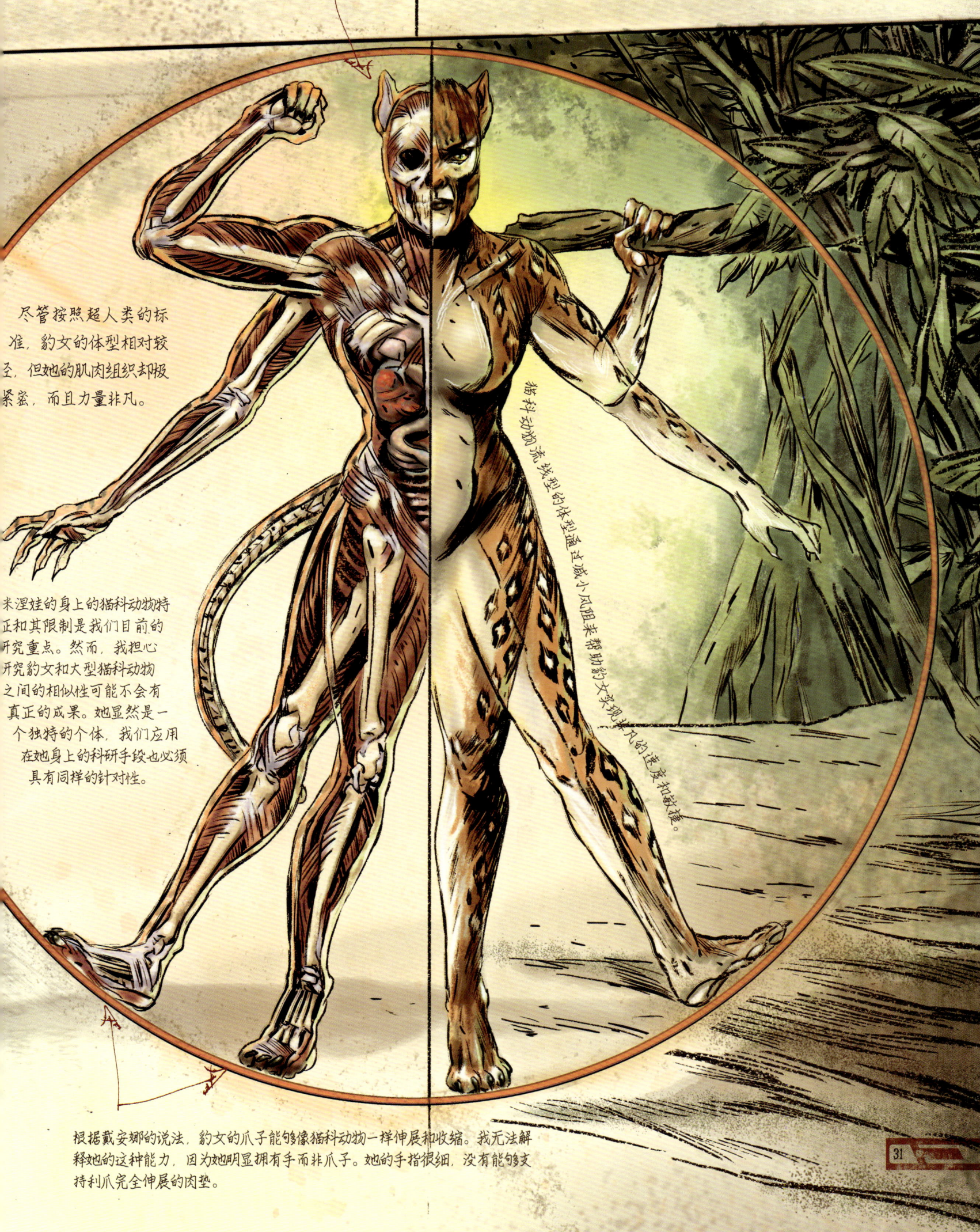

> 米涅娃发生转变的原因仍然只能进行猜测。她是主动接受了乌尔兹卡塔加的力量吗？还是她受到了猎豹嗜血欲望的诅咒？

缘起

  尽管芭芭拉·安·米涅娃现在是豹女，但在她获得其力量前，这个灵体早已存在了很久。她来自英格兰诺丁汉郡的一个富裕家庭，在成为臭名昭著的超级恶棍前，她是一位有着强烈使命感的年轻女士。尽管她父亲坚持不允许她在希腊神话，尤其是亚马孙历险故事上浪费时间，米涅娃还是把研究那个传奇的古代女性勇士部落作为自己的终生事业。她研究考古学、人类学和语言学，出色地调查了亚马孙人的历史和他们文明的所在位置。正是在她的一次调查旅行中，她遇到了乌尔兹卡塔加，受到猎豹诅咒，由此堕落。

  这个古老的原始灵体被崇拜他的女性所围绕。他从中挑选一位女子成为自己的新娘，赋予她猎豹的力量，让她长生不死，拥有无上权柄，成为其信徒的保护者。米涅娃博士成为中选之人，获得了这所谓的"荣耀"。但她没有取悦腐败的乌尔兹卡塔加，于是乌尔兹卡塔加诅咒了她。

  无论我是否理解这所谓的神力背后的科学原理，它显然是存在的。豹女有一些显著的特征，需要进行进一步研究。这其中包括类人形的猫类躯体，以及她的利爪，这些爪子甚至可以对超人类的皮肤造成损伤。

天眼会（A.R.G.U.S.）超人类力量水平年度评估表ASC-8
姓名：史蒂夫·特雷弗
等级：天眼会董事
主题：芭芭拉·安·米涅娃，又名豹女
威胁等级：厄普西隆（注：希腊语第二十个字母）

评估：首先我想要说的是，我不以任何方式、模式或形式崇拜魔法。作为第一个闯入不为世人所知的亚马孙家园——天堂岛的"局外人"，我看到的不仅仅是神灵和怪物，古老的神秘武器，以及对神灵忠心耿耿的女巫。与神奇女侠结交的同时，我开始和芭芭拉·安·米涅娃博士合作，她是史密森学会的一名雇员。第一次，我觉得我在魔法世界里有了一位盟友。不幸的是，米涅娃的生活即将陷入黑暗。

不管怎样，第一次见到她时，芭芭拉·安给我留下了十分深刻的印象。她能辨认出隐藏在神话中的武器，能在一本没人听说过的古籍琐碎的字里行间找到戴安娜敌人的弱点。事实上，米涅娃的知识被证明是无价的，所以我雇用她主管天眼会的黑室。在那里，她负责维护和编录各种具有重大现实和历史意义的物品。

现在，米涅娃已经成为一个被称为猎豹的灵体，成为我们毋庸置疑的威胁，不过这个威胁依然是可控的。她具有了非凡的速度、力量和敏捷性，以及其他一些异能，比如利爪和尖牙，但简而言之，她不是神奇女侠。更重要的是，她能够控制自己的力量，也就是说，天眼会可以控制她。事实上，X特遣队的主管阿曼达·沃勒已经利用她的能力做了不少好事。我认为控制豹女的关键在于不断为她确立明确的目标。神奇女侠在这一点上不同意我的观点，因为我们对于是什么在驱动米涅娃有不同的看法。我觉得需要持续用某些奖励吸引米涅娃的注意力。这才是驱使豹女的真正燃料。几乎所有我们遇到的超级恶棍都会受到同一件事情的激励：纯粹而彻底的贪婪。

在这份报告中，我插入了在情报收集行动中获得的一些文件。虽然这些信息的来源有时是不可信的，但这些信息的高度机密性以及用来收集这些信息的秘密方法保证了这些信息值得进一步研究。

分析：特雷弗对豹女的评估有其可取之处，但他关于豹女行为动机的结论可能过于简单。我们需要采取更全面的方法来理解是什么促使她采取行动，这样我们就可以对所有意外事件做出应对预案，并预测她在许多情况下可能的行为。

米涅娃博士获得的与古神乌尔兹卡塔加有关的已知文物实例。

祭祀用陶器

与猎豹诅咒有关的古代匕首

代表女猎手荣耀的酋长护身符

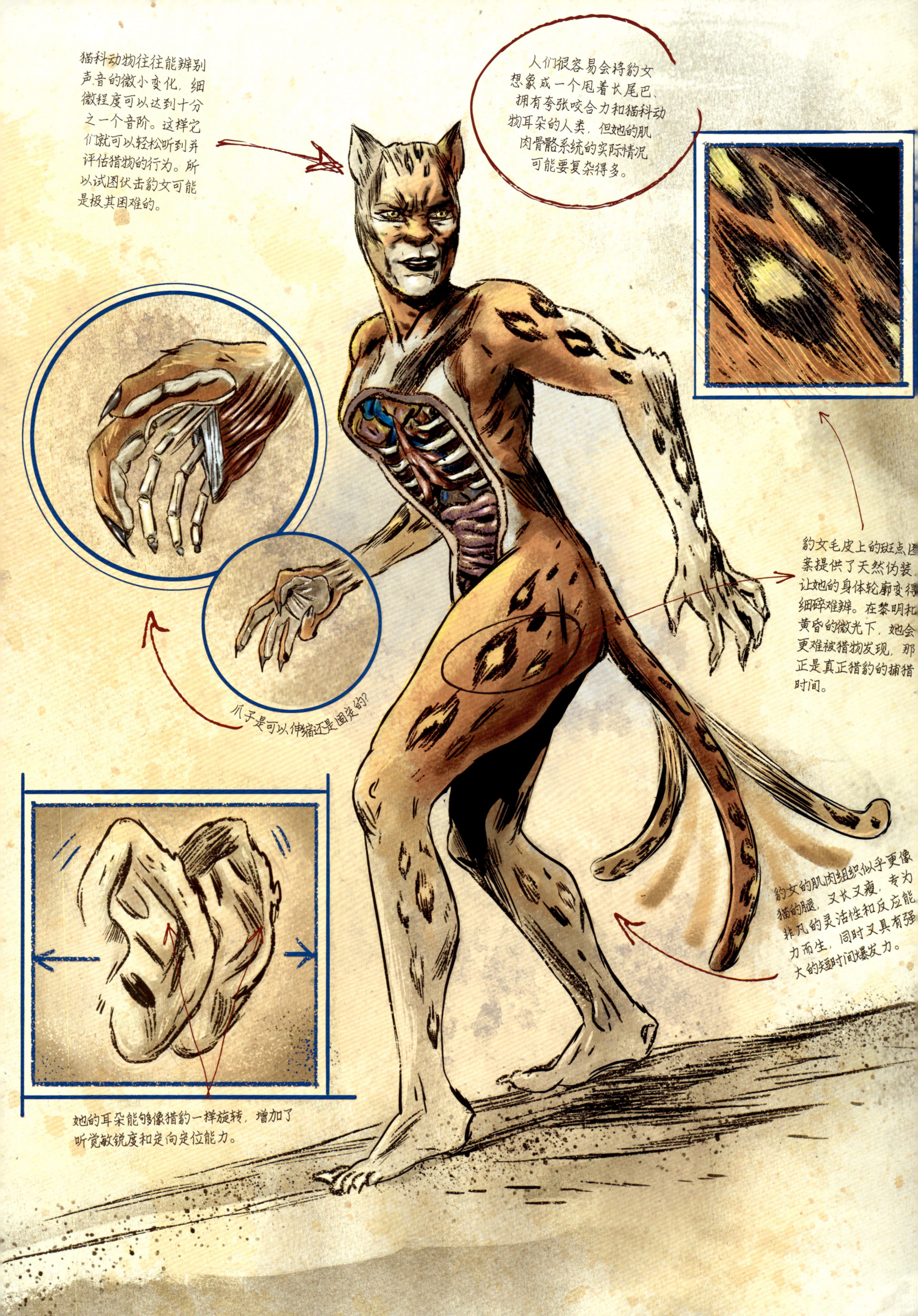

我只能假设豹女的头骨在结构上是比较近似于人类的，只有下颌骨和上颚（上颌骨）明显属于猫科动物。门牙和犬齿突出，是主要的攻击武器。

如果她躯体的内部结构更像猫科动物而不是人类，特别是她的骨骼和周围的肌肉组织、锁骨、骨盆、肩胛骨和椎骨，或许她能轻易挤过狭窄的空隙，摆脱束缚，藏在最小的空间里。

下一步研究计划：必须获得芭芭拉·安·米涅娃变化前的医疗记录，才能进行比较研究。

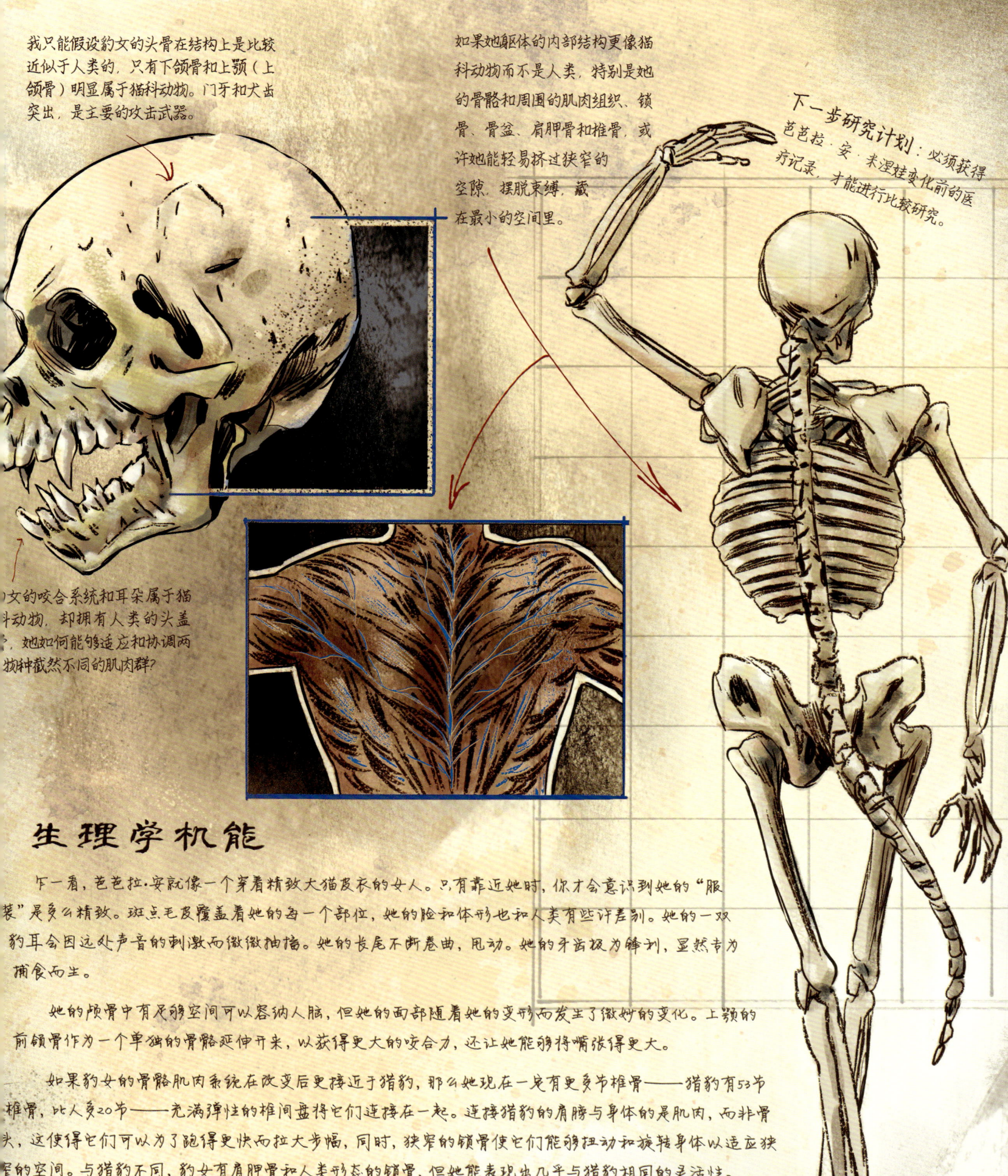

女的咬合系统和耳朵属于猫动物，却拥有人类的头盖，她如何能够适应和协调两物种截然不同的肌肉群？

生理学机能

乍一看，芭芭拉·安就像一个穿着精致大猫皮衣的女人。只有靠近她时，你才会意识到她的"服装"是多么精致。斑点毛皮覆盖着她的每一个部位，她的脸和体形也和人类有些许差别。她的一双豹耳会因远处声音的刺激而微微抽搐。她的长尾不断卷曲，甩动。她的牙齿极为锋利，显然专为捕食而生。

她的颅骨中有足够空间可以容纳人脑，但她的面部随着她的变形而发生了微妙的变化。上颚的前颌骨作为一个单独的骨骼延伸出来，以获得更大的咬合力，还让她能够将嘴张得更大。

如果豹女的骨骼肌肉系统在改变后更接近于猎豹，那么她现在一定有更多节椎骨——猎豹有53节椎骨，比人类20节——充满弹性的椎间盘将它们连接在一起。连接猎豹的肩膀与身体的是肌肉，而非骨头，这使得它们可以为了跑得更快而拉大步幅，同时，狭窄的锁骨使它们能够扭动和旋转身体以适应狭窄的空间。与猎豹不同，豹女有肩胛骨和人类形态的锁骨，但她能表现出几乎与猎豹相同的灵活性。

当豹女四肢着地时，她的速度和真正的猎豹一样快，能够以120km/h的速度奔跑。与猎豹一样，豹女的尾巴如同方向舵般平衡了她的体重，使她能够在追逐猎物的同时快速改变方向。

可能豹女的肌肉组织是人类所不具备的超强化肌肉：只有在猫科动物的生理学结构中能够发现的肌肉。举例而言，如果她的大腿肌肉组织变异，与猎豹的尾股骨肌融合，她的跑步和跳跃能力无疑会得到显著的提升。猎豹还具有特殊的脚部肌肉来增强四肢的外展（伸展）力量，使它们能跑得更快。豹女的躯体显然已被转变，但这种转变的程度有多深，目前还不清楚。

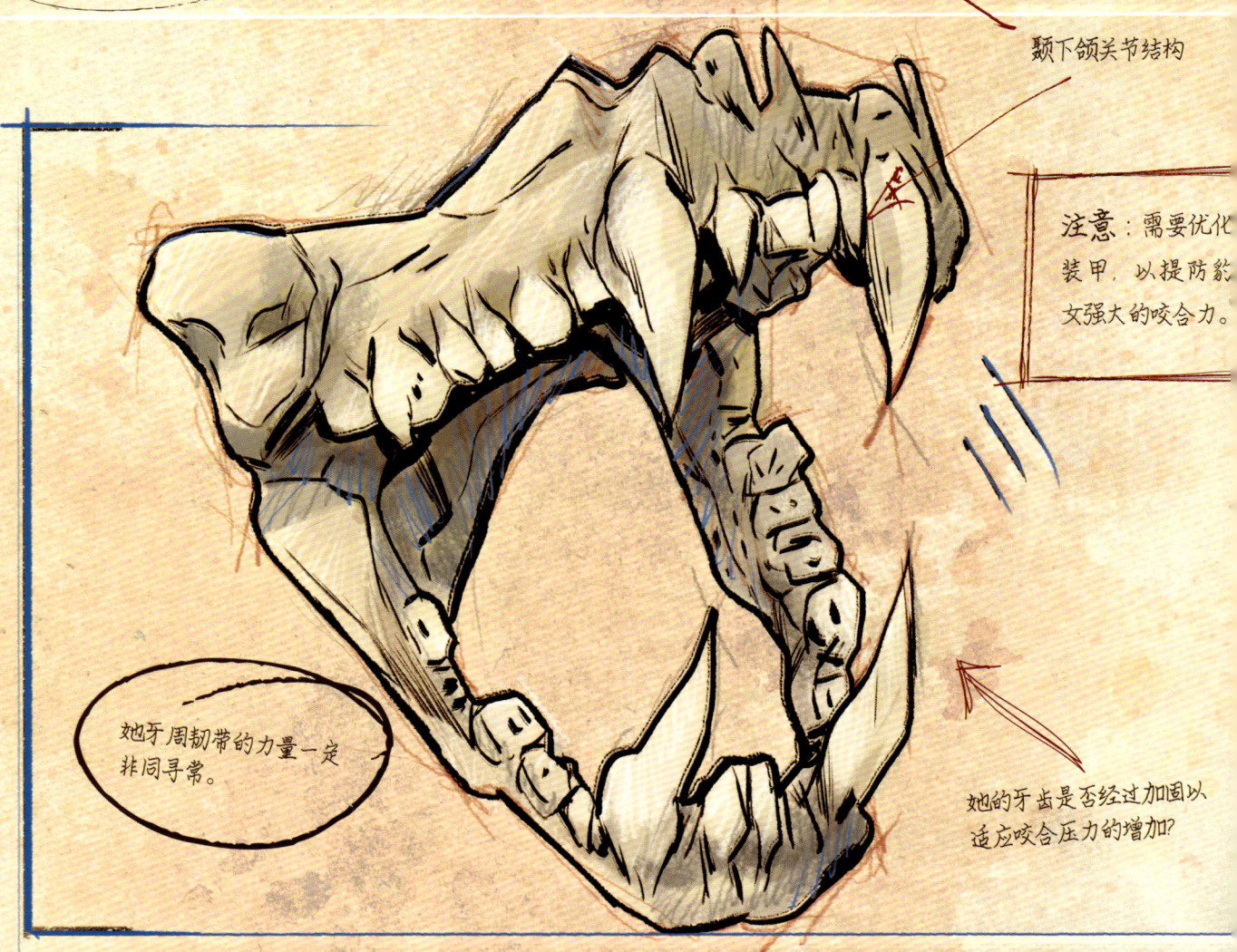

注意：必须获取豹女的咬痕，才能制作供研究用的铸模。要使用海藻酸钠还是硅胶？

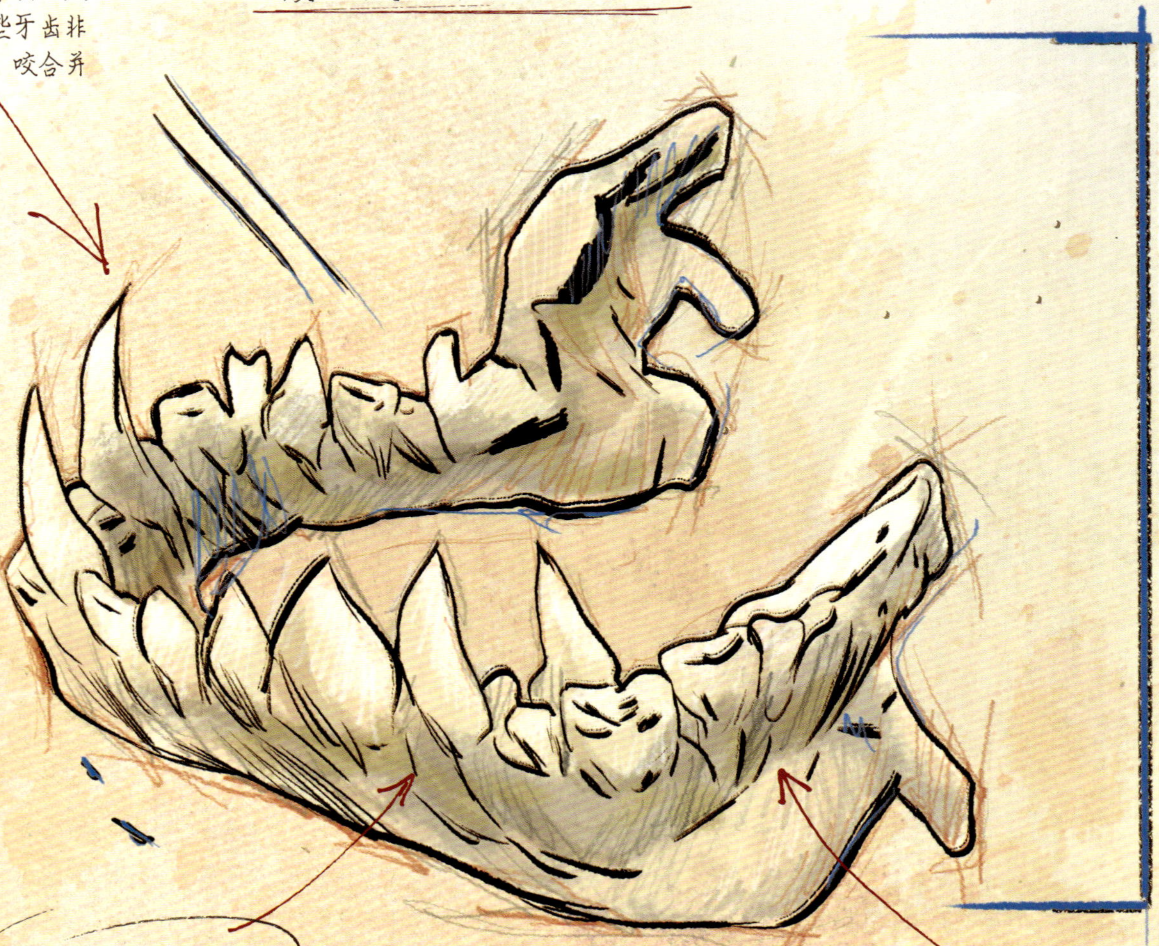

猫科动物的牙齿比人类少，但这些牙齿非常适合刺穿、咬合并撕裂猎物。

和人类一样，猫科动物因轻伤或受伤脱落的牙齿不会再次长出。如果豹女也同样如此，她在战斗中失去的任何牙齿都会大大削弱她的攻击能力。

内切牙和后切牙？

优先跟进研究计划：
获取有关豹女受害者的警方报告和医疗信息。对咬伤进行对比研究，包括切口深度、形态（撕裂和挫伤）以及继发感染的数据，同时绘制图表，罗列咬合方向及其纵宽等信息。我相信，拓宽这一特定领域的知识基础，将导致对豹女生理机能研究的重大突破。

颞下颌关节结构

注意：需要优化装甲，以提防豹女强大的咬合力。

她牙周韧带的力量一定非同寻常。

她的牙齿是否经过加固以适应咬合压力的增加？

尽管我不愿意承认豹女可能拥有猫科动物的DNA，但她的面部结构无疑具有猫科动物的特征。从这样一个狡猾敏捷的对手那里获取血样将是一个挑战。但如果我要对她的基因构成进行明确的研究，就必须面对这个挑战。

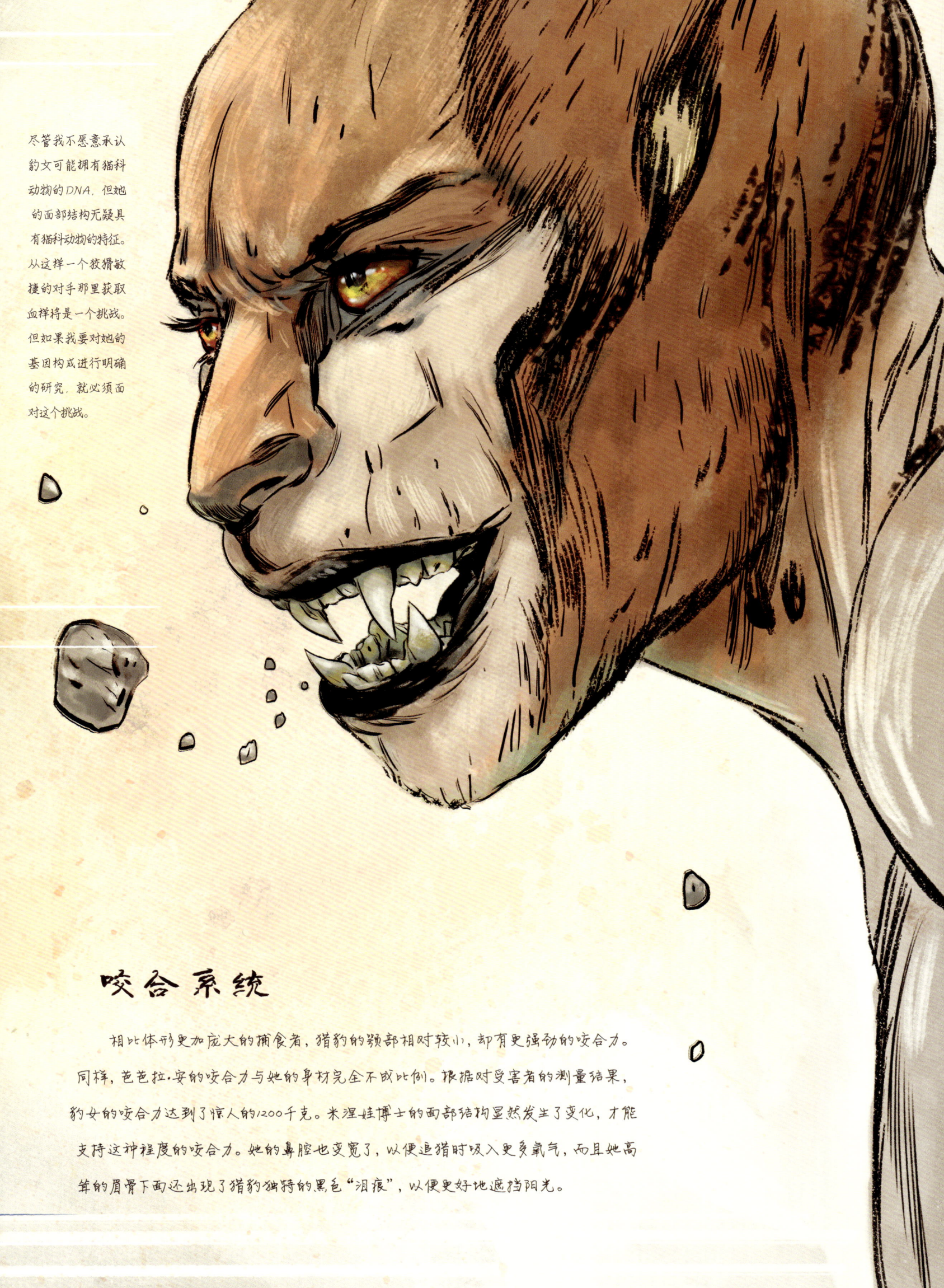

咬合系统

相比体形更加庞大的捕食者，猎豹的颌部相对较小，却有更强劲的咬合力。同样，芭芭拉·安的咬合力与她的身材完全不成比例。根据对受害者的测量结果，豹女的咬合力达到了惊人的1200千克。米涅娃博士的面部结构显然发生了变化，才能支持这种程度的咬合力。她的鼻腔也变宽了，以便追猎时吸入更多氧气，而且她高耸的眉骨下面还出现了猎豹独特的黑色"泪痕"，以便更好地遮挡阳光。

爪子

豹女的锐爪和利齿一样带有毒性，在轻易撕裂血肉之躯之余，还会对其造成更加严重的破坏。她的爪子造成的划伤往往愈合更慢，疤痕也更重。可以推测，她的爪子上细菌滋生，具有很强的毒性。

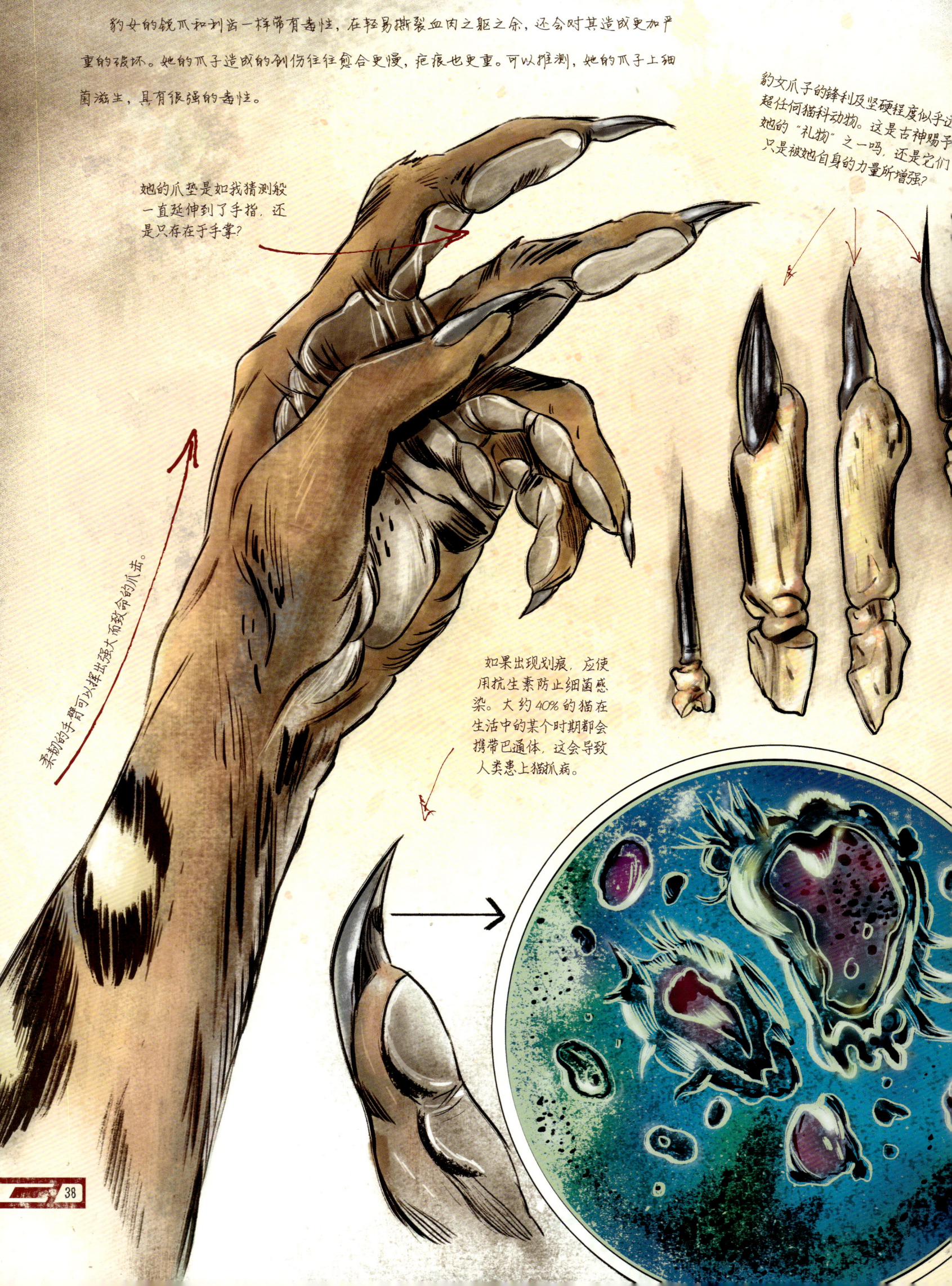

她的爪垫是如我猜测般一直延伸到了手指，还是只存在于手掌？

豹女爪子的锋利及坚硬程度似乎远超任何猫科动物。这是古神赐予她的"礼物"之一吗，还是它们只是被她自身的力量所增强？

柔韧的手臂可以挥出强大而致命的爪击。

如果出现划痕，应使用抗生素防止细菌感染。大约40%的猫在生活中的某个时期都会携带巴通体，这会导致人类患上猫抓病。

神 的 力 量

如同本报告中许多无法解释的力量一样，科学无法明确地解释猎豹诅咒如何改变了米涅娃博士，以及米涅娃身上为何会展现这些神性力量。作为这个领域的专家，戴安娜给了我一些关于后来被称为希腊神明的超人类的见解。每一个"神"都代表着某种人类的理想，是与这个理想相关的所有事物的完美体现。很明显，谈到这些"体现"时，我们没有什么经验或证据。有人相信神从被崇拜中获得力量，但我不准备做出这种假设。神的力量是存在的，但无论它们是精神的具象体，还是拥有更强大技术的生物，抑或仅仅是强大的超人类，都有待我们继续观察。

我曾考虑在这本书中对戴安娜进行评述，但在这个阶段，我觉得我甚至没有能力建立有说服力的理论来解释她力量的本质和来源。无须多言，我正在尽可能搜集有关神奇女侠的能力的情报。不久之后，我就会全力投入这项任务。虽然我相信她造福全体地球人类的承诺是真诚的，但我不能冒险。

神奇女侠代表着理想的亚马孙战士，豹女代表着理想的猎人。两者都是目前超出科学定义的力量的纯粹体现。

或许面对她的阿耳特弥斯。另一个值得研究的课题？

感官

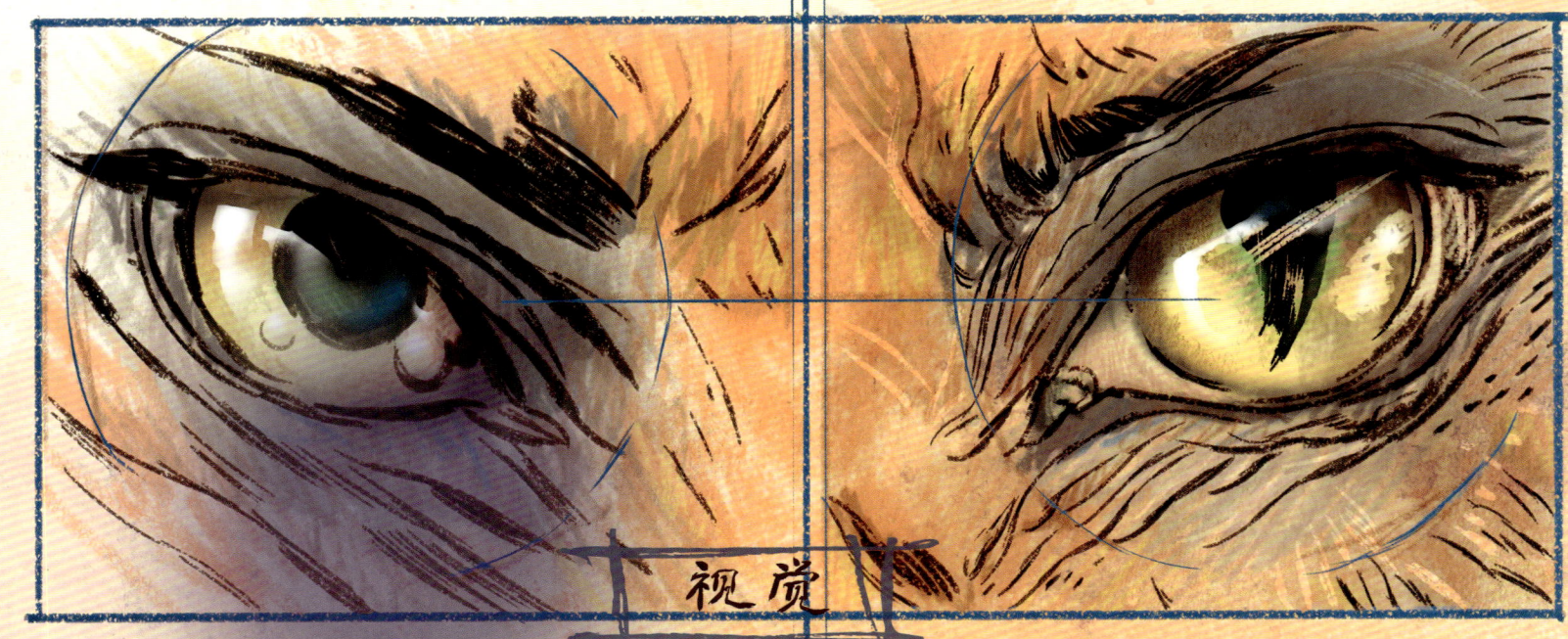

视觉

我近距离观察过豹女，她的眼睛更像猫，而不是人。在强光下，她的瞳孔会缩小，当她慢慢眨眼时，能看到瞬膜。与大多数眼睛有反光结构的动物一样，她的夜视能力比人类强得多；在白天，她的视力也超过人类数倍。此外，她特殊的瞳孔让她对世界的观察更加清晰，拥有更广泛的周边视觉。

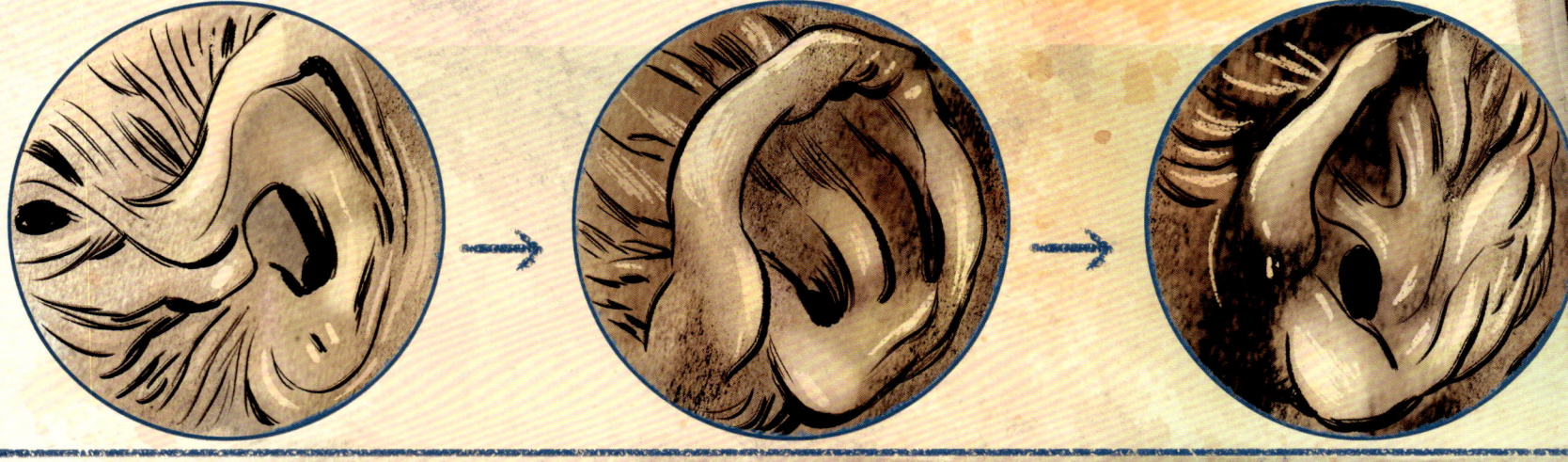

听觉

和其他猫科动物一样，豹女可以转动外耳来更有效地捕捉声音。人类和猫的低音听力范围相似，但猫能听到高达十万赫兹的频率。人们观察到豹女对高频特别敏感。

严格意义上，豹女发出的不是猫科动物的声音，也不完全像是人类。她的音域和听力一样变得更加广泛了吗？

豹女头骨的剖面图更多出于猜测，而不是实际观察，这里刻意强调了她在生理解剖学上的各种未解之谜。

嗅觉

和其他猫科动物一样，米涅娃的嗅觉能力必定超出人类很多倍（家猫的鼻子拥有大约2亿个气味敏感细胞，而人类的鼻子只有500万个）。猫的口腔顶部还有一个额外的嗅觉器官梨鼻器，能让它们深入分析不寻常的气味。豹女可能也有类似的器官。传说像她这样的猎豹化身能够在数里之外嗅到猎物的气味，而米涅娃的能力似乎也支持了这个传说。

她是否使用了猫科动物的典型的梨鼻器？

她的大脑结构在转变中发生了变化吗？

猫的遗传特征使其拥有很强的远视能力。在近距离观察时，它们更依赖嗅觉而不是视觉。豹女是否能够自我调整眼球状况以便近距离观察，还是她也依赖气味确定身边的状况？

她的白齿像人的牙齿一样扁平，还是如同真正的猫科动物，完全适合纯肉饮食？

总而言之，更好地理解马尔兹卡塔加可能是解开豹女神秘面纱的唯一途径。马尔兹卡塔加如何将力量交给他的祭品？又如何激发信徒们心中的奉献精神？收集那些看似是神灵本体的实际数据充满了挑战，但随着这项研究的继续，毫无疑问，它将成为我的一个主要目标。也许需要对美国政府的数据库进行更深入的探索？

注意：让阿尔弗雷德安排一次去布旺达的旅行，特别是奥卡兰戈地区。

注意：在近身格斗训练中，要强化反应训练的重视。必须能与豹女的速度相匹配。

目前，还没有办法评测她皮毛的敏感度。猎物运动引起的轻微空气抗动是否能够被她感知，帮助她进行狩猎？

她的皮毛里是否有气味，可供调查？

众所周知，猫用嗅觉确定周围环境和餌置。这可以解释豹女人的运动精度。

猫用尾巴交流。观察豹女的尾巴运动可能是预测其攻击的有效方法。

猫也用尾巴来保持平衡。这是她的弱点吗？可能吧，虽然失去尾巴的猫大部分时间都能正常活动。

毛发可以是触角

触觉

豹女身上覆盖着毛发，其中有许多猫科动物用来增强感官的特殊毛发——可能就如同胡须一样。猫的脸上和腿背上都有这种胡须，帮助它们在狭窄区域寻觅道路。这种以身体感知识别周围环境的能力使它们在狩猎中具有巨大的优势，让它们知道哪里可以通过，哪里无法容身。考虑到豹女灵活适应环境的特征，她应该也可以使用这些特殊的空间感知触须。

豹女皮毛的损伤会影响她的空间意识吗？在战斗中，以某种形式的攻击除去她的毛发是否能有效地使她失去方向感，这需要更多的研究。

弱点

大型猫科动物通常在白天捕食，但在黎明和黄昏时更为活跃。许多掠食者在狩猎时喜欢低感官信号的环境，这使得它们能够更专注于猎物。在嘈杂、明亮、有气味的环境中猎捕豹女可能会给我们带来一点优势。

考虑到她的凶猛，和她保持距离是明智的选择。我们应该研究用于捕获和运输大型动物的设备——网、电能控制武器、镇静剂飞镖和一个坚固的笼子，也许应该用钜金属制造。

声波武器也是一种选择，但是它们的使用方式可能会和常规办法有很大不同。在室外，豹女可以肆意奔跑，但在封闭的环境中，高超声波理论上会使她失去平衡，甚至让她失去行动能力。因此，理想的情况是把她吸引到城市环境中。如果战斗是在室外进行，快速对地形进行声学扫描应该能让你知道与她对阵的最佳区域——一条死路，一个洞穴，任何可以困住她，让声音反射到她身上的地方。

戴安娜最近跟我说，芭芭拉·安与马尔兹卡塔加发生了一场激烈的冲突，并由此治愈了她的猎豹诅咒。我相信黛安娜，如果她说豹女的威胁暂时已经被消除，那么我也会这样认为。但我知道米涅娃的情况绝非那么简单，我不会对她完全放下戒心，以为我们不会再受到她的威胁。和我们要对付的许多罪犯一样，豹女有办法在你最意想不到的时候回来。如果不为她的最终归来做准备，那就太天真了。

豹女特殊的瞳孔能使她在黑暗中清晰地看到一切。晚上跟踪她时要记住这件事。

海王

亚瑟·柯里（又名海王）是亚特兰蒂斯女王和灯塔看守人的儿子，拥有亚特兰蒂斯水下居民的许多能力。他基本上由父亲汤姆抚养长大，母亲亚特兰娜在他还是个孩子时就回到了海洋。和他母亲一样，亚瑟可以在任何深度的水下舒适地生活。他能指挥海洋生物，并展现出惊人的力量、速度和耐力，以及非凡的感官知觉。

亚瑟在父亲被谋杀后前往亚特兰蒂斯，却发现亚特兰娜也已身亡。亚特兰蒂斯人拥他为王，在他的率领下对抗水下王国的敌人。海王已经完全驾驭了那柄似乎坚不可摧的三叉戟，同时还统率着强大的亚特兰蒂斯军队，这让他成为这颗行星上最危险的人物之一。

尽管海王有独裁的倾向，但他已经一次又一次地证明了自己是正义联盟的宝贵成员。他不合逻辑的生物和心灵感应能力是我最感兴趣的。

继续监视亚特兰蒂斯。深入了解目标所处的环境，有助于理解他们的生理机能。

亚特兰蒂斯

长久以来，人们都认为亚特兰蒂斯是一座神话中的城市，几年前，大卫·格雷夫斯的一本畅销书揭露了亚特兰蒂斯的存在。然而，直到海王公开现身后，人们才开始认真对待这片神秘的水下大陆的传说。

最初，亚特兰蒂斯的首任国王亚特兰在陆地上建造了这座城市，后来被他的兄弟奥林夺走了王位。归来复仇的亚特兰杀死了奥林王，将王国沉入海底，组成王国的七国由此分裂。只有10名的亚特兰蒂斯人能够适应水下环境并存活下来。

海王的同母异父的弟弟，超级恶棍，海洋领主奥姆·马里马斯率领亚特兰蒂斯军队袭击了哥谭市。此时世界才开始意识到这个水下文明到底有多强大。亚特兰蒂斯是一整片沉没的大陆，拥有先进的技术和极为坚韧的士兵。它已经证明了自己是一个真正的威胁，只有传说中奥林王的后裔——海王本人才能阻止这个威胁。

呼吸

海王不能被归为两栖动物或鱼类，但他能同时在水中和陆地上生存以及繁衍，意味着他也并不完全是哺乳动物。在水中，他似乎没有受到渗透压、海洋一贯的低温以及减压病的任何不良影响。这表明海王有一套极其复杂的生物学系统，而不仅仅是拥有了鳃这么简单。不幸的是，我无法访问史蒂芬·沈博士的私人文件，但我觉得至少可以做出一些有根据的猜测。（作为一名海洋生物学家，沈博士在亚瑟的孩提时代就对他进行了广泛研究。）

哺乳动物的肺吸入空气后，利用特殊的肺泡细胞排出二氧化碳，将这些分子加工成我们呼出的气体。鱼类把水吸入口中，将之泵到鳃上——鳃是一种轻薄且高度折叠的丝状组织——交换氧气与二氧化碳，然后排出脱氧水。水的密度可以防止鱼鳃萎缩，这就是鱼离不开水的原因。

我认为最合理的猜测是，海王有功能性的美人肺叶，可以在陆地上使用。他没有传统意义上的鳃，我认为，当他浸没在水中时，某种细胞水平上的过程会起到鳃的作用。鱼必须有规律地吞咽以保持水在鳃上流动，这也是大多数鲨鱼即使在睡觉时也往往会一直游动的原因。海王可以在水下完全保持静止，没有肉眼可见的处理溶解氧的动作。在我看来，这意味着他通过毛孔吸收氧气并排出废水，利用他最大的器官——皮肤进行呼吸。为了实现这一点，他的细胞可以调节渗透过程——即气体通过细胞膜的过程——以保持稳定的分子密度。也就是说，这些细胞能够吸收氧气，而且只吸入氧气。也许细胞质并非关键所在，可能每个细胞内部都有一层由大量管状介质构成的膜垫，使他的血液在接触这些细胞时可以吸收到氧气。我现在还无法获得活的细胞样本——亚瑟不想被穿刺取样，而且由于海水的腐蚀性，我收集的样本大多已经变质。如果我的理论能够被证明，那一定是很有意思的事情。

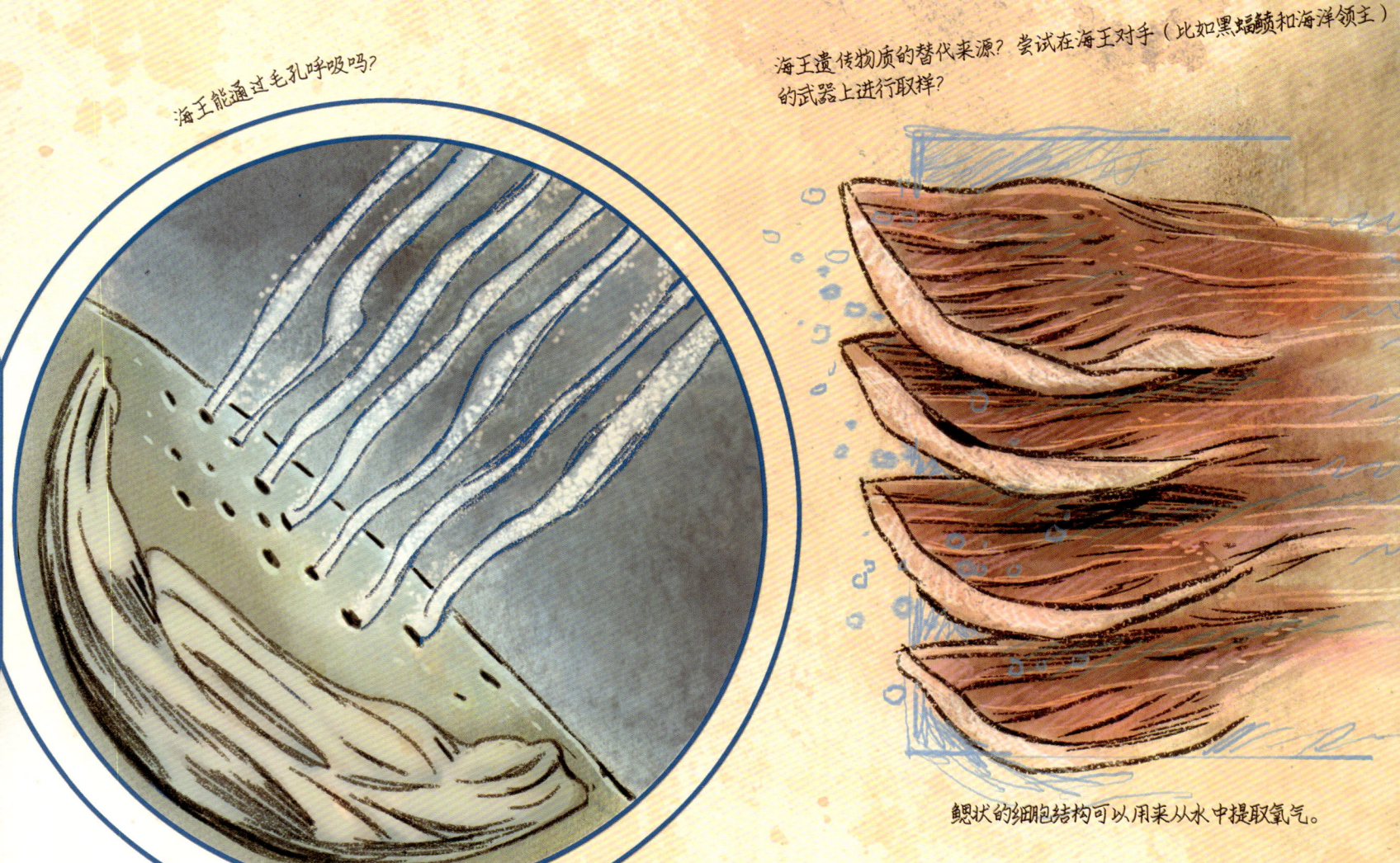

海王能通过毛孔呼吸吗？

海王遗传物质的替代来源？尝试在海王对手（比如黑蝠鲼和海洋领主）的武器上进行取样？

鳃状的细胞结构可以用来从水中提取氧气。

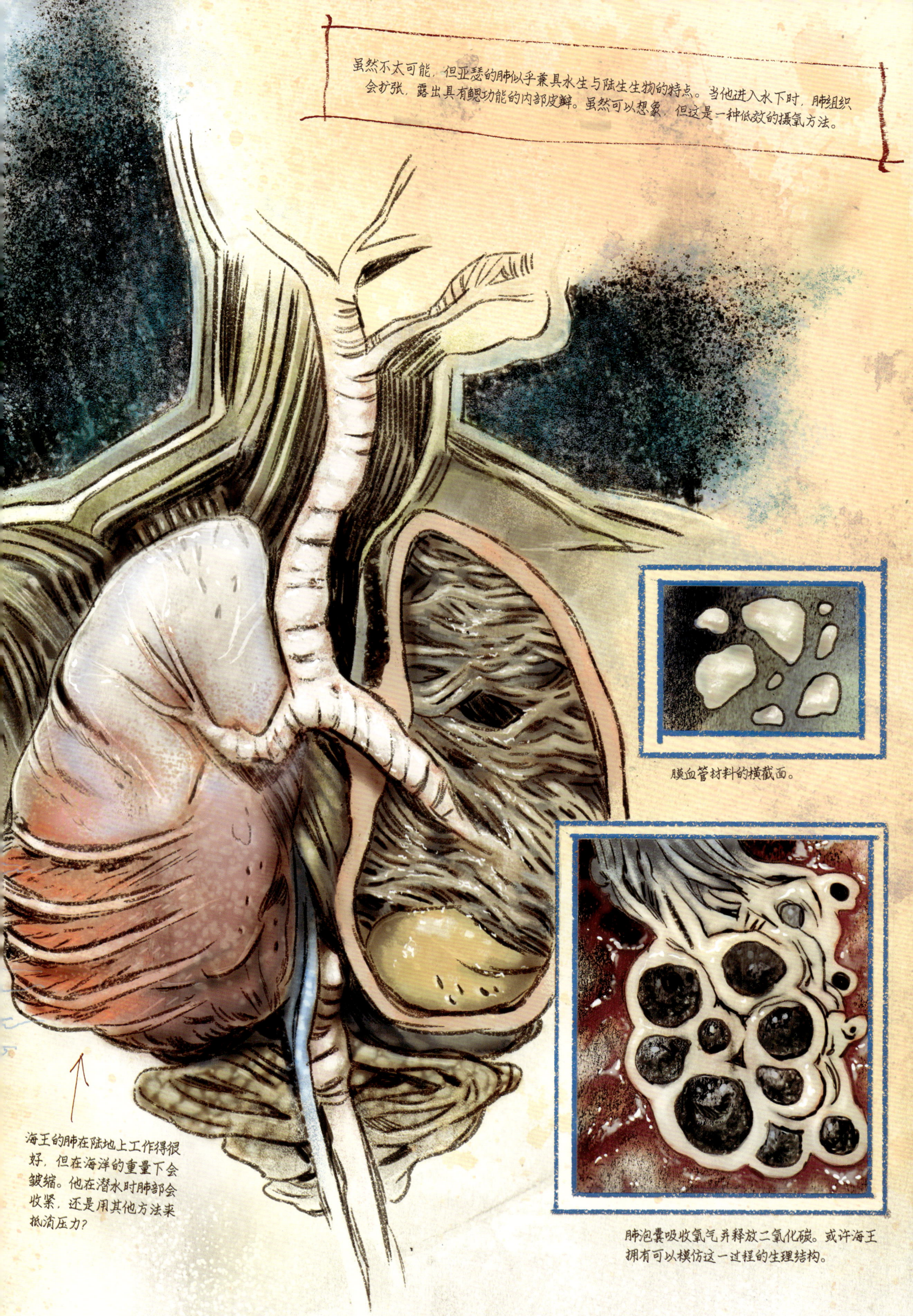

像鱼一样的冷血动物，还是海豚一样的温血动物？或者如同大白鲨一般兼而有之？

下一步研究计划：
我需要扩展对特定超人类的研究范围，将目标的主要对手囊括其中。对海王的弟弟奥姆·库里·马里乌斯（又名海洋大师）的研究无疑会帮助我深入了解他的兄长，分析他们之前的对抗也能提供宝贵的战术数据。对海葬和鲨鱼王的研究应该也会有所收获。同样，我需要更细致地研究黑蝠鲼的水下装置——正是依靠这套装置，他才能在海洋深处与海王作战——我自己的水下设备研制可能会借此有所突破。

在人体内，血液作为对流液体传递热量，以供提升或降低体温。考虑到在海沟底部维持正常体温的复杂性，海王的循环系统必须非常强大的调节能力。

这种方法可以应用于整个研究：了解一个超人类的仇敌，你就离完全了解你的目标又近了一步。

然而，没有鳍或尾巴的海王却能以非凡的敏捷在水中推动自己前进，这种情况与他的人类躯体并不相符。

动脉和静脉通过接触来分配热量。可能存在化学渗透效应？

48

有一种理论认为,海王皮肤的最外层异常致密,以至于它根本不会传导温度。这可以解释它不可思议的耐受力,但与我关于海王水下呼吸能力的理论背道而驰。

寒冷和压力

海洋深处的温度接近于冰点,然而海王可以很轻松地长时间穿行于深海,甚至对极地海洋也毫无畏惧。一种逆流热交换机制——在动脉和静脉之间传递热量以减少热量损失的理论——可以解释低温为何对他毫无影响,但他并没有大多数海洋哺乳动物赖以生存的身体脂肪。

按理来说,海王应该无法承受海洋最深处的压力。据记录,鲸鱼能潜入3000余米的水下。深海哺乳动物的肌肉中含有大量氧结合蛋白,因此它们可以储存氧气。它们还有可折叠的肺,没有颚窦,所以它们体内不会有充满空气的空腔——这种空腔可能会在深水的压力下内爆。不过,它们依然不能长时间潜入深海,主多只能在水下停留几个小时。海王潜水的深度是鲸鱼的三倍——那意味着要承受每平方米超过10万千克的压力——而且持续时间要长得多,但他似乎有人类的肺和颚窦。

我能想到的唯一合理的理论是亚特兰蒂斯人——或者说他们的身体——能够在某种程度上控制水。海王的伴侣湄拉能有意识地操控水,有皇室血统的亚特兰蒂斯人都拥有相似的灵能,那么是否所有亚特兰蒂斯人都有一些直觉性的能力,允许他们控制周围的水分子,保持稳定的密度和水波浪动呢?所以他们才能在任何温度下进入任何深度的水中,甚至不会感觉到不舒服。这种操控是一种自然的反应,类似于人的皮肤在寒冷时候的收缩方式,或者水獭分泌油脂来保持皮毛干燥的方式。这种能力也可以解释海王皮肤的防弹能力——对上皮细胞中的液体进行细胞级控制。如果他能承受最深的海沟中的压力,子弹又如何能穿透他的皮肤?也许在陆地上,他能下意识地利用空气中的水创造出一道高密度的水分子屏障,为他挡住大部分伤害。只有最猛烈的攻击才能突破这道屏障。

速度

海王似乎可以在短时间内实现5到10马赫的速度。尽管看起来不太可能，但这种移动速度可能同样来自亚特兰蒂斯人以某种方式操纵水分子的能力。他可以下意识地控制周围的水的密度，利用压缩的水流来推动他在海洋中前进。这也解释了他如何能在不具备鱼类或海洋哺乳动物流线型体态的情况下速度远超最快的海洋生物，以及他不会因这样的高速移动而筋疲力尽的原因。他让自己处于一个薄分子泡中，穿梭于深水之中。他的肌肉所发挥的作用也许仅限于调整航向。

海王在水下高速移动的能力表明他对前方水中的东西有一些超感官的感知能力。他是能探测到实际分子密度的变化，还是依靠与海洋生物的远距沟通来为自己导航？

通过改变接触自己身体的水分子密度，亚特兰蒂斯人能够创造出一种可以用来推动身体的喷射流。

或者，压缩他们身后的水，并"软化"它们前面水的密度，以此推动自身前进。

如果亚特兰蒂斯人能够控制他们周围的水分子,这也许可以解释他们之中的一些人是如何在他们的文明沉没时生存下来的。

如果海王能配合我的研究,对我深入理解他的能力将有极大的帮助。不幸的是,他并不愿意成为一个测试对象。对于拥有非凡力量,无法真正成为我们这个世界一分子的人来说,这种态度并不罕见。我希望随着时间的推移,他能学会信任我,并理解这些研究具有多么重大的意义。它不仅关系到我们对超人类的理解,而且对保护我们的世界免受邪恶力量伤害也至关重要。当然,海王足够聪明,明白如果我们之间发生冲突,我的研究会使他处于不利地位。考虑到亚特兰蒂斯和更广阔世界的居民之间紧张的关系,为了说服他参与测试,我可能还有很长的路要走。

海王显然没有鳍

但有没有可能,他在游泳时会进行一些特定的背部或腹部肌肉收缩,构成细小的鳍状结构,以调节水流?

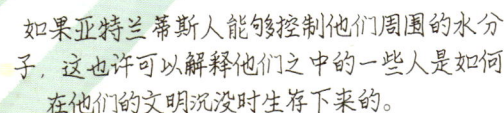

我要特别指出的是:
我对超人类的研究也走过许多弯路,产生过许多几乎无法被视为科学的想法。不管怎样,在切实排除之前,必须考虑所有的可能性,无论它们有多么古怪。作为我称之为"思想实验"的一部分,我也曾经想象过鱼样附肢,并认真估算过这样的附肢需要具备怎样的物理数据,才能推动亚瑟大小的物体以他的速度移动。由于海王没有显示出拥有鳍和鳍状肢的迹象,他的能力来源似乎超出了我们所理解的物理领域。这种通过思考和计算来消除不可能选项的过程很费力,但它还是能慢慢使我更接近科学真相。

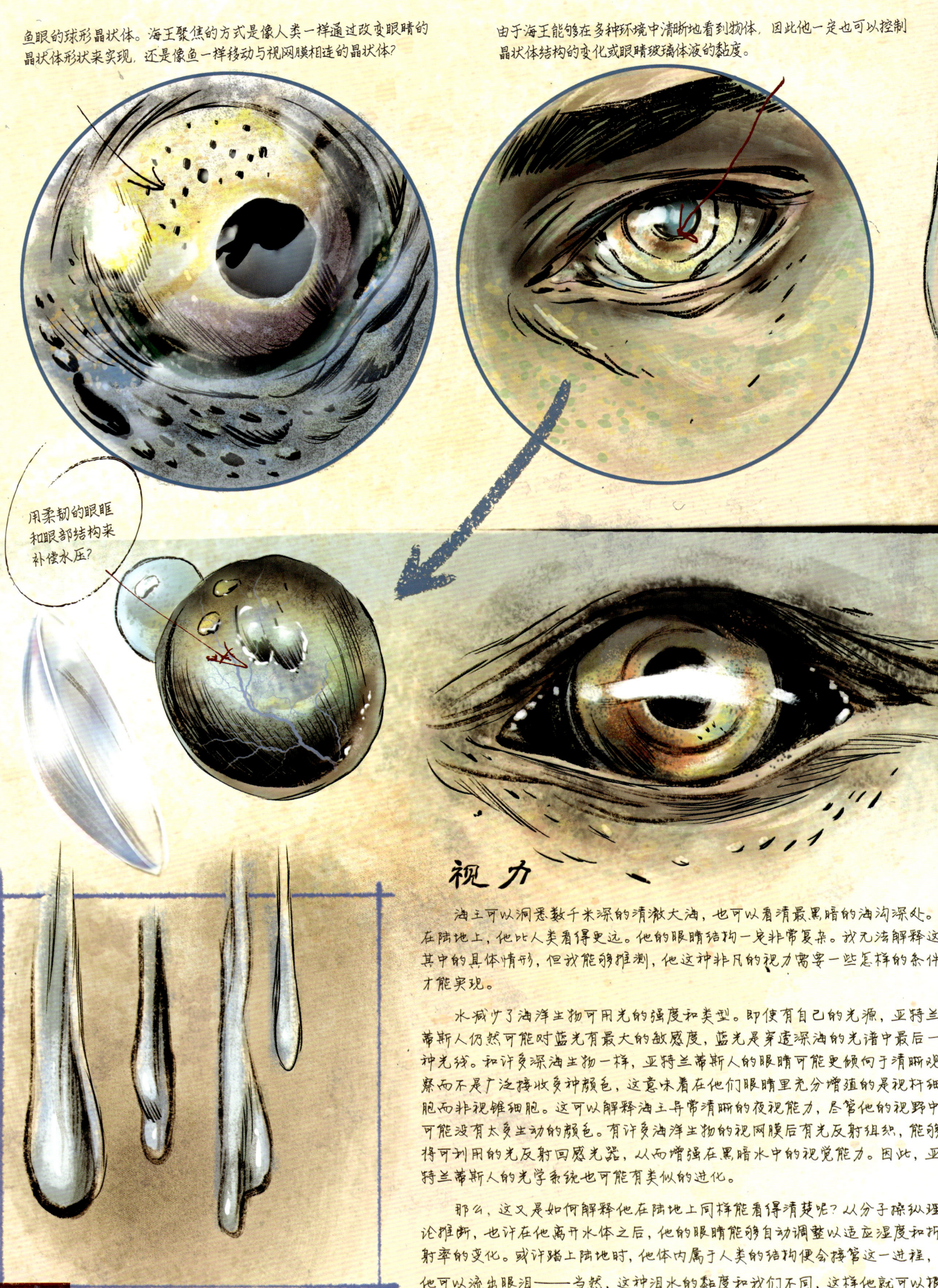

听力

虽然海王对声音的敏感度无法与超人相比，但他的听力范围仍然比人类更远，能够分辨的音频赫兹幅度也比人类更为宽广。在水中，他甚至能听到世界另一端的鲸鱼的歌声；在陆地上，我见过他受到超声波的刺激，那个声波的音频高到连我的传感器都无法接收。

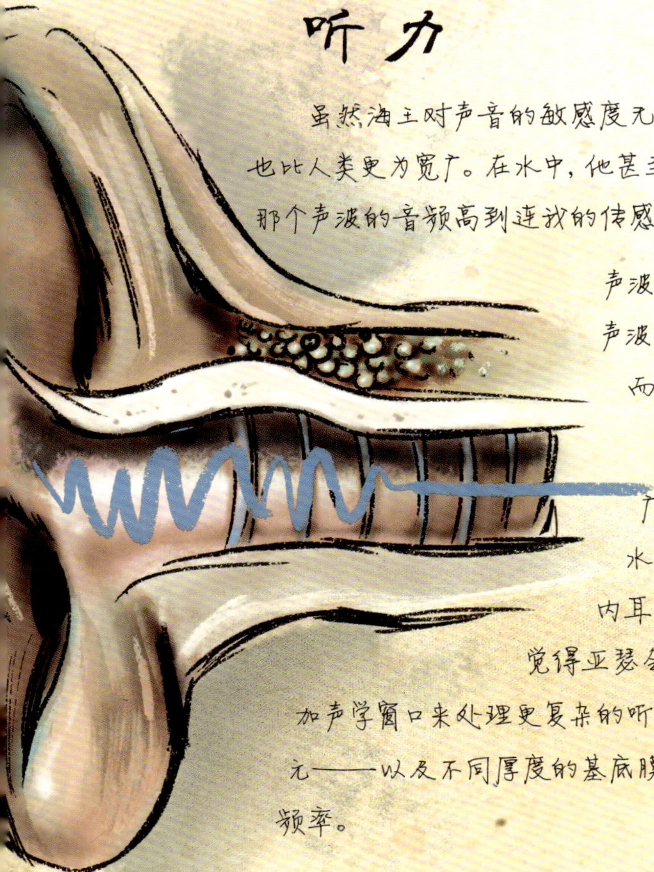

声波在水中的传播原理与在空气中基本相同，但在水下，由于载体分子的密度更大，声波的传播速度快了四倍。声波在水中即使传播很远的距离也不会损失太多能量，而且还会在不同水深中因为压力和温度的变化而上下折射。

海豚几乎拥有这颗行星上最好的听力，部分原因是它们能接收到范围相当广泛的音频，而且能在水中辨别声音的方向——因为声音会扩散，所以人类在水下时很难定位其源头。海豚利用它们的部分颌骨和牙齿将声波导入内耳，在内耳中，一根比人类粗三倍的听觉神经通过电脉冲将振动传递到大脑。虽然我不觉得亚瑟会在他的下巴或牙齿中听到声音，但他可能也和海豚一样，利用靠近耳朵的附加声学窗口来处理更复杂的听觉信号。如果真是这样，他会拥有更高比例的螺旋神经节细胞——听觉神经元——以及不同厚度的基底膜，这是耳朵的主要共振结构之一。这将使他能够接收和分辨更大幅度的声音频率。

声音在水中传播的速度比在空气中快得多，并且可以根据温度和压力跨越很远的距离。亚瑟辨别声音方向的能力远远超过任何人类。

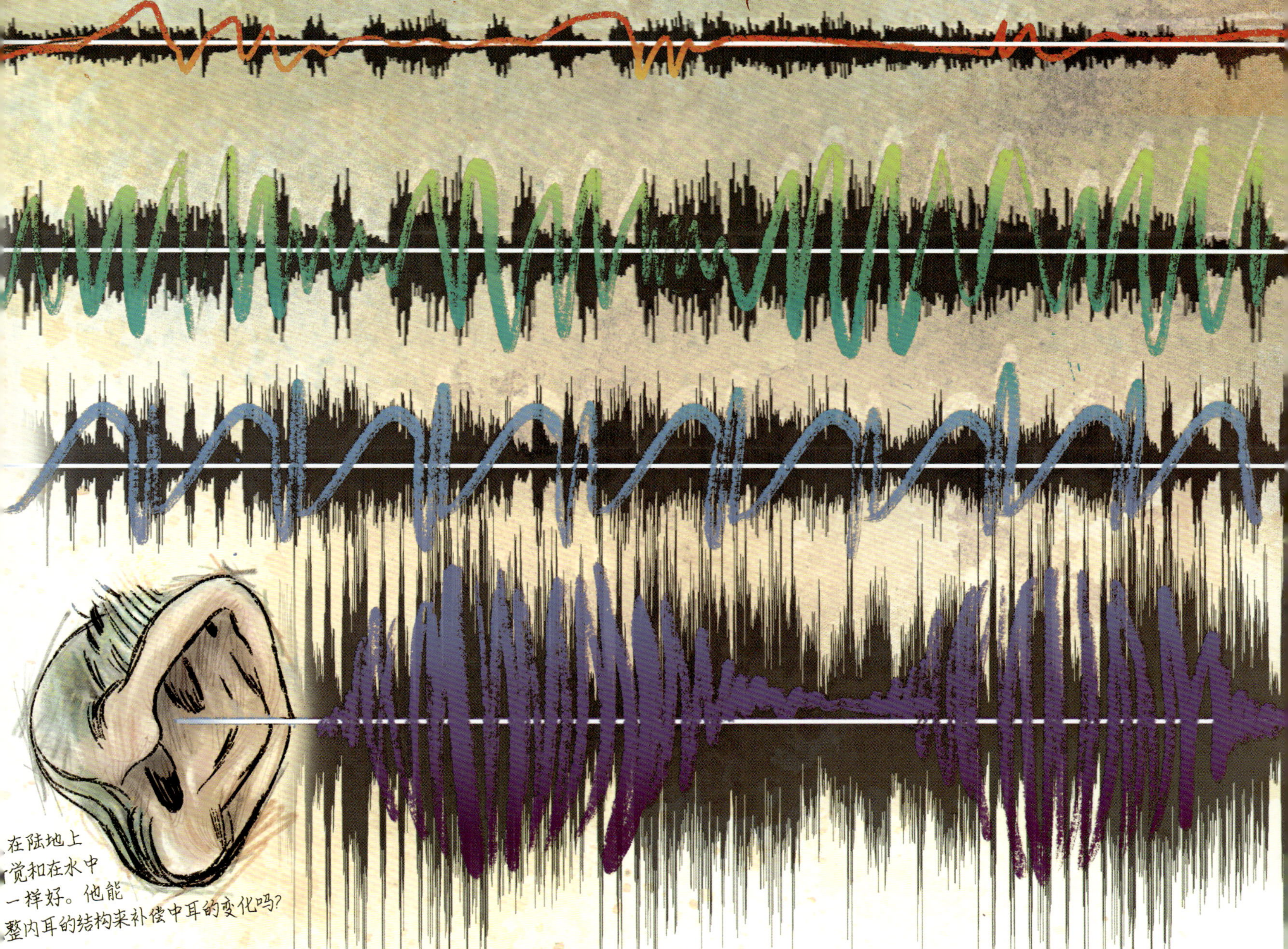

在陆地上觉和在水中一样好。他能整内耳的结构来补偿中耳的变化吗？

心灵感应

亚瑟几乎能与所有类型的海洋动物交流,不过,他也曾指明,大多数海洋动物都不能进行更高层次的思维,也不能像人类那样"说话"。我猜他不会要求它们表演或请求它们的帮助,相反,他可以通过操纵它们的边缘系统,也就是大脑控制本能和冲动的部分来引导它们行动。有一次,我看到他将一样鲨鱼引向一个水怪部落,以保护我们的队伍免受水怪的凶猛攻击。不管怎样,这种指挥海洋生物的能力给我留下了非常深刻的印象,它不应该被归类为"与鱼交谈"。

考虑到我们海洋中的生物数量众多,这种能力应该是海王最有用的能力之一。那么它的原理到底是什么呢?我只能再次大胆假设。我觉得很有趣的是,一些灵能——包括心灵感应——似乎已经与大脑的边缘系统紧紧联系在一起了。也许海王的脑中有一个人类尚未进化出的突触网络,这个网络可以将电脉冲发送给其他动物的大脑。然后,这些生物在接收到这些脉冲信号的时候,可能会将它们当作自身脑神经元发出的信号。海王甚至不一定需要水介质来传输这种信号,他曾经在陆地上用同样的方法使正义联盟免受攻击,而我们并未观察到他进行任何生理上的能量交换。他的能力似乎适用于所有海洋生物,这是因为它们都是在水中进化的吗?这些海洋生物之间是否存在某种我们尚不了解的联系?

这就把我们带到了一个我不愿意迅速做出武断结论的领域。心灵能量是真实的。相当数量的超人类都具有灵能特征,从远距离遥感到热力学感应,再到精神控制。虽然每个超人类个体都有自己独特的力量,但是否有可能——正如某些人所说——有一种存在于人类理解之外的基本力量,一种可以被利用和引导的力量?还是每个超人类个体的特定生理系统只会产生出截然不同的能量?虽然我常常在科学探索的道路上误入歧途,但对于这种跨越个体的心灵交流,我甚至连可以用来进行辨析的工具都没有。思想具备能量,能量可以传输。我非常有兴趣了解这一特殊技巧背后的科学原理,但现在我只能接受它是一个既有的事实。

和许多其他具有心灵感应能力的超人类一样,亚瑟表现出高度发达的认知移情能力。他总是会仁慈地使用自己这种能力,最大限度地减少与他一同行动的动物们的风险。他自称是海洋及其正在消亡的生物群的保护者,因此他与海洋生物互动的能力也有其不利之处。他的心灵感应能力经常为他的身体和情感带来痛苦,因为他常常会深入到正在受苦或死亡的生物心灵之中。

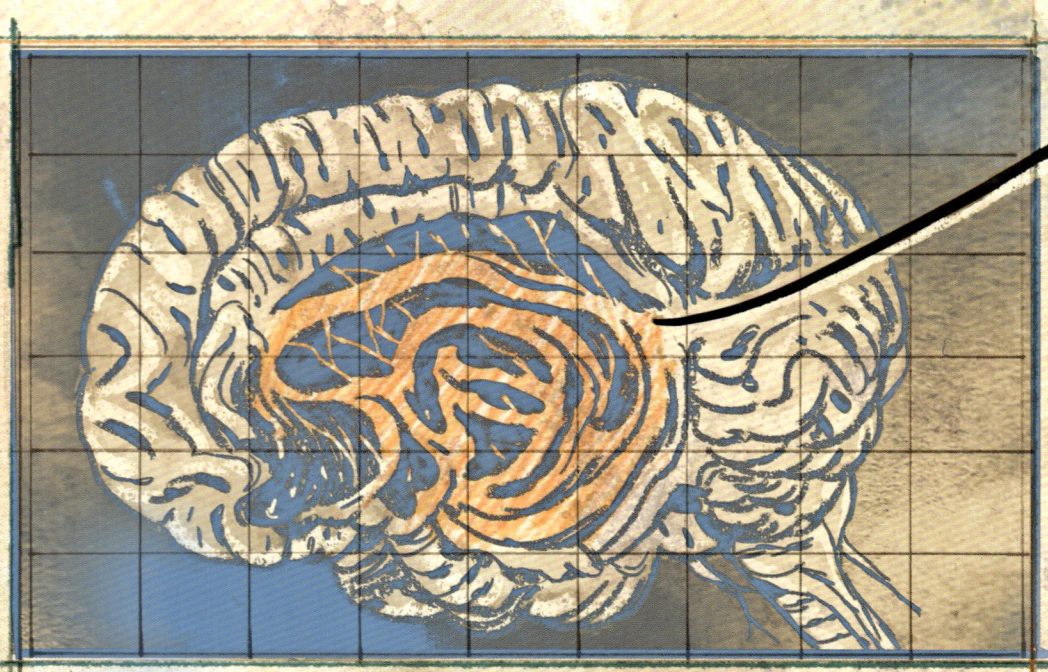

亚瑟能把电脉冲传送到海洋生物的头脑中,让它们表演节目吗?或者他只是基于那些动物的本能,"建议"它们采取某些行为?

地球上哺乳动物的大脑结构并没有太大的不同,但一定有什么原因可以解释海王特殊而强大的心灵感应能力。我推测有一种内部回音室的结构可以帮助他传输心灵信号。那可能是一种物理结构,可以反射并积累每个心灵感应的暗示信号,最大限度提高其强度。

此刻他的心灵感应信号是否能以某种方式进行干扰？需要更多的研究。

海王的心灵感应信号范围还没有被测量出来，但似乎影响范围非常深远。

神经元突触的重叠交替是否能增强他的心灵感应能力，让他在波浪中投射他的意志？

他能召唤的海洋生物的数量远远超过任何特定水域的自然种群。

受到他指引的海洋生物会毫不犹豫地做出反应，"自愿"地以身赴险，海豚和鲸鱼等高阶智力动物也不例外。这表明他的心灵感应也许并不仅仅是控制海洋生物大脑的边缘系统。

弱点

我目前对海王的研究显然不够深入。不过让我感到欣慰的是，亚瑟从小生活在人类社会中，因此具有人类的责任感。他在大多数环境中都会成为强大的对手，在属于他自己的水栖环境内更是几乎势不可当。海王没有太多明显的弱点。他是水下最强大的生物，而且在靠近海洋的地方能获得更多优势资源，但他在陆地上也能很好地发挥自己的力量。考虑到他的体力和耐力，我认为对于他最好的非致命防御手段是先耗尽他身边的水分，毕竟他需要在有水的环境里才能发挥自己的巅峰力量。氯化钙和硅胶这样的化学除湿剂可以有效地削弱他的力量。

战斗场合的挑选不可能尽如人意。但如果出于某种原因，亚特兰蒂斯人成为我们的威胁，把他们从水中拖出来明显是一个值得优先考虑的策略。在干热条件下，海王很快就会失去优势。如果不能直接将战场放在干燥环境中，那么使用氯化钙和硅胶等化学除湿剂可以有效地减少他的优势。声波催吐脉冲则会增加他的脱水程度。

海王已经证明了他对人类祖先的忠诚，但他和我在正义联盟合作时，有时会发生激烈的争吵。亚瑟已习惯做一个国王，他相信自己有足够的资格担任领袖职务。虽然我不否认他的才能，但我觉得他绝对自我正确的心态有时会让他过于冲动。尽管如此，在需要的时候，他还是一个合适的领导者人选。他在任何特定的环境下都会本能地做出最人道的决定。这不是每一个超人类都具有的品质。实际上，这种品质在人类中也不多见。

准备工作：
让卢修斯购买大量氯化钙和硅胶并立即开始对它们进行武器化研究。

正义联盟毁灭者战甲

如果要从我的军械库中挑选出最强大、也最昂贵的战甲，自然非它莫属。正义联盟毁灭者只能在迫不得已时作为结束一切的工具使用，它是专为应对正义联盟成员的力量和能力而设计的。实际上，这副战甲可以抵御超人级别的攻击，尽管在这种情况下它只能坚持有限的时间。当然，在与正义联盟任何成员的战斗中，速度都是关键。

正在进行的研究：在蝙蝠侠快艇上安装能喷发高浓度碳酸镁泡沫的鱼雷。

其能力包括：

- 神器——蒙蔽之绳：由希腊火神与工匠之神赫菲斯托斯编织，使佩戴者陷入自己创造的幻想世界。如果需要的话，可以用在神奇女侠身上。

- 自动释放无摩擦涂层：可用于抵消闪电侠的速度，使他附近的物体表面过于光滑，无法为其速度提供行动所需的摩擦力。

- 粉末碳酸镁泡沫：从目标体内吸收水分。完美地遏制和削弱海王。

- 红巨星：借助雷蒙德·帕尔默博士的技术，从垂死的宇宙中收集的微型红太阳。嵌入关节脆内，以便在与超人交手时取得优势。

- 等离子屏蔽：用于抵挡超人的热能视线。同时可以与推进器和热容引擎相结合，以抵消超人的冰冻吐息。

- 电磁神经树：会干扰钢骨精密的系统。

- 柠檬酸中和剂：用于瞬间打破绿灯侠的精神集中，争取到反击时间。

- 氪石口香糖：储存在战甲的头盔中，是最后的反击手段。含有放射性氪尘的丁二烯基合成橡胶。

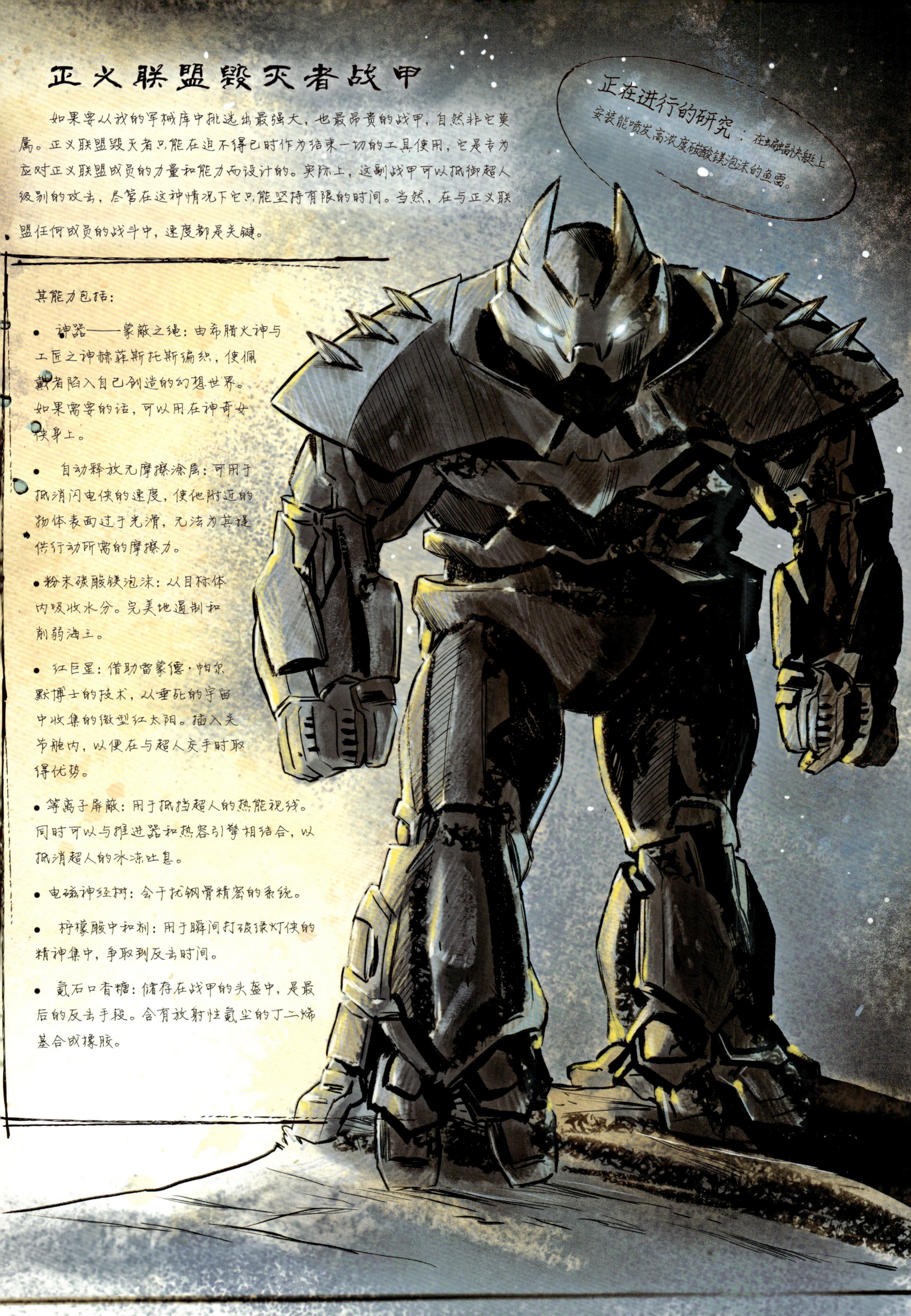

钢骨

维克多·斯通，著名科学家塞拉斯·斯通博士的儿子，当达克赛德首次进攻地球时，他还是一名正在考虑奖学金的高中橄榄球运动员。那时，他被严重烧伤并濒临死亡，他的父亲使用星球实验室的一些尖进技术挽救了他的生命。维克多现在名为钢骨。实际上，他现在可能更近似于机器，而不是人。他是一个由移植钜金属皮肤、金属陶瓷合金和上载的"纳米颗粒"（一种可以由意识控制的微观分子计算机）拼合而成的机械生化人。

一名健康的人类运动员和强大的武器化机器人系统相融合，并被赋予了与任何计算机系统无障碍沟通的能力，在这个世界上，这一点绝对是不容小觑的优势。星球实验室的技术几乎改造了他全身的每一个细胞，建立了有机物和无机物的完美连接。尽管他的濒死体验和转化过程必然十分痛苦，但毫无疑问，钢骨是一个技术奇迹——不同成分的部件构成了完美的平衡，通过与一台被称为"母盒"的超现实生命计算机相融合，他变得更加强大了。

而此时，钢骨已经历了一系列简单的科学原理无法解释的"升级"，其升级内容远远超出地球技术的范畴，我无法对它们做出任何实际的评估。但是，考虑到他可能被邪恶的外部力量远程控制，我认为绝对不能对他掉以轻心。而最近邪恶的AI网格占据了他的躯体的事实无疑在提醒我们，需要尽可能全面地理解这个机械生化人的运作原理。

> 钢骨的头饰保护了维克多变为机械生化人后剩余的人类组织，并用复杂的适应性视觉系统取代了他失去的眼睛。

头颅暴露区域有没有可能是他的弱点所在？
暴露的皮肤易受到伤害吗？是皮肤还是合成材料？

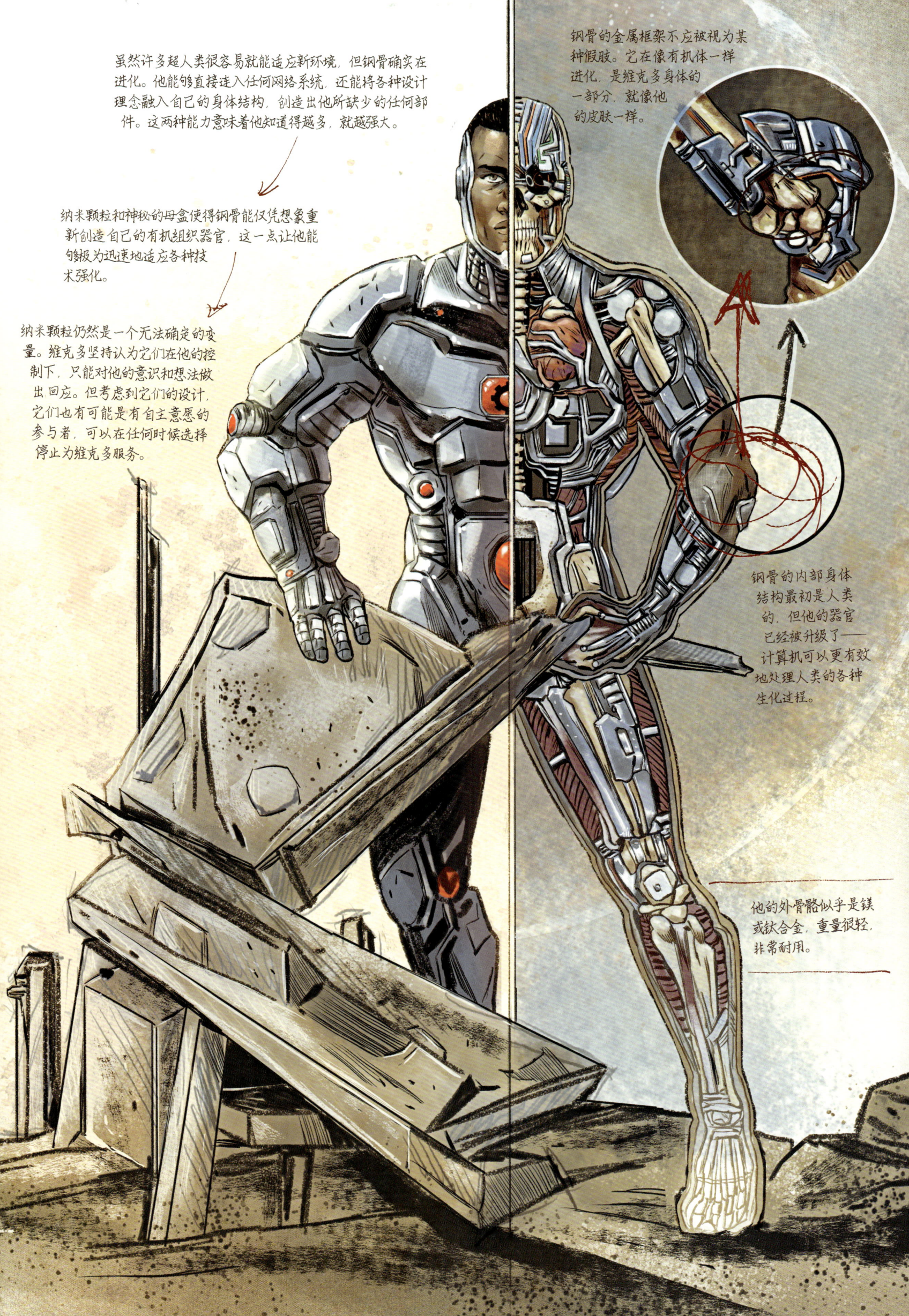

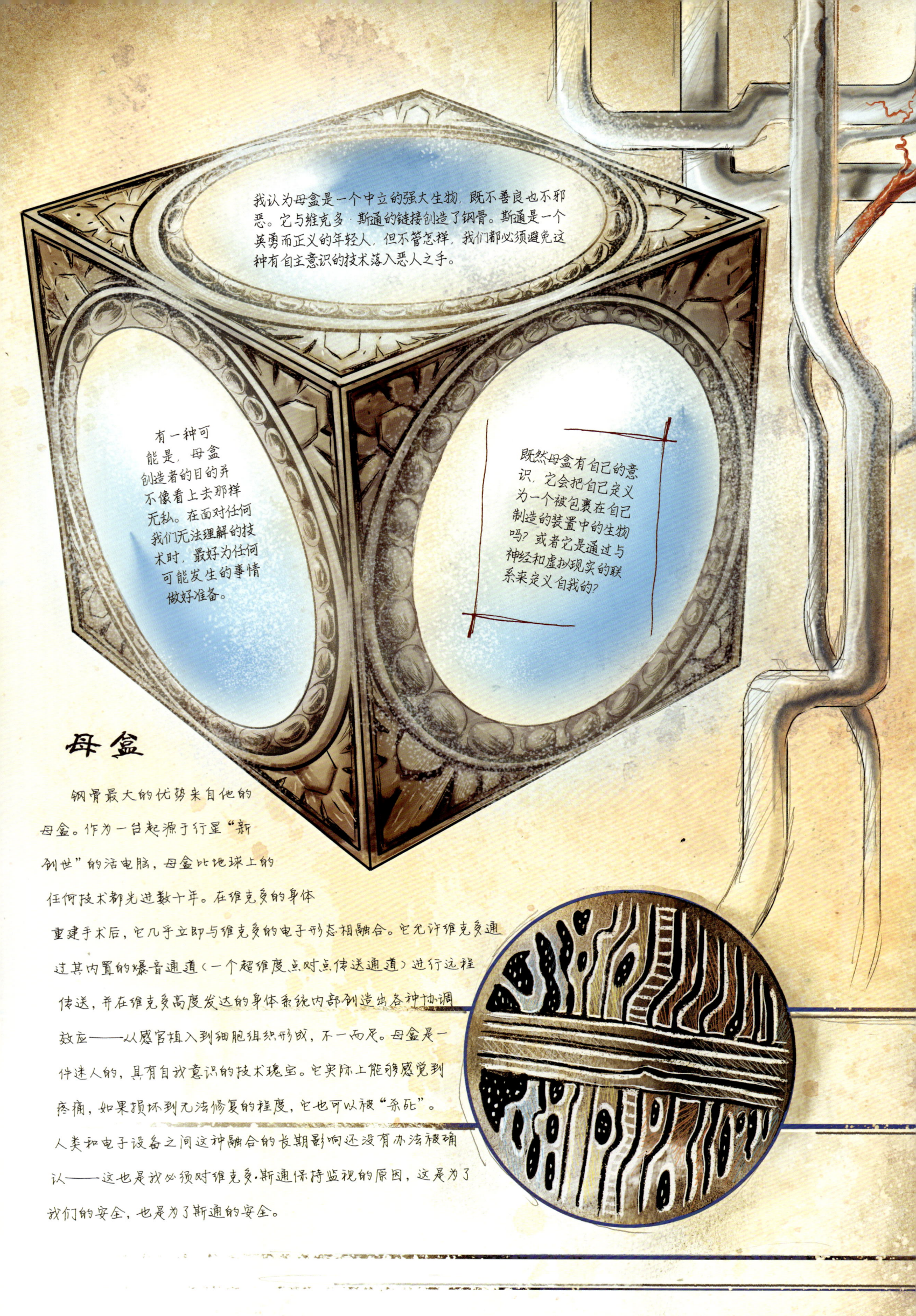

我认为母盒是一个中立的强大生物，既不善良也不邪恶。它与维克多·斯通的链接创造了钢骨。斯通是一个英勇而正义的年轻人，但不管怎样，我们都必须避免这种有自主意识的技术落入恶人之手。

有一种可能是，母盒创造者的目的并不像看上去那样无私。在面对任何我们无法理解的技术时，最好为任何可能发生的事情做好准备。

既然母盒有自己的意识，它会把自己定义为一个被包裹在自己制造的装置中的生物吗？或者它是通过与神经和虚拟现实的联系来定义自我的？

母盒

钢骨最大的优势来自他的母盒。作为一台起源于行星"新创世"的活电脑，母盒比地球上的任何技术都先进数十年。在维克多的身体重建手术后，它几乎立即与维克多的电子形态相融合。它允许维克多通过其内置的爆音通道（一个超维度点对点传送通道）进行远程传送，并在维克多高度发达的身体系统内部创造出各种协调效应——从感官植入到细胞组织形成，不一而足。母盒是一件迷人的、具有自我意识的技术瑰宝。它实际上能够感觉到疼痛，如果损坏到无法修复的程度，它也可以被"杀死"。人类和电子设备之间这种融合的长期影响还没有办法被确认——这也是我必须对维克多·斯通保持监视的原因，这是为了我们的安全，也是为了斯通的安全。

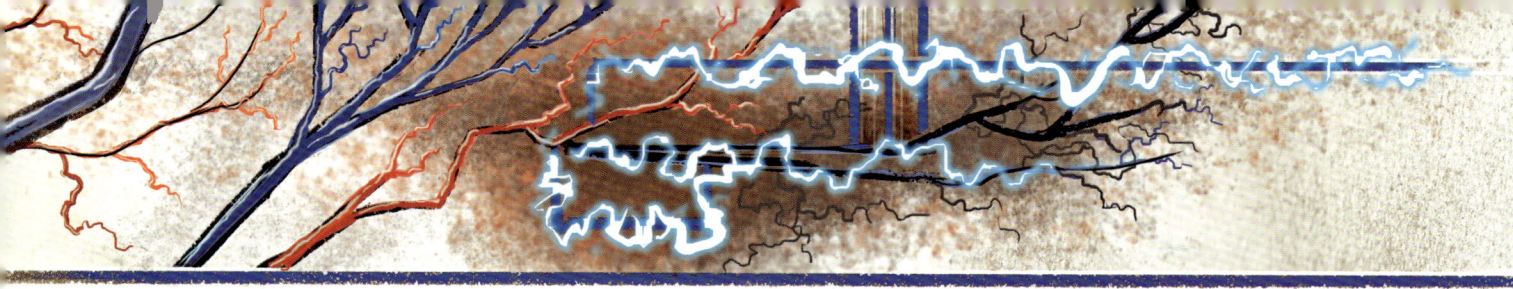

星球实验室
科技前沿研究
钢骨项目

钶金属移植的早期试验结果大大超出了我们的预期。正如人们所希望的那样，受试者不仅与此种不可思议的高强度人造金属实现了无缝融合，而且在初步手术后几乎不需要多少时间即可恢复一切功能。

钶金属几乎瞬间替换了受试者体内受损的组织，受试者的剧痛持续了不到90秒（如果我们不进行此实验，他的伤口将是致命的）。随后受试者的生命体征稳定下来，A-Maze操作系统启动，将内啡肽和载入信息一起传送进他的大脑。

他的机体操作系统最初设置为自动控制，受试者能够轻松掌握他的新能力，在有需要的时候本能地激活防御系统。虽然我希望在这个过程完成后尽快对受试者进行彻底的研究，但实际情况和我想象的完全不同。实际上，直到将近一周以后，我才建立起具体的数据。后续发现见相关的钶金属/钢骨更新日志001.3至001.8。

塞拉斯·斯通博士
红色房间
7级
密歇根州，底特律

当面对濒死的儿子时，斯通博士不顾一切地抓住了一个机会，但这无疑引发了这位受人尊敬的科学家和他儿子之间的冲突。不幸的是，星球实验室不愿意共享他们关于钶金属和A-maze操作系统的数据。

提醒：如前所述，不要试图以数字方式存储此文档。虽然我对蝙蝠洞的数字安全协议有很大的信心，但是母盒赋予钢骨的力量是不可估量的，在这个阶段，我基本对其一无所知。我们必须极其小心地进行与之相关的一切行动。

有机组织与合成电路的混合？

母盒中的意识是包含在电路中，属于电路的一部分，还是与电路共生的独立存在？

化身

我与钢骨相识时,他才转化为机械生化人不久。塞拉斯·斯通博士更关心的是拯救儿子的生命,而非钢骨的设计细节,但即使他已经充分研究了星球实验室发现的外星技术,维克克身体的机械化配置效能还是超出了这位博士的最高期望。由于担心维克克烧伤的身体会排斥皮肤移植和尚处于试验阶段的仿生学修复,塞拉斯给儿子注射了未经测试的"纳米颗粒"。这是一种能够控制细胞生化过程的微粒。几十亿个纳米粒子与维克克的器官发生交互作用,改造了他的躯体,用更强大的全新组织取代了他失去的组织。他的大部分身体看起来完全像是金属机械,只有他的右眼,脸和头的一部分仍然是人类。试验性的操作程序被上传到维克克的神经元中,纳米电脑创造了一个能监控输入信号和命令的神经突触电路。

纳米颗粒不断对维克克进行改造和升级,从而使钢骨能够自如地控制他的身体形态。目前,他能从自己的附肢中制造武器,这使得他几乎在任何战斗中都是一名强大的战士。

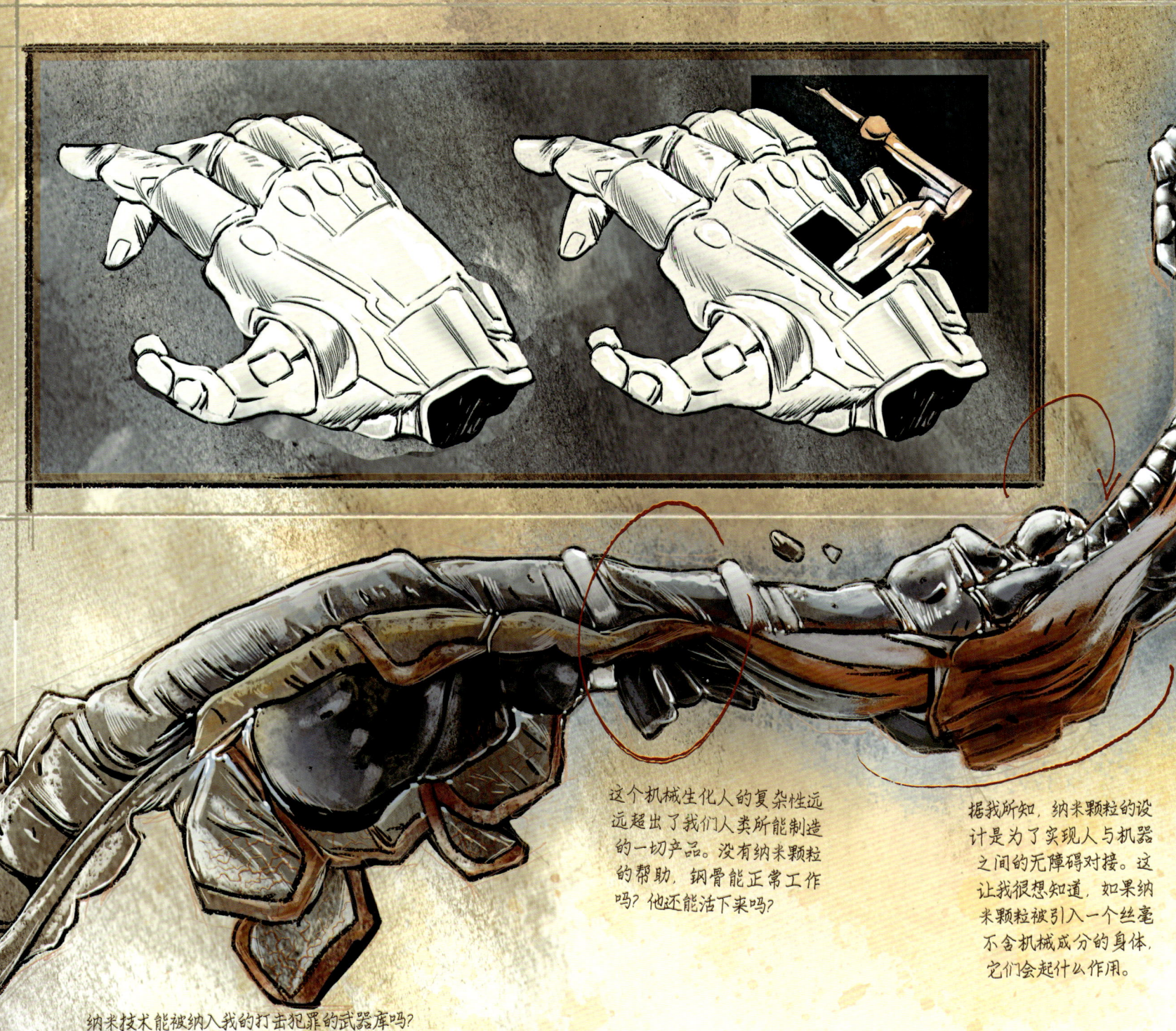

这个机械生化人的复杂性远远超出了我们人类所能制造的一切产品。没有纳米颗粒的帮助,钢骨能正常工作吗?他还能活下来吗?

据我所知,纳米颗粒的设计是为了实现人与机器之间的无障碍对接。这让我很想知道,如果纳米颗粒被引入一个丝毫不含机械成分的身体,它们会起什么作用。

纳米技术能被纳入我的打击犯罪的武器库吗?

为应对新威胁而发展的武器?是否过于冒险?还是不可避免的未来?

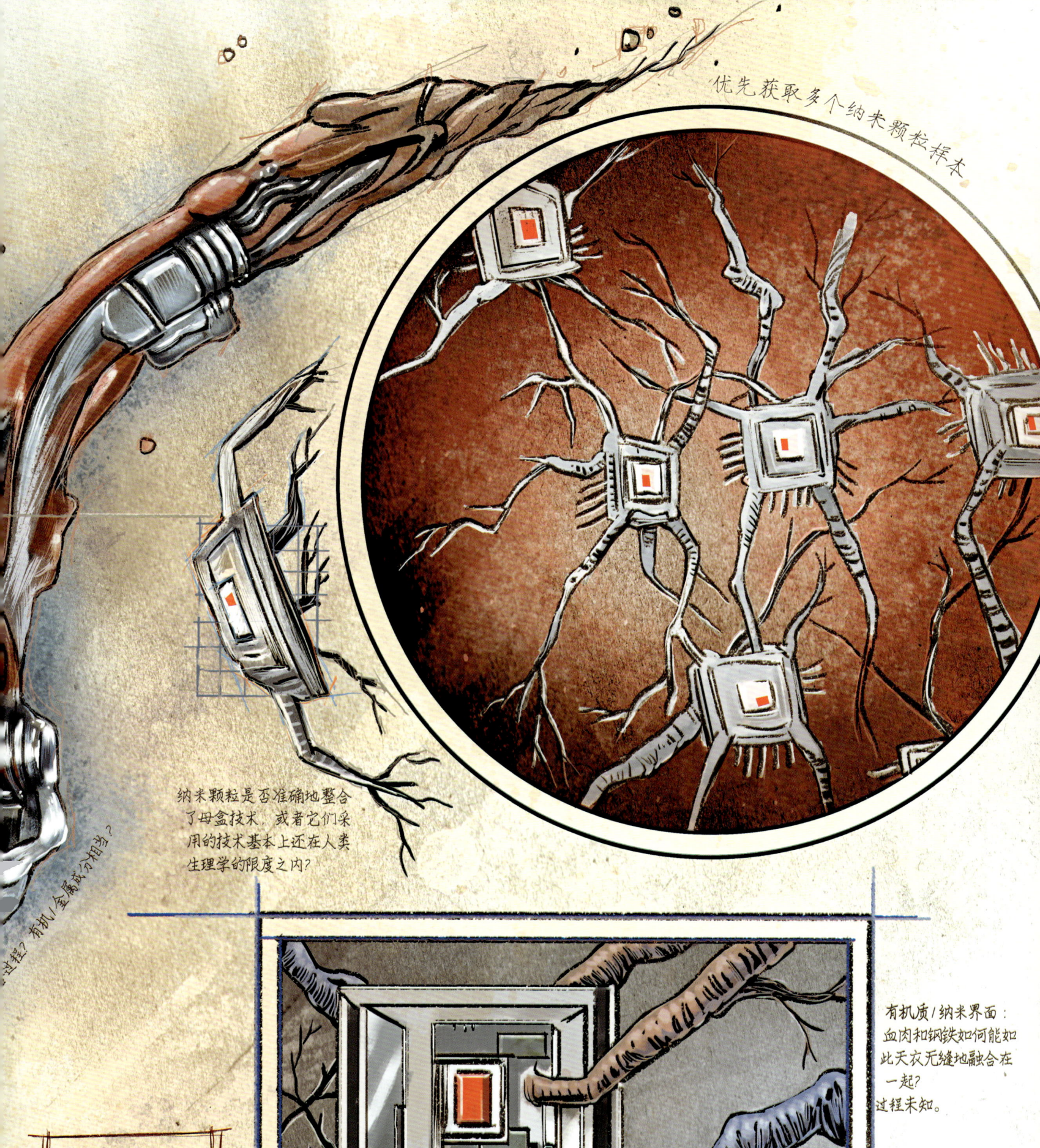

优先获取多个纳米颗粒样本

纳米颗粒是否准确地整合了母盒技术,或者它们采用的技术基本上还在人类生理学的限度之内?

正在进行的研究:需要对纳米颗粒进行广泛的研究。维克多愿意提供样品吗?

有机质/纳米界面:血肉和钢铁如何能如此天衣无缝地融合在一起?过程未知。

当钢骨被网格控制的时候,母盒/纳米颗粒群的心智是否能够处理钢骨思想的变化?它们是帮助维克多重新控制了自己,还是仅仅在按照钢骨的想法行事?

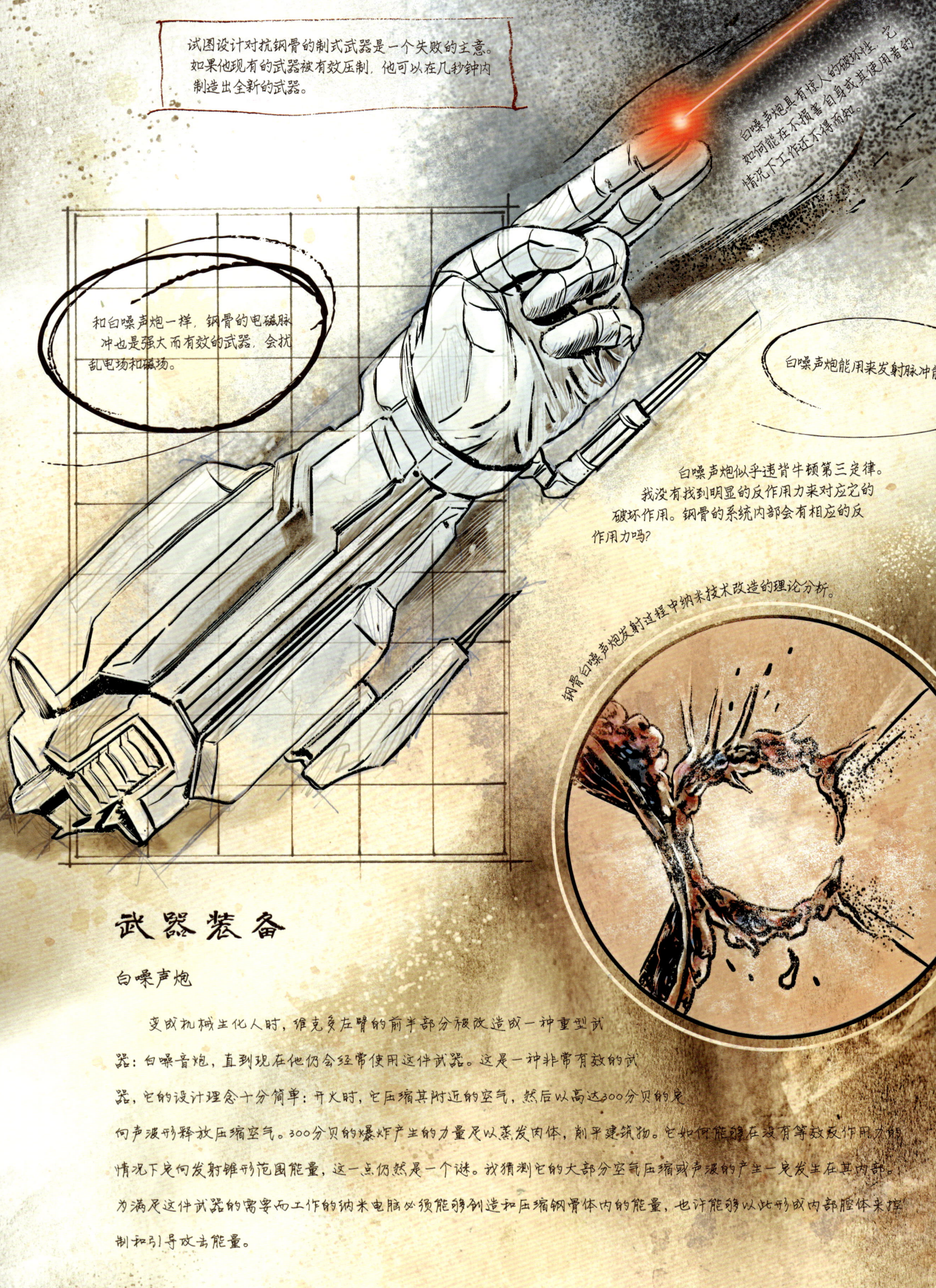

试图设计对抗钢骨的制式武器是一个失败的主意。如果他现有的武器被有效压制，他可以在几秒钟内制造出全新的武器。

白噪声炮具有惊人的破坏性。如何能在不损害自身或其使用者情况下工作还不得而知。

和白噪声炮一样，钢骨的电磁脉冲也是强大而有效的武器，会扰乱电场和磁场。

白噪声炮能用来发射脉冲。

白噪声炮似乎违背牛顿第三定律。我没有找到明显的反作用力来对应它的破坏作用。钢骨的系统内部会有相应的反作用力吗？

钢骨白噪声炮发射过程中纳米技术改造的理论分析。

武器装备

白噪声炮

变成机械生化人时，维克多左臂的前半部分被改造成一种重型武器：白噪音炮，直到现在他仍会经常使用这件武器。这是一种非常有效的武器，它的设计理念十分简单：开火时，它压缩其附近的空气，然后以高达300分贝的定向声波形释放压缩空气。300分贝的爆炸产生的力量足以蒸发肉体，削平建筑物。它如何能够在没有等效反作用力情况下定向发射锥形范围能量，这一点仍然是一个谜。我猜测它的大部分空气压缩或声波的产生一定发生在其内部。为满足这件武器的需要而工作的纳米电脑必须能够创造和压缩钢骨体内的能量，也许能够以此形成内部腔体来控制和引导攻击能量。

附加武器

虽然钢骨可以制造出几乎无穷无尽的武器，但他确实有自己的偏好——最常用的一种是电磁脉冲武器，能使50米范围内的任何非屏蔽电力和技术设备丧失工作能力。当钢骨需要发动更直接的攻击时，他依靠的是声波发射器的超声脉冲。他还经常使用各种其他武器和工具，包括一个冰束发生器和一个安装在手指上的激光器。凭借斯通的创造性思维，他的武器列表几乎趋于无限，使他成为一把行走的瑞士军刀。

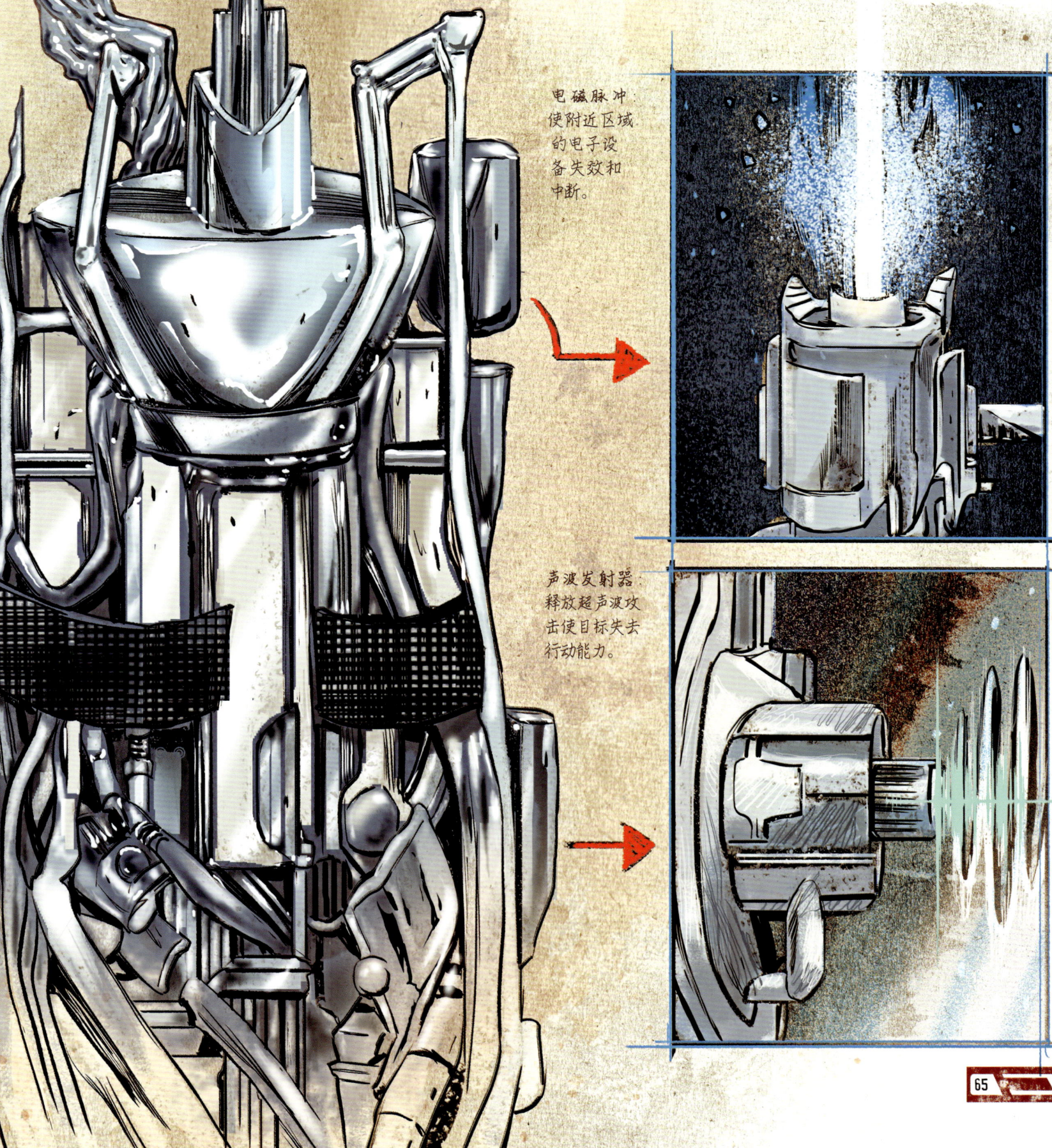

电磁脉冲：使附近区域的电子设备失效和中断。

声波发射器：释放超声波攻击使目标失去行动能力。

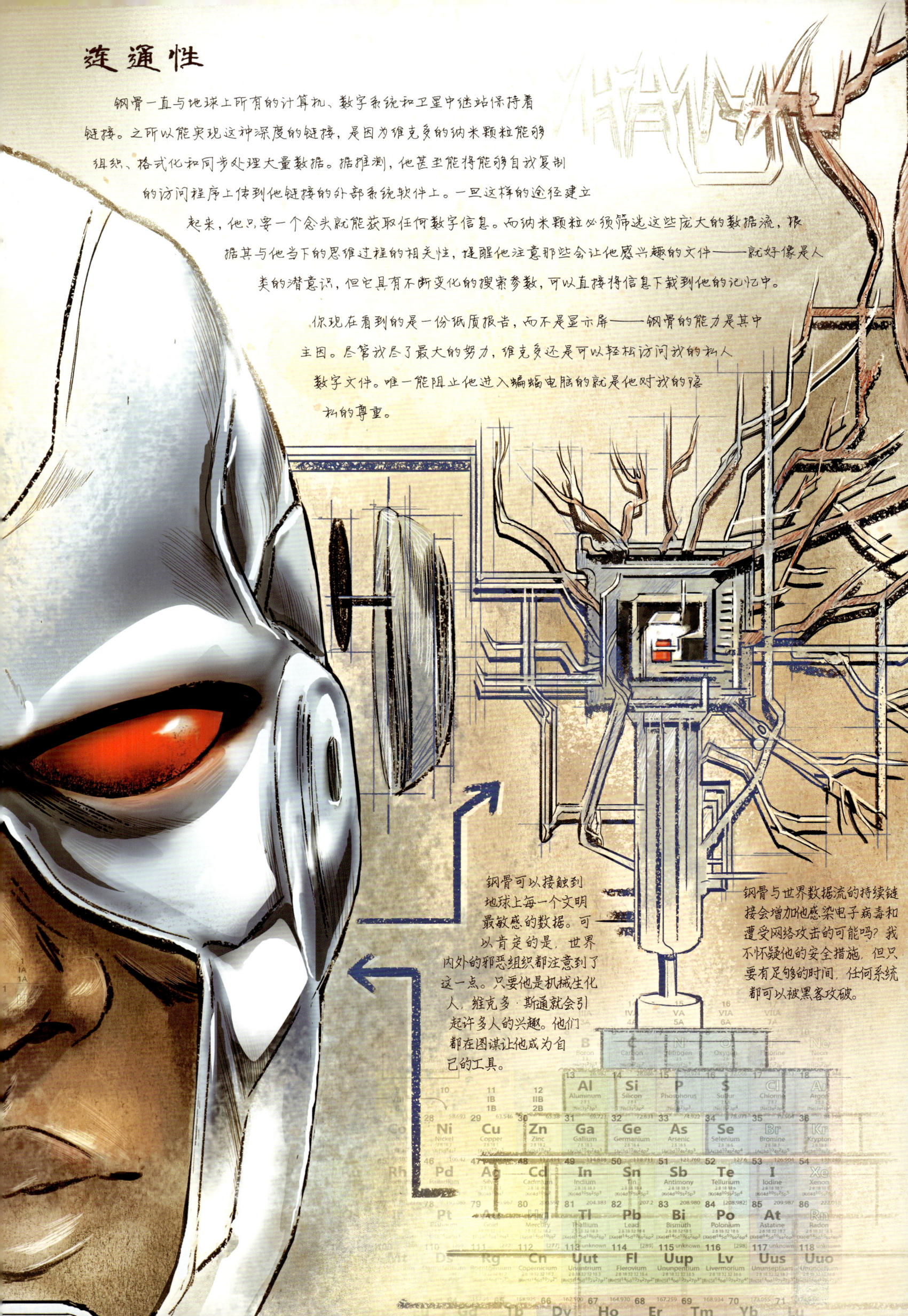

连通性

钢骨一直与地球上所有的计算机、数字系统和卫星中继站保持着链接。之所以能实现这种深度的链接,是因为维克多的纳米颗粒能够组织、格式化和同步处理大量数据。据推测,他甚至能将能够自我复制的访问程序上传到他链接的外部系统软件上。一旦这样的途径建立起来,他只要一个念头就能获取任何数字信息。而纳米颗粒必须筛选这些庞大的数据流,根据其与他当下的思维过程的相关性,提醒他注意那些会让他感兴趣的文件——就好像人类的潜意识,但它具有不断变化的搜索参数,可以直接将信息下载到他的记忆中。

你现在看到的是一份纸质报告,而不是显示屏——钢骨的能力是其中主因。尽管我尽了最大的努力,维克多还是可以轻松访问我的私人数字文件。唯一能阻止他进入蝙蝠电脑的就是他对我的隐私的尊重。

钢骨可以接触到地球上每一个文明最敏感的数据。可以肯定的是,世界内外的邪恶组织都注意到了这一点。只要他是机械生化人,维克多·斯通就会引起许多人的兴趣。他们都在图谋让他成为自己的工具。

钢骨与世界数据流的持续链接会增加他感染电子病毒和遭受网络攻击的可能吗?我不怀疑他的安全措施,但只要有足够的时间,任何系统都可以被黑客攻破。

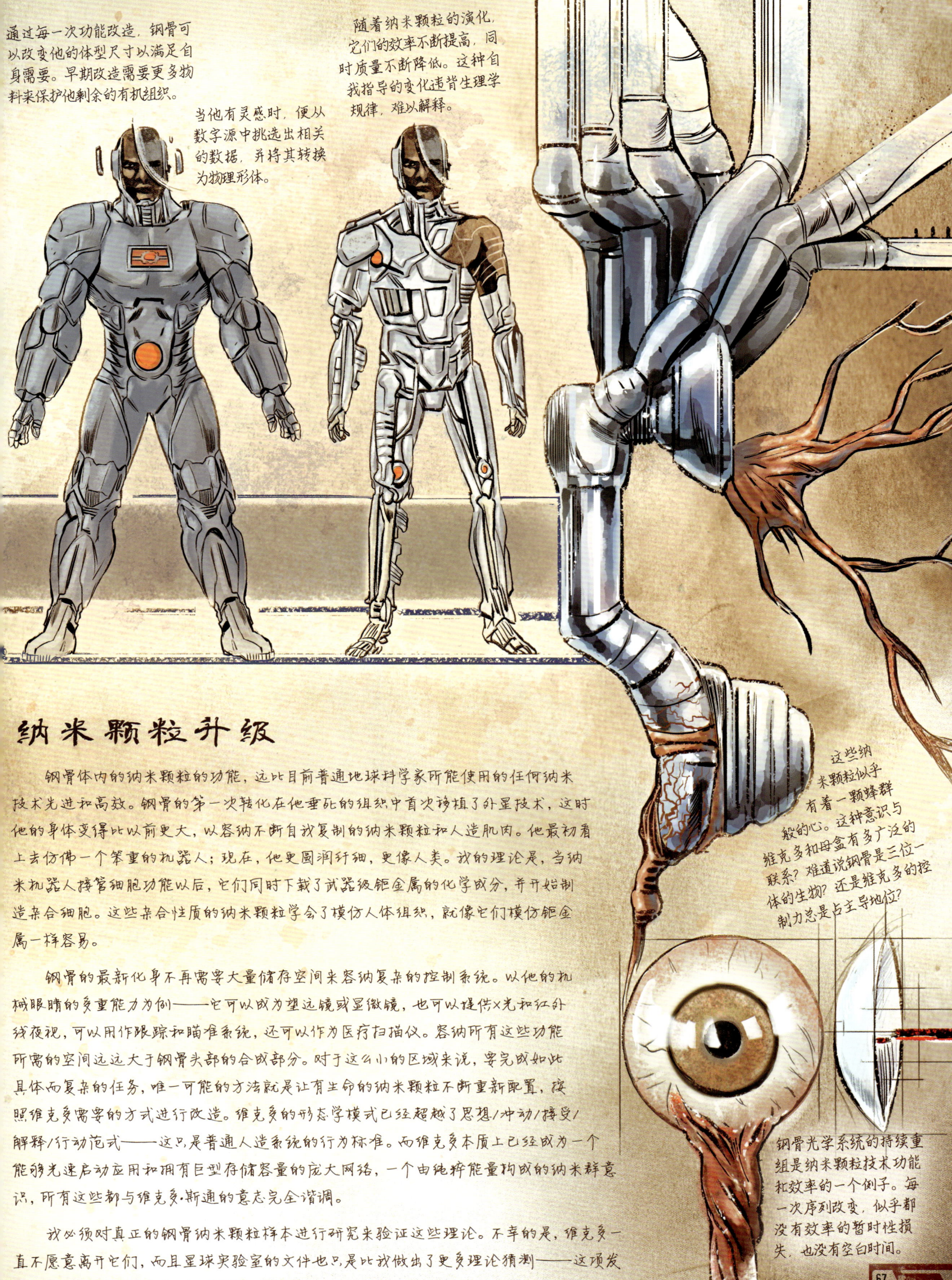

通过每一次功能改造，钢骨可以改变他的体型尺寸以满足自身需要。早期改造需要更多物料来保护他剩余的有机组织。

当他有灵感时，便从数字源中挑选出相关的数据，并将其转换为物理形体。

随着纳米颗粒的演化，它们的效率不断提高，同时质量不断降低。这种自我指导的变化违背生理学规律，难以解释。

这些纳米颗粒似乎有着一颗蜂群般的心。这种意识与维克多和母盒有多广泛的联系？难道说钢骨是三位一体的生物？还是维克多的控制意志是占主导地位？

钢骨光学系统的持续重组是纳米颗粒技术功能和效率的一个例子。每一次序列改变，似乎都没有效率的暂时性损失，也没有空白时间。

纳米颗粒升级

钢骨体内的纳米颗粒的功能，远比目前普通地球科学家所能使用的任何纳米技术先进和高效。钢骨的第一次转化在他垂死的组织中首次移植了外星技术，这时他的身体变得比以前更大，以容纳不断自我复制的纳米颗粒和人造肌肉。他最初看上去仿佛一个笨重的机器人；现在，他更圆润纤细，更像人类。我的理论是，当纳米机器人接管细胞功能以后，它们同时下载了试器级钜金属的化学成分，并开始制造亲合细胞。这些亲合性质的纳米颗粒学会了模仿人体组织，就像它们模仿钜金属一样容易。

钢骨的最新化身不再需要大量储存空间来容纳复杂的控制系统。以他的机械眼睛的多重能力为例——它可以成为望远镜或显微镜，也可以提供X光和红外线夜视，可以用作跟踪和瞄准系统，还可以作为医疗扫描仪。容纳所有这些功能所需的空间远远大于钢骨头部的合成部分。对于这么小的区域来说，要完成如此具体而复杂的任务，唯一可能的方法就是让有生命的纳米颗粒不断重新配置，按照维克多需要的方式进行改造。维克多的形态学模式已经超越了思想/冲动/接受/解释/行动范式——这只是普通人造系统的行为标准。而维克多本质上已经成为一个能够光速启动应用和拥有巨型存储容量的庞大网络，一个由纯粹能量构成的纳米群意识，所有这些都与维克多·斯通的意志完全谐调。

我必须对真正的钢骨纳米颗粒样本进行研究来验证这些理论。不幸的是，维克多一直不愿意离开它们，而且星球实验室的文件也只是比较做出了更多理论猜测——这项发明远远超越了它的发明人的理解能力。

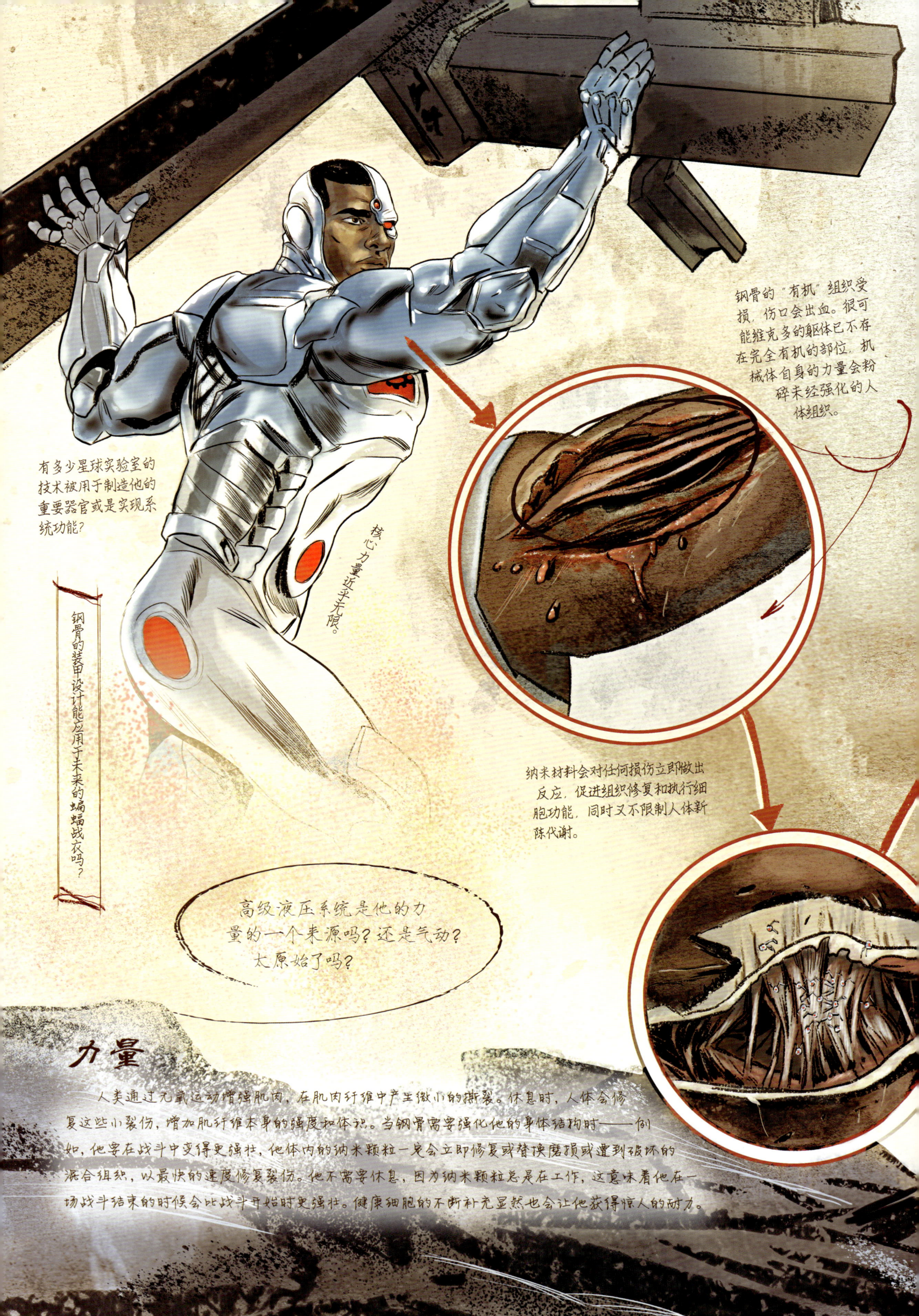

协同

钢骨的人工强化效果所承受的压力应该会使他的有机组织碎裂。但在另一方面,最复杂的计算机系统与人类大脑的能力相比也显得苍白无力。科技和人体机能——两个世界的精华结合在一起,而纳米颗粒正是这种结合的关键。它们以此来支持钢骨和母盒,并引导他们。亲合细胞沿袭了人类细胞的高效,但也必须扩充和增强钢骨的有机组织,以赋予他足够的力量和耐力。如此,人类和机器完全融为一体。尽管维克多一直在执着于自己的人性,但他很可能会继续在这一形式的基础上进化,不断发展出更高效的功能。和他父亲一样,维克多有一颗科学家的大脑,对进步有敏锐的眼光。

由于钢骨处于不断升级的状态,不仅伤口会愈合,维克多的手臂也比受伤前更强壮有力。

纳米微粒似乎保留了维克多人体生理学的某些元素。虽然我怀疑他的骨骼已经不再由胶原蛋白和钙组成,但它们的形状和位置可能是相同的,以支持他的形态。

极强的电击可能使母盒和纳米颗粒瘫痪,但维克多还能活下来吗?

维克多·斯通是个好人,但钢骨也依赖于纳米颗粒和母盒。如果钢骨再次成为危险力量的牺牲品,那么独立瞄准其中任何一个系统都可能是使其丧失能力的关键。

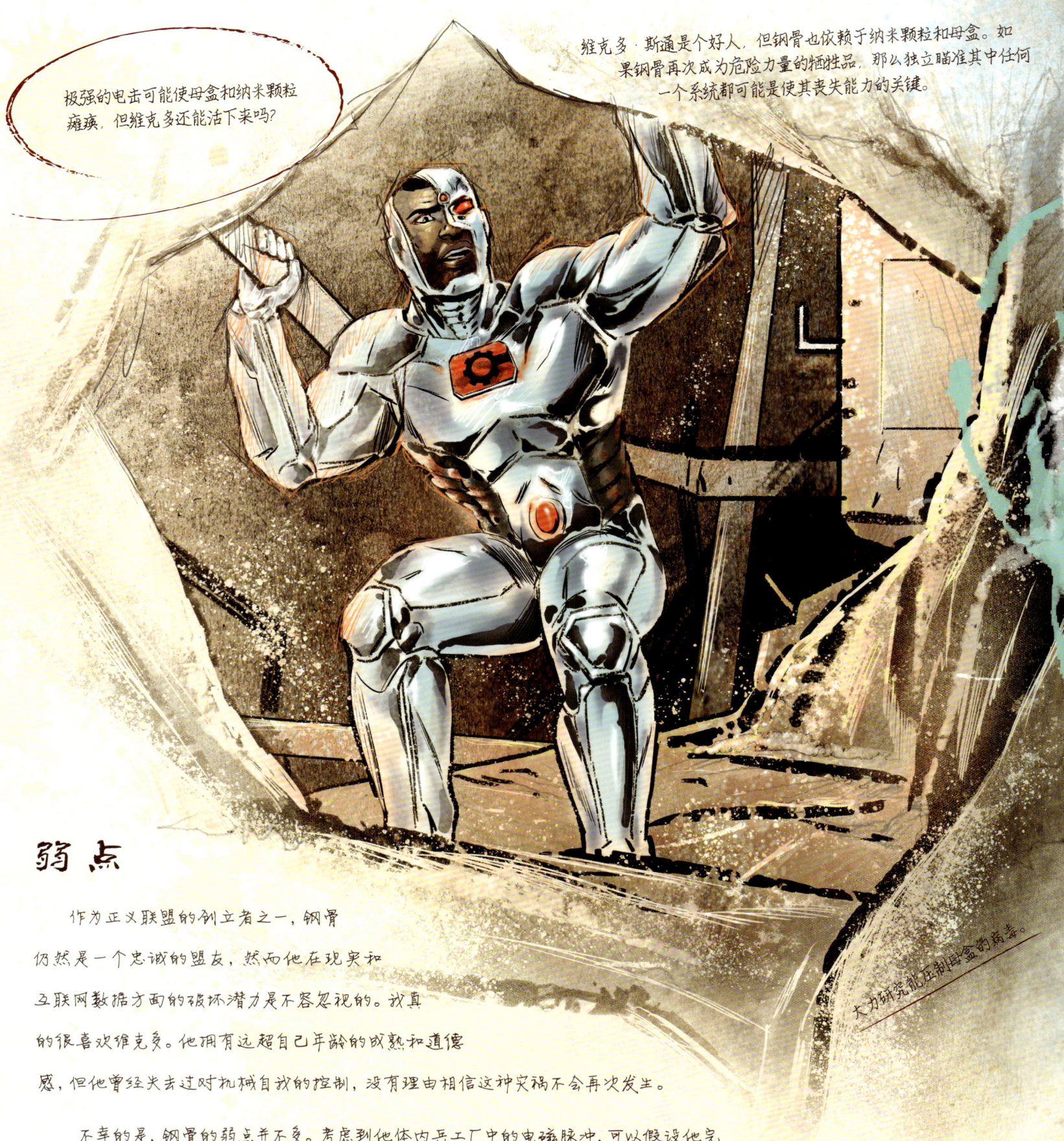

大力研究抑制母盒的病毒

弱点

作为正义联盟的创立者之一,钢骨仍然是一个忠诚的盟友,然而他在现实和互联网数据方面的破坏潜力是不容忽视的。我真的很喜欢维克多。他拥有远超自己年龄的成熟和道德感,但他曾经失去过对机械自我的控制,没有理由相信这种灾祸不会再次发生。

不幸的是,钢骨的弱点并不多。考虑到他体内兵工厂中的电磁脉冲,可以假设他完全能够抵挡电磁干扰的攻击。由于他的纳米网络可以独立于他自己的思维,对钢骨的第一波攻击应该消除这些纳米颗粒的辅助和强化功能。为了达到这个目的,强大的电击可能会暂时扰乱纳米颗粒的相互连接。

他的能量来源也应被慎重对待。我们还没有克制钢骨母盒的能力,这是一个需要尽快解决的问题。我已经研究了一些病毒程序,这些程序至少可以暂时抑制他的纳米颗粒配置,但迄今为止,我还没有任何证据能确保这种攻击有足够高的成功概率。也许是时候向机器人专家威尔·马格纳斯求助了。他负责一个被称为"金属人"的强大机器人团队。我想得越多,就越觉得韦恩企业应该把马格纳斯博士挖过来。我相信研发预算一定可以为一个有意义的事业找到一点回旋的余地。

火星猎人

荣恩·荣兹，也被称为火星猎人，是一名变形者，拥有心灵感应的能力，以及能与超人媲美的力量、速度和耐力。目前看来，他似乎是人类的盟友，但他肯定有自己的想法和不为人知的目的。他不仅能随意变幻形体，还能影响人们的心智，让人们依照他的想法去相信某些事。这使他成为宇宙中最危险的生物之一。

事实上，荣恩可能是最难以描述的人物。因为他的心灵感应能力包括擦除和操纵记忆。我和他并肩战斗多年，亲身体验过他坚守正义的道德情操，但我仍然不确定自己是否真的了解他。实际上，我已经对我的记忆产生了怀疑。

荣恩与正义联盟、政府的美国司法联盟和秘密组织风暴守卫结盟，但我没有理由相信他的队友比我更了解他。在这件事上，我想我们一样两眼一抹黑。

真皮组织下面覆盖的是骨肉还是一种匀质材料？

脊状突起和角状突起的重要性？对于荣恩文明中的社会地位有何意义？

形态学体现出的有机进化，但只有从内部结构入手才能做出确切的判断。可能性太多了。我们需要对他未经变化的真实躯体做一次完整扫描。否则就连猜测都无法做出。

优先事项：采集火星猎手的身体组织样本。对正义厅堂和他所居住的其他地方进行法医学检查。

头骨和脑组织也可以变形？

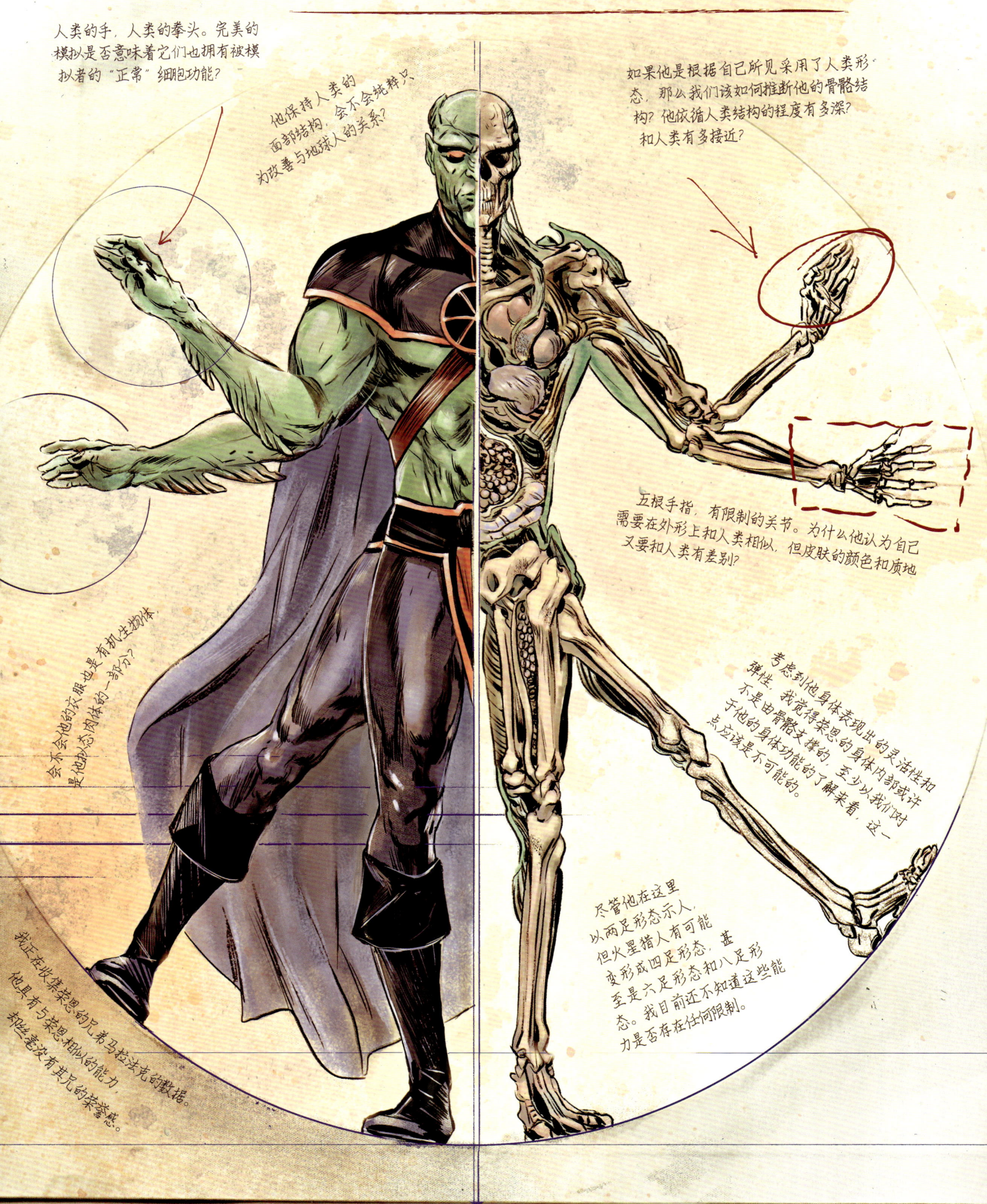

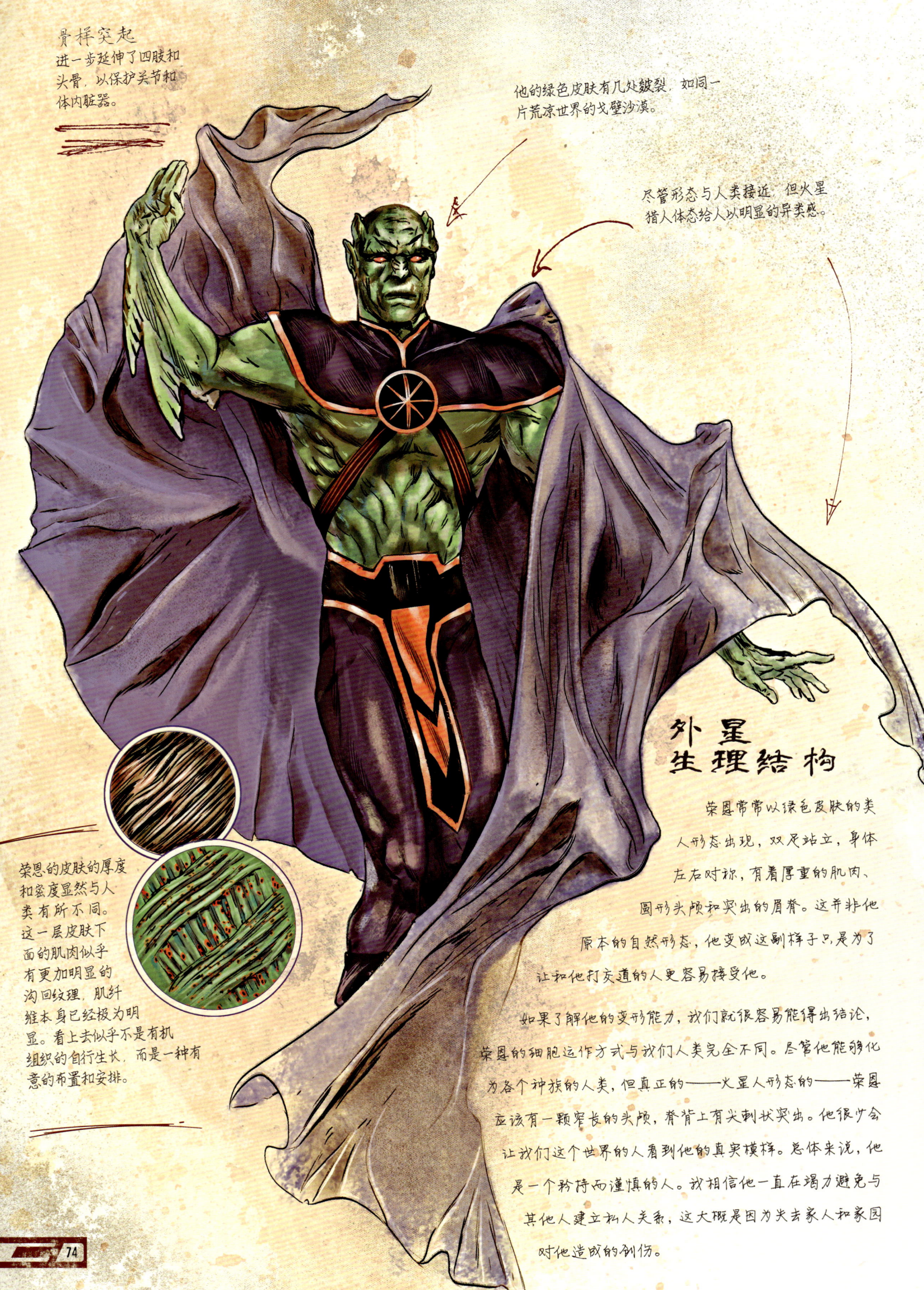

火星

正如他的绰号所示,荣恩·荣兹的故乡是火星。火星曾是一颗生机勃勃的行星,由一个以心灵网络交流的文明种族主宰。这个被称为量子纠缠的网络让火星居民拥有了集体意识,他们因此建立起一个看似和平的乌托邦社会。

但火星的自然资源并不丰富,一重人工生物穹顶在守门者的维持下保护着这个星球。这些火星的哨兵倾尽全力制造出一种对他们的群体意识有利的心灵大气环境,让火星上的农夫们能够在土地上耕耘。一栋栋建筑拔地而起,组成生机勃勃的文明社会。上一任火星领袖过世之后,他们便推选荣恩·荣兹成为新的行星领袖。

火星文明中有一项被称为"心体试炼"的神圣传统。试炼的一个环节要求荣恩离开他的臣民,前去猎杀火星上一最致命的猛兽,在这过程中,他首次体验到了孤独的感觉。当他完成试炼返回火星时,发现他的家园行星燃起了熊熊大火,他的人民无一幸存。他意识到,自己是火星唯一的幸存者,那种孤独感将萦绕他的下半生。

这一切的罪魁祸首是神灵透特(Thoth)。荣恩一路追踪它来到地球,却在一次激战后发现,这个怪物无法被囚禁,因为它能够毫无障碍地更换宿主并借此逃脱。失去了家园和朋友的荣恩无处可去,便将地球当作自己的新家,开始以火星猎人的身份对抗一切不公。

我相信这种化形对于荣恩来说只是小菜一碟。

但我认为这种预警与人类差异巨大的彩色意识有些匮乏,这需要更多的有机物质。

荣恩生活在火星时的原貌。他能够如此轻松地适应地球生活,这一点很令人惊叹。

他可以轻而易举、天衣无缝地变幻形态。他的骨骼皮肉都能融化，在毫秒（千分之一秒）间重塑成为新的形态。

这个变形的过程本身极为神秘，很难观察其细节。从我搜集到的资料来看，他的变形几近魔术。各种有机物质纠缠扭结在一起，编织出新的形体，这一非凡的过程就发生在眨眼间。让我疑惑万分的是，当他变幻身形、缩小体型时，那些多余的有机物去哪里了？当他扩张体型时，他又是从何处补充了有机物？他身体的某些部位是否会比其余部分更为致密，以适应这些有机物体量的变化？如果是这样，那么这是否意味着他在某些形态中会有多个弱点？

获取和研究关于荣恩变形的视频必须成为今后的优先事项。从瞭望塔中获得的数字记录也许是个不错的起点。

注意：要和卢修斯谈谈，向火星及半兽人企业的投资器们可以对外声称这是服务于科学共同体的一项行动，而其秘密目的则是收集参数据，用以深化对荣恩的研究。

和我猜测的一样，荣恩形效果之一就是隐身。如果能理解这一过程背后的科学原理，那么我所掌握的技术就有可能产生命性的改进。

行动计划：

我应该主动帮助荣恩追捕神灵透特。除了要消除这个寄生怪物所带来的威胁以外，和火星猎人密切协作能给我个机会了解他的能力并进一步赢得他的信任。我不确定他是否会配合我的研究，但他也许会愿意向我提供关于他的基本生理学信息。

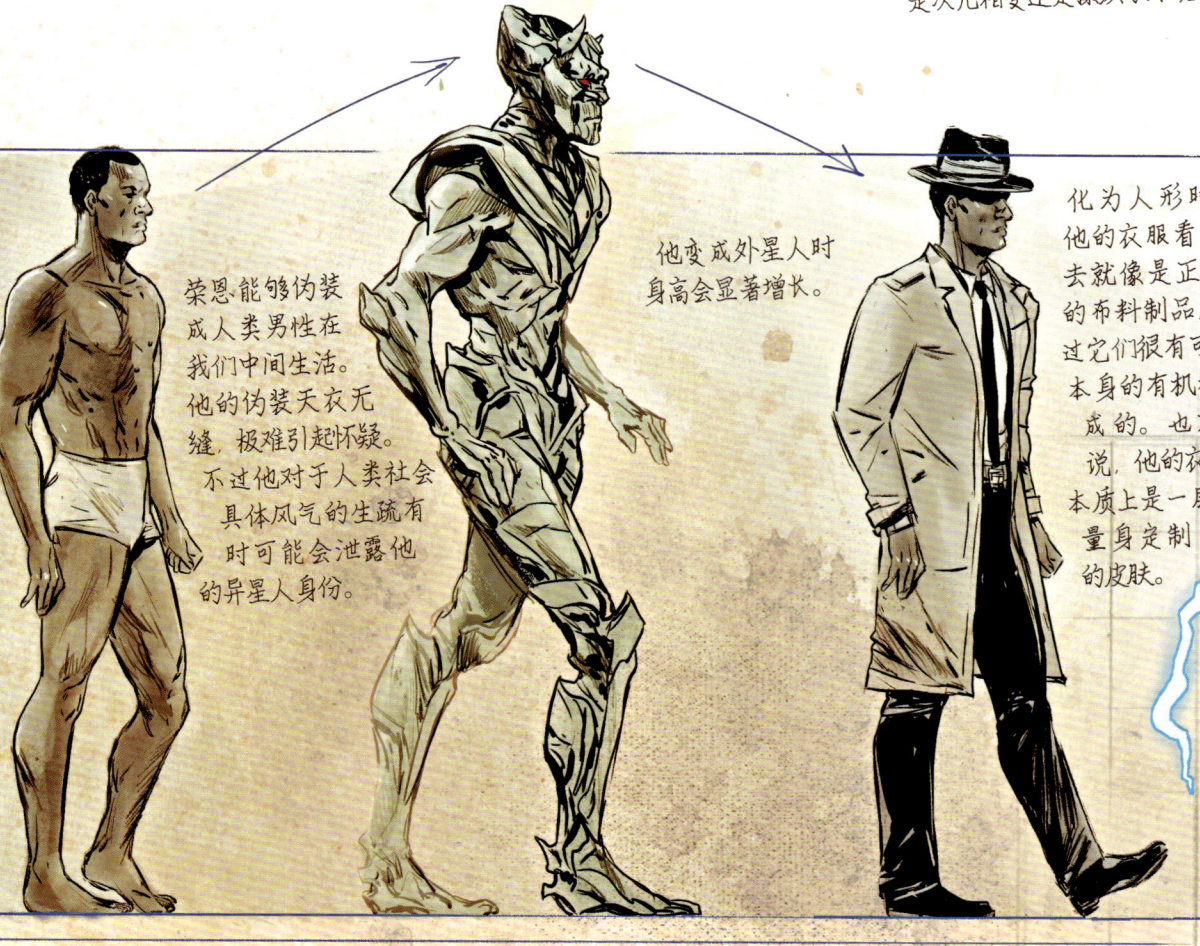

随着体型形变大变小,他的密度一定也发生了明显的变化。

是次元相变还是操纵了环境?

荣恩能够伪装成人类男性在我们中间生活。他的伪装天衣无缝,极难引起怀疑。不过他对于人类社会具体风气的生疏有时可能会泄露他的异星人身份。

他变成外星人时身高会显著增长。

化为人形时,他的衣服看上去就像是正常的布料制品,不过它们很有可能是他本身的有机材料形成的。也就是说,他的衣物本质上是一层量身定制的皮肤。

从火星形态化为人类形态的理论研究显示出,荣恩这种常规化形都需要消耗数十亿焦耳的能量。

另一个需要探索的问题是:荣恩是否能够将身体分拆并形成多个个体。

变形能力

脱离原形的火星猎人并非只改变了自己的外表。实际上,他完全变成了一个新的个体,会拥有此个体的力量与能力。这种程度的变化需要的控制力度达到了分子级别,还有可能涉及可延展变化的胚胎干细胞——这是一种可以改变大小和形状的细胞。或者也许这个过程根本没有细胞参与;也许他的身体是由一种致密的细胞液组成的,由荣恩的意识控制,能够不断按照他的意志重新自我诠释。我一直在研究的一个理论是,荣恩会从环境中吸收物质来扩充体形,而当他想缩减身形的时候,就会将物质剥离。或者他能够进入另一个维度,在那个维度中提取或丢弃多余的物质。考虑到火星猎人变化的速度和频率,我更倾向于后一种解释。我看过他变成一条巨龙的情景,那头龙足以把一架失事的喷气式客机安全地提起,放到地面上。这种变化必然涉及大量物质。

至于他如何有效地成为另一个个体,荣恩必然拥有被灵能强化的感官,使他能够"洞见"另一个人的思想和身体,直到基本的粒子层次。为了控制新身体的有机生化过程,他必须能做到这一点。他可以变化成任何形状以及形式的生物,完美地模仿他们。我相信,某种类型的心灵感应是他的变形能力的基础。他需要以自己的精神对肉体实行完全控制,用思想操纵细胞,同时他还得完全理解他所模仿的人或事物。

如前所述,荣恩的变形能力与进出阿卡姆精神病院的病人巴索·卡罗(又名泥脸)非常相似。和荣恩一样,卡罗可以改变自己的身体,使之成为他需要的任何形式,卡罗是在给自己注射了一种神秘药剂后才获得了这种能力。我以前从没有考虑过最初创造泥脸的这种药剂可能源自于火星,但考虑到这种相似性,也许我应该就此进行调查。

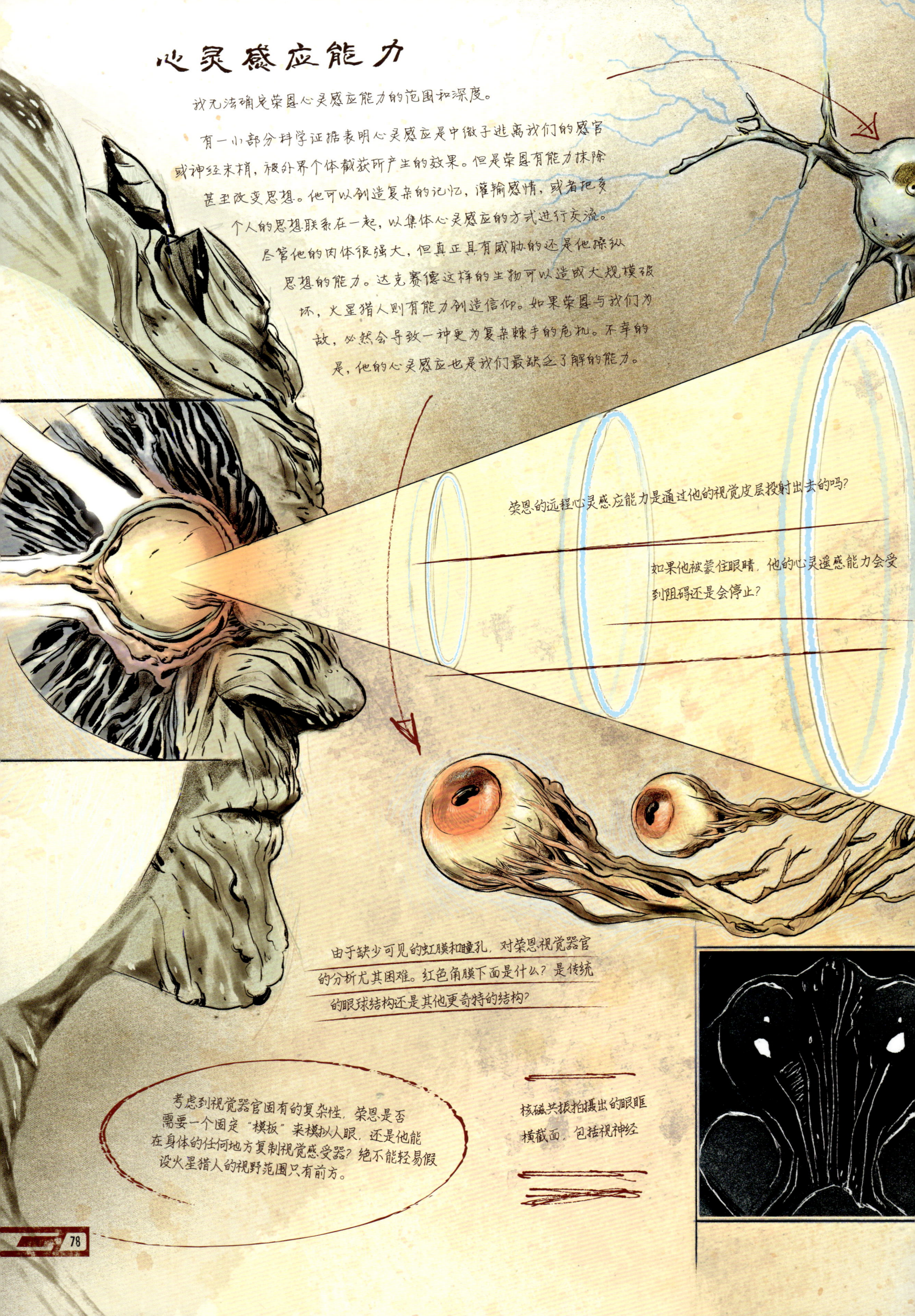

恩一族的思维过程是沿着一条与人类非常不同的道路发展的。而且他们的进化时间比我们长了许多。他的思想操纵能力似乎是在思维共享社会中发展出来的高级智能移情的结果。

发件人：探员卡梅伦·蔡斯cchase@deo.gov
发送时间：11月22日星期四上午10:55
收件人：骨头先生mbones@deo.gov
调查对象：荣恩·荣兹

骨头先生，

如你所料，你让我检查的线索又是一条死路。如果你真的想跟踪这家伙，需要付出的将不仅仅是出租车费和一副优质的双筒望远镜。这个外星人，只要走进人群就能甩掉一切跟踪他的尾巴。他可以随意变换外貌。我们在这里讨论的是分子水平的变化。我在他身上甚至找不到稳定的辐射信号。只要愿意，他可以变成一张白纸。

我提出这个建议应该已经有二十次了——如果我们想追踪火星猎人回到他的任何住所，都需要大量的人力。不仅如此，你还得让你的实验室工作人员针对他研发一些能够一直留在他身上的化学制品，让我们可以追踪到他。否则当他变成一个面色阴沉的邮递员走进阳光美元咖啡馆，再变成一个哥特咖啡师走出来的时候，我们根本不知道要跟踪谁！

坦率地说，我厌倦了追逐影子，也厌倦了你这种捕风捉影的态度。

你可爱的，
卡梅伦·蔡斯探员
超正常行动部

TOP SECRET

毫无疑问，荣恩把那些试图追踪他行踪的人都搞糊涂了。不过，看起来超正常行动部（骨头先生所掌握的政府特务机关）在这方面的行动似乎有所增强，所以我可能有必要介入，防止火星猎人被他们抓住。荣恩对正义联盟的行动太重要了，不能出任何差错。

仍然无法推测荣恩是如何看到"隐形物体"的。隐形的性质与视网膜受体的使用相矛盾。他是通过读取附近人的意识"看到"的，还是他使用了某种未知的感官？

我不知道有什么方法可以防止思想操纵，也不可能阻止荣恩在我身上使用这种能力。多年来，我一直在训练自己的思维，希望能发现外部力量对我的思维介入。这样就够了吗？真的吗？

变形能力的本质？

细胞控制以实现透明度？

隐 形

对于多细胞生物来说，真正的隐身理论上是不可能的，但是我们知道荣恩可以将自己分散到人类眼睛无法探测到的程度，就算是被侦测到也只不过是一些尘埃。在这种状态下，他还能通过各种物质，或者让物质通过他。要做到这一点，他必须能够在原子之间创造空间。我尚不清楚他如何以这种分散形态保持意识，但他的心灵感应能力已经表明他有一种独特的思维方式。

或许他用了一种更直接的方法来躲避肉眼的观察。也许他会给周围的人发送一个强烈的心灵感应信息，让他们相信他不在那里。与创造错误记忆相比，一个简单的感知障碍对于他的能力而言是轻而易举的事情。但这并不能解释照相机为何在他"隐形"时无法捕捉他的行踪。或许他只是躲进了我推测过的另外那个维度——那个他能够从中获取或剥离物质的维度。显然，这值得进一步研究，如果能利用这种能力，我们将在特定领域获得巨大优势。

也许他可以选择性地阻止他人的感知来模拟隐身。不过我突然想到了一种可能，他应该能化为某种微粒溶于空气吧，这不正属于他的变形能力吗？

坊间传闻，他可以将意识交流能量投射到很远的距离外。基本的金属护罩能阻挡或减缓他的灵能能力吗？要阻止他的精神侵犯需要多远的距离？

荣恩不需要翅膀也能飞行，为什么他在飞行时偶尔还是会变成有翼生物？

他只能根据现有的遗传模板复制事实存在的生物吗？

是不是因为单靠精神力量飞行会消耗他太多的注意力？或许他只是喜欢体验不同的飞行方式而已？

飞行

和荣恩的心灵遥感能力相比，飞行也许是他最容易解释的能力。他操控神经冲动的能力也可以用来影响他周围的空气。理论上，他可以使自己像羽毛一样轻；长出翅膀；或者简单地操纵全身的上皮层，与环境中的各种磁力辐射发生排斥作用，借以托举起自己的身体。这些能力都可以让他飞上天空，而且对于他而言都不是难事。

至少在我看来，荣恩不愿意对他力量的运作方式加以评论或是猜测。即使在正义联盟共事时，他也对自己的能力守口如瓶。被问及这个问题时，他通常会用火星哲学的只言片语作为回答，就像我在国外受训时听到的佛教寓言一样。我愿意相信，荣恩是在试图分享他的文化和信仰，以此来表明火星文化并未消亡。但我黑暗的天性让我不由得认为他是在试图避免给我任何能够被我利用的把柄。当和你谈话的人能读懂你的思想时，你就很难掩饰你的意图。

关于荣恩飞行能力的思想实验。

要让荣恩浮在空中，需要很宽的翼展。

与天堂之翼的数据进行交叉参考。

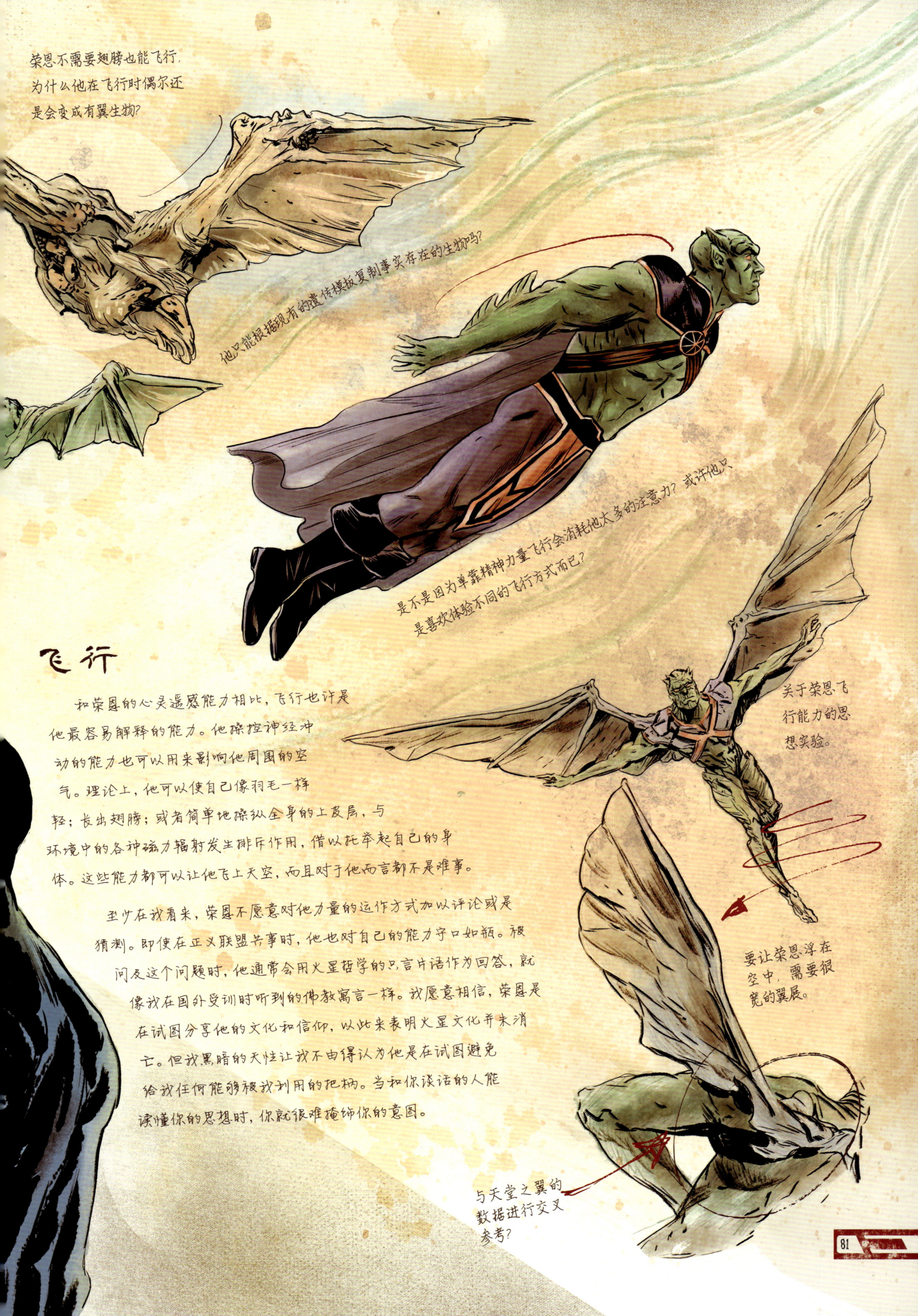

体力

荣恩展示了一系列令人印象深刻的超强能力,包括力量、速度、敏捷、耐力和耐受力。他显然可以和超人在直接的冲突中平分秋色,甚至有可能直接获胜。他的皮肤能偏转子弹,他能连续战斗数天,他的速度几乎和闪电侠一样快,他的反应能力堪比神奇女侠。

火星猎人的耐力可能是他进行心灵控制的结果。如果我的推测是正确的,他可以有选择地重新配置自身的肌肉和组织,使其更强壮,反应速度更快,抵抗疲劳的能力越来越强。钢骨的纳米颗粒也有类似的功能,但支持荣恩获得此等能力的是火星人的思维体,而非10亿台活的微型计算机。在漫长岁月中积累的经验和敏锐的意识,能够重组他的细胞物质密度,形成无数种变化。

荣恩也可以在没有呼吸和营养的环境下长时间存活。如果他能改变自己的原子结构来制造身体所需的资源,使其有效地成为一个自我满足的封闭循环系统,那么他在不需补给的情况下仍然会具有近乎无限的生存能力。只不过让人奇怪的是,他对巧克力夹心饼干毫无抵抗力,这一点近乎病态。

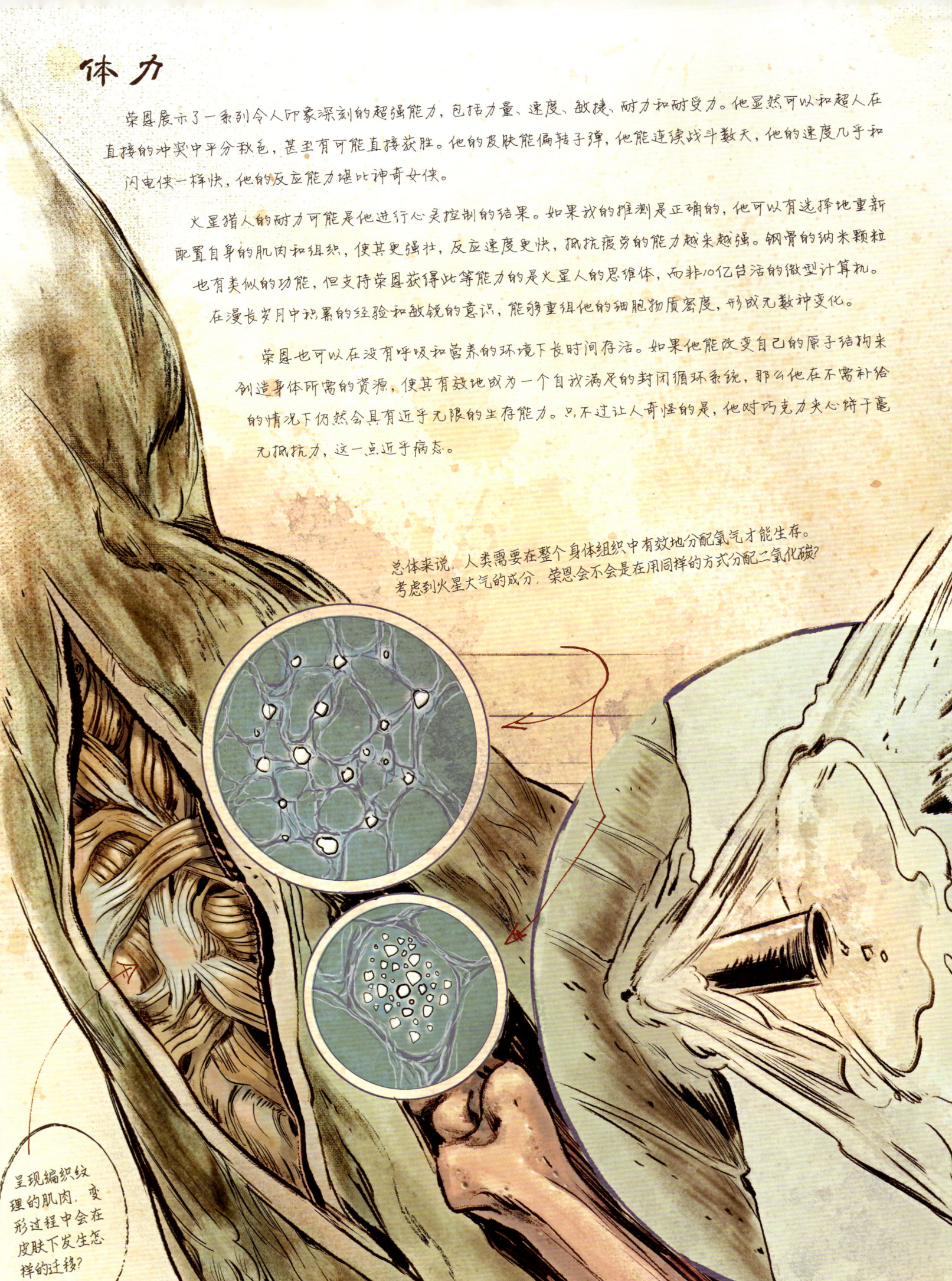

总体来说,人类需要在整个身体组织中有效地分配氧气才能生存。考虑到火星大气的成分,荣恩会不会是在用同样的方式分配二氧化碳?

呈现编织纹理的肌肉,变形过程中会在皮肤下发生怎样的迁移?

遭遇物理创伤时,荣恩身体组织的重组是自主的还是受到他的意识控制他的身体组织是根据承受的冲击力大小来进行自我强化吗？还是他必须意识到对自己造成冲击的外力？他的意识能达到亚原子级别吗？

人体形态对他的视力有影响吗？通过人类的眼睛看世界会不会以某种方式阻碍他的火星人视力？

如果我能更好地理解荣恩的火星人视野，也许我能找到一种方法来设计一种人工合成系统，将它应用于我的斗篷中的隐形光学系统。

通子弹不可能刺穿他的火星皮肤

我听说荣恩总共有9种感官。尽管我尽了最大努力去理解他的能力，但直到现在我还是无法确认这一点。

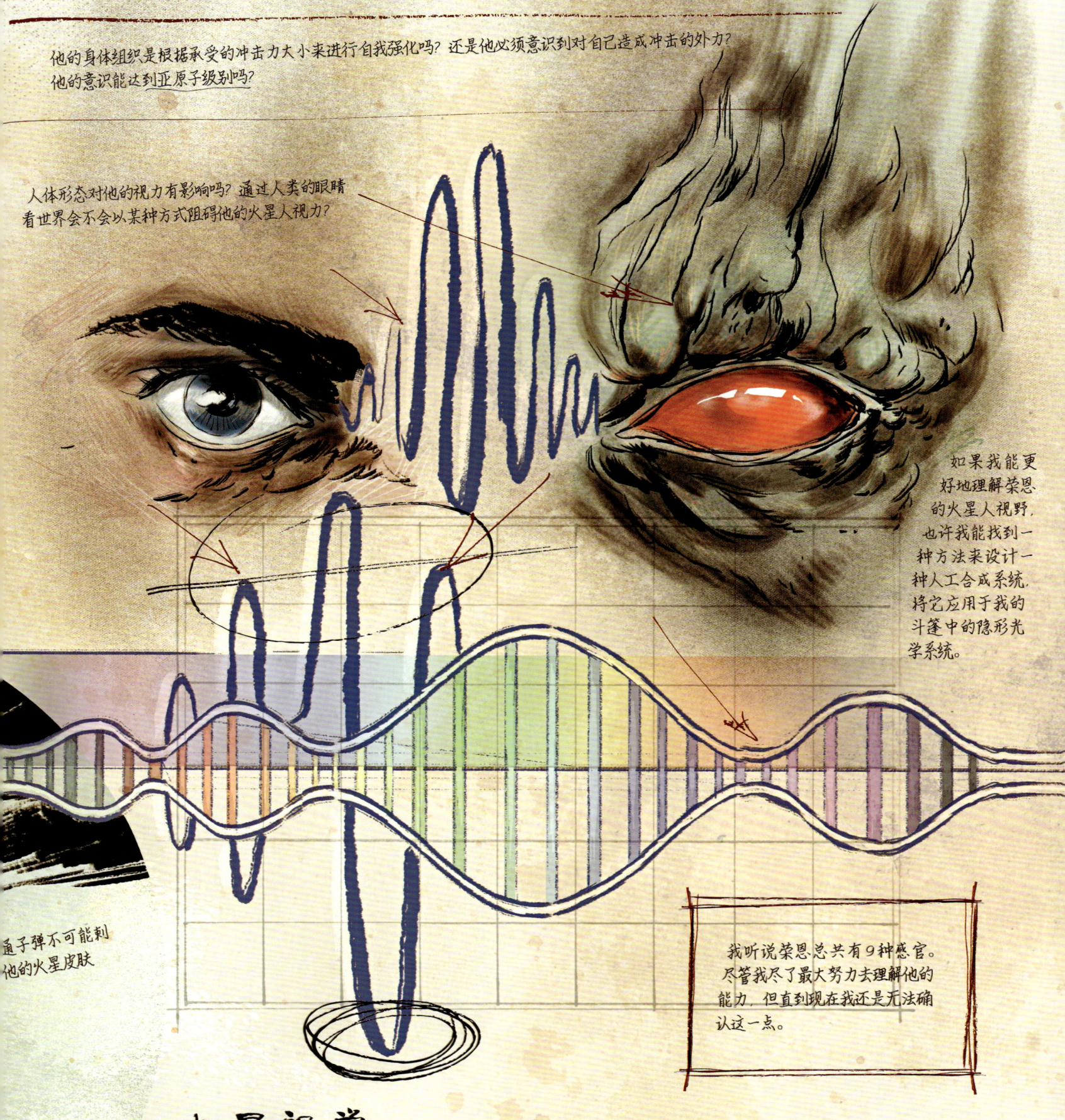

火星视觉

火星猎人拥有我迄今为止所研究过的所有特殊视力。另外，他还拥有一种X射线视力，他称之为"火星视力"。他将其描述为一种绘制不同的密度波包的地形图的能力，这一概念完全超出了我目前的理解水平。

试图描述一种外星人的感官，最大的问题是缺乏参照。我痛恨自己不得不一再使用陈词滥调来表达我的无能，但这的确像是荣恩在试图向一个盲人描述视力。他的火星生理学一定能让他接触到我们无法理解的感受光谱，而这种感官完全超出了我们的经验范围。

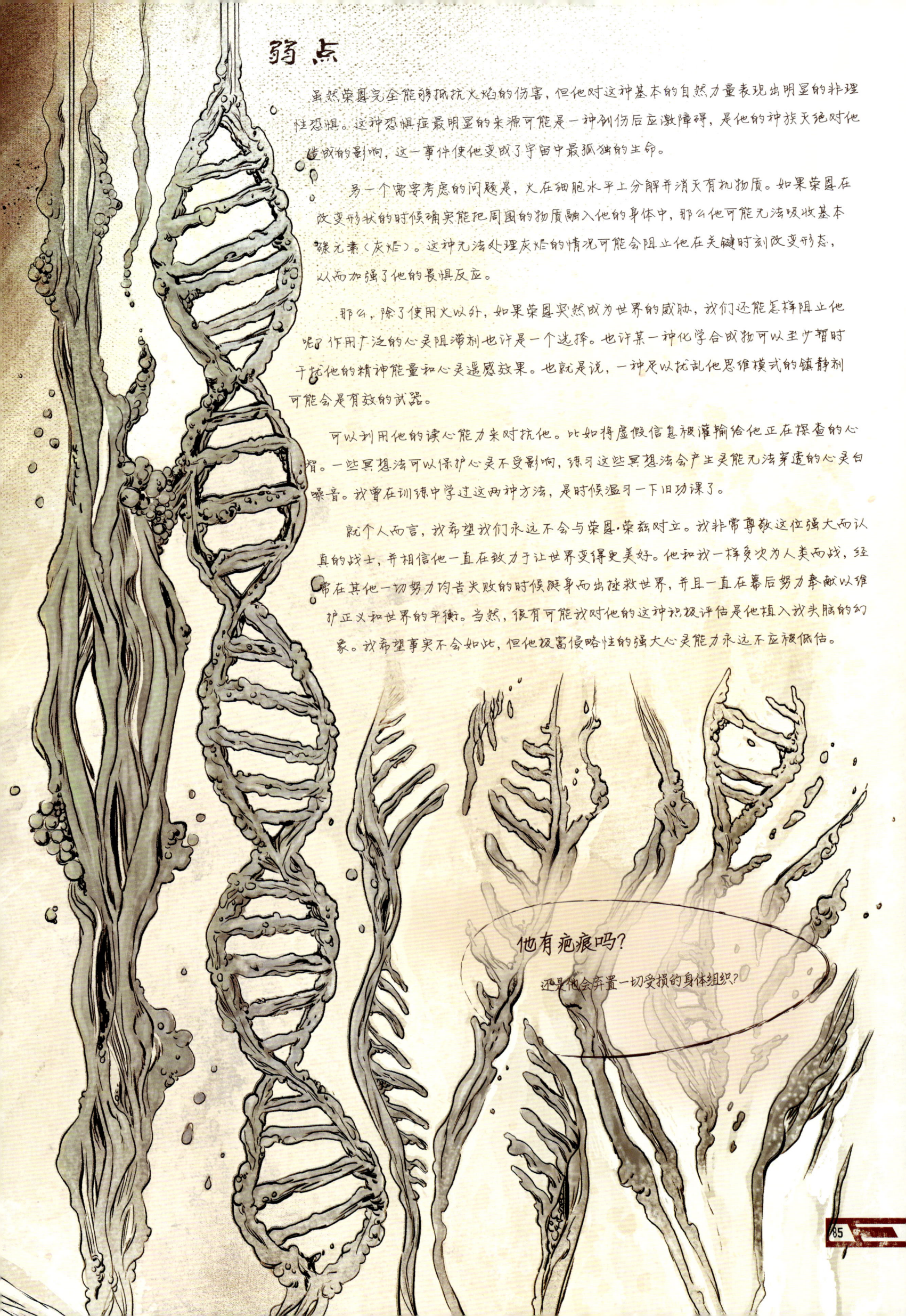

弱点

虽然荣恩完全能够抵抗火焰的伤害,但他对这种基本的自然力量表现出明显的非理性恐惧。这种恐惧症最明显的来源可能是一种创伤后应激障碍,是他的种族天绝对他造成的影响,这一事件使他变成了宇宙中最孤独的生命。

另一个需要考虑的问题是,火在细胞水平上分解并消灭有机物质。如果荣恩在改变形状的时候确实能把周围的物质融入他的身体中,那么他可能无法吸收基本碳元素(灰烬)。这种无法处理灰烬的情况可能会阻止他在关键时刻改变形态,从而加强了他的畏惧反应。

那么,除了使用火以外,如果荣恩突然成为世界的威胁,我们还能怎样阻止他呢?作用广泛的心灵阻滞剂也许是一个选择。也许某一种化学合成物可以至少暂时干扰他的精神能量和心灵遥感效果。也就是说,一种足以扰乱他思维模式的镇静剂可能会是有效的武器。

可以利用他的读心能力来对抗他。比如将虚假信息被灌输给他正在探查的心智。一些冥想法可以保护心灵不受影响,练习这些冥想法会产生灵能无法穿透的心灵白噪音。我曾在训练中学过这两种方法,是时候温习一下旧功课了。

就个人而言,我希望我们永远不会与荣恩·荣兹对立。我非常尊敬这位强大而认真的战士,并相信他一直在致力于让世界变得更美好。他和我一样多次为人类而战,经常在其他一切努力均告失败的时候挺身而出拯救世界,并且一直在幕后努力奉献以维护正义和世界的平衡。当然,很有可能我对他的这种积极评估是他植入我头脑的幻象。我希望事实不会如此,但他极富侵略性的强大心灵能力永远不应被低估。

他有疤痕吗?

还是他会弃置一切受损的身体组织?

沼泽怪物

我们的世界存在一些元素力量,保护着自然环境,维持着生态平衡。虽然科学仍然对这些力量一无所知,但许多人都可以感觉到这些元素能量不和谐的波动。我的研究表明,三种力量主导着某些自然异象:红色力量,一种渗透并连接动物生命的力量;黑色力量,腐烂、死亡和分解的力量,也是我们一直在努力压制的力量;绿色则是生长和再生的力量。亚历克·霍兰德博士是现今绿色力量的化身,也被称为沼泽怪物。

亚历克·霍兰德博士早期对植物学和植物生化学的浓厚兴趣证明了他一直能感受到自己与绿色力量间的联系。作为一名科学家,他开发了多种植物化合物,旨在保持我们世界的生态健康。在研究一种突破性的生物修复配方时,实验室爆炸让霍兰德死于非命,他的遗体和研究成果被爆炸产生的气流掀入沼泽。

绿色力量曾经的化身"树木议会"让亚历克·霍兰德重获新生,并给予他选择的机会——是否成为沼泽怪物为绿色而战。尽管起初有些抗拒,但亚历克最终还是化作这个拯救生命的角色——无论这生命是属于人类、动物还是植物。他是植物生长的人格化身,是绿色力量有生命、有自主思考能力的集合体,是守卫植物的勇士。虽然他得到的这份力量中确实包含一种灵能元素——据亚历克所言,他此前的一生之中都能感受到绿色力量的召唤,他显然具有心灵感应能力和叶绿素动力——然而这种元素力量化身的生理学特征才是最让人感兴趣的部分。

> 需要采取的行动:继续追踪亚历克·霍兰德的天敌安东·奥卡内。他与黑色腐败力量的关系十分值得关注,需要彻底调查。

植物-人类杂交体的生理系统是如何运作的?
它体内是由植物细胞模仿的人体器官,还是由光合作用支持的独特生物学系统?

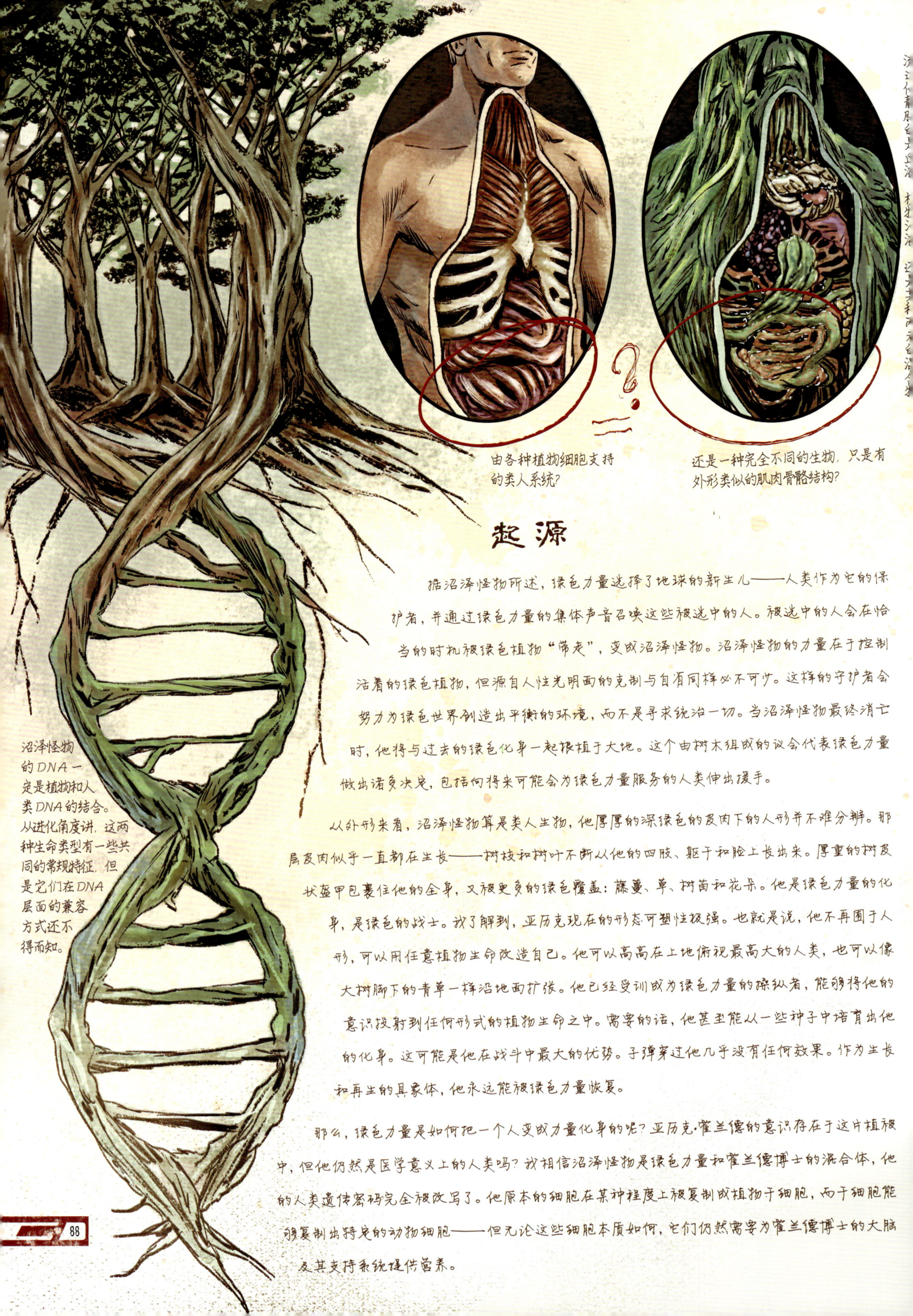

由各种植物细胞支持的类人系统？

还是一种完全不同的生物，只是有外形类似的肌肉骨骼结构？

起源

据沼泽怪物所述，绿色力量选择了地球的新生儿——人类作为它的保护者，并通过绿色力量的集体声音召唤这些被选中的人。被选中的人会在恰当的时机被绿色植物"带走"，变成沼泽怪物。沼泽怪物的力量在于控制活着的绿色植物，但源自人性光明面的克制与自省同样不可少。这样的守护者会努力为绿色世界创造出平衡的环境，而不是寻求统治一切。当沼泽怪物最终消亡时，他将与过去的绿色化身一起根植于大地。这个由树木组成的议会代表绿色力量做出诸多决定，包括何将未来可能会为绿色力量服务的人类伸出援手。

从外形来看，沼泽怪物算是类人生物，他厚厚的深绿色的皮肉下的人形并不难分辨。那层皮肉似乎一直都在生长——树枝和树叶不断从他的四肢、躯干和脸上长出来。厚重的树皮状盔甲包裹住他的全身，又被更多的绿色覆盖：藤蔓、草、树苗和花朵。他是绿色力量的化身，是绿色的战士。我了解到，亚历克现在的形态可塑性极强。也就是说，他不再囿于人形，可以用任意植物生命改造自己。他可以高高在上地俯视最高大的人类，也可以像大树脚下的青草一样沿地面扩张。他已经受训成为绿色力量的操纵者，能够将他的意识投射到任何形式的植物生命之中。需要的话，他甚至能从一些种子中培育出他的化身。这可能是他在战斗中最大的优势。子弹穿过他几乎没有任何效果。作为生长和再生的具象体，他永远能被绿色力量恢复。

那么，绿色力量是如何把一个人变成力量化身的呢？亚历克·霍兰德的意识存在于这片植被中，但他仍然是医学意义上的人类吗？我相信沼泽怪物是绿色力量和霍兰德博士的混合体，他的人类遗传密码完全被改写了。他原本的细胞在某种程度上被复制成植物干细胞，而干细胞能够复制出特定的动物细胞——但无论这些细胞本质如何，它们仍然需要为霍兰德博士的大脑及其支持系统提供营养。

沼泽怪物的DNA一定是植物和人类DNA的结合。从进化角度讲，这两种生命类型有一些共同的常规特征，但是它们在DNA层面的兼容方式还不得而知。

我计划今晚向全体研究人员发表演说。我们在如此短的时间内取得的进展让我很是吃惊，我猜琳达对于我的"绿手指"的猜想是正确的。不枉大家加班加点，废寝忘食地研究。我的绿色梦想就要实现了。

上周，样本#HOS92在50°C的环境中开花。今天，在最恶劣的沙漠条件下，它依然在茁壮生长，而且丝毫没有寿命缩短的迹象。我们的计划进度表大幅度提前了，而且现在的情况甚至好得超出了我们的想象。

现在宣布生物修复配方成功似乎还为时尚早，但这一轮研究中我们只失败了两次。现在要做的就是发布我们的官方公告，然后改变世界。仅仅在非洲，我们惊人的研究成果不仅会解决饥饿和人口增长问题，还会改变贸易、经济状态和政府行为。将其他行星地球化的前景也不再渺茫无期。这一切改变都将是超乎想象的。如果不是琳达和团队的努力，我们

这张未完成的纸条是在爆炸后从霍兰德的实验室里找到的。看来他正处在一个划时代的突破边缘，这个突破本可以改变世界。不幸的是，有些人会为了保持现状而不择手段……

沼泽怪物有完整的大脑、神经突触、记忆功能和前庭系统，但我认为他并非依靠心脏泵血来为身体提供能量。相反，他应该是依靠光合作用和不断自我复制的生物修复剂来维持生命。他可以控制自己的生长，随心所欲地制造附肢，并且能根据需要增加自身质量。

树根能够撑裂混凝土，穿透缝隙生长出来；粗壮的树木拥有巨大的张力。考虑到这些，你就应该能够想象这种生命力的化身会有怎样的力量。你应该想到，我们讨论的是世界基本元素的力量。当沼泽怪物的身体受到严重伤害时，他的意识可以进入另一个化身；或者他可能会回归树木议会，随后就会有另一个沼泽怪物受到召唤，为绿色力量服务。不管怎样，沼泽怪物无畏无惧，不屈不挠，只可制衡，不可掣肘。

霍兰德博士的发现对世界上的饥民来说意义重大。但它有可能对农业企业的利益造成重大打击，导致他死亡的那场爆炸显然未被彻查，这让我很是心寒。

叶绿素动力

　　沼泽怪物可以与周遭的植物进行交流并控制它们,从最微小的藻类分子到成片的森林或丛林都是他的同伴。利用绿色力量,他可以催动任何植物以令人难以置信的速度生长,创造出一支由藤蔓、树枝、荆棘和针叶组成的军队。绿植能从他的胸口激射而出,藤蔓能眨眼间缚住敌人。

　　这种闪电般快速的叶绿素反应是怎么实现的?植物生长需要足够的营养和适宜的生长条件,单纯与植物交流并不会生成这些营养和环境条件。不过,如果沼泽怪物与他支配的植物有物理联系,他或许可以分享自己的干细胞,通过某种类似授粉的过程——不断释放出有机物质分子,与附近的植物共享他的细胞——将目标植物转变成与他半连接的附属物。

　　但这只是一个不完整的理论,显然绿色力量才是所有这些问题最有可能的答案。关于绿色力量,我只能说它是存在的,却不知道它如何存在或为什么存在。绿色力量似乎有能力从一个集体环境中"借用"能量,将植物世界的共同生命力转为化身的力量。虽然我不能解释绿色力量所谓的意志集合体究竟是怎样的存在,但我也不能否认它的存在。

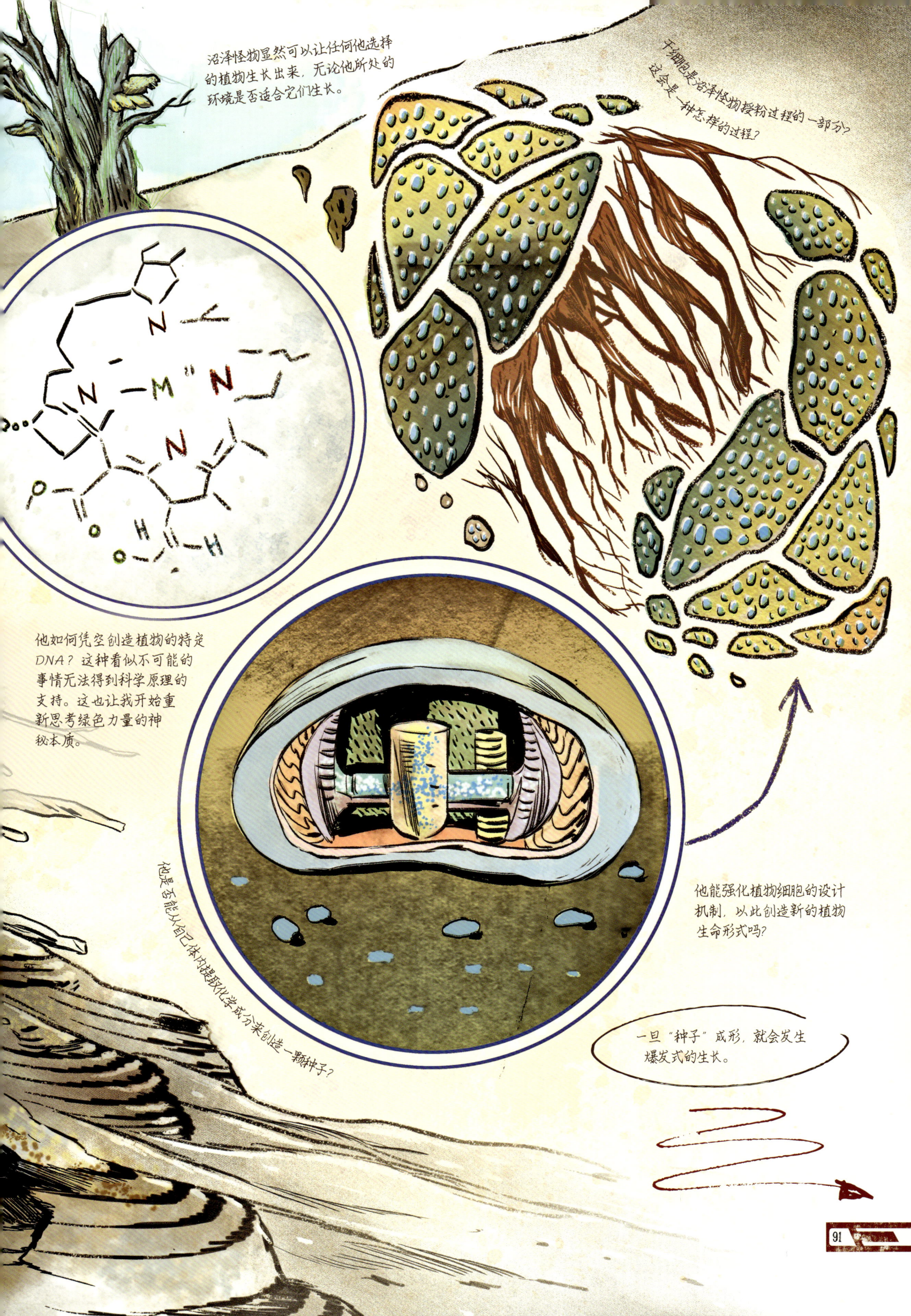

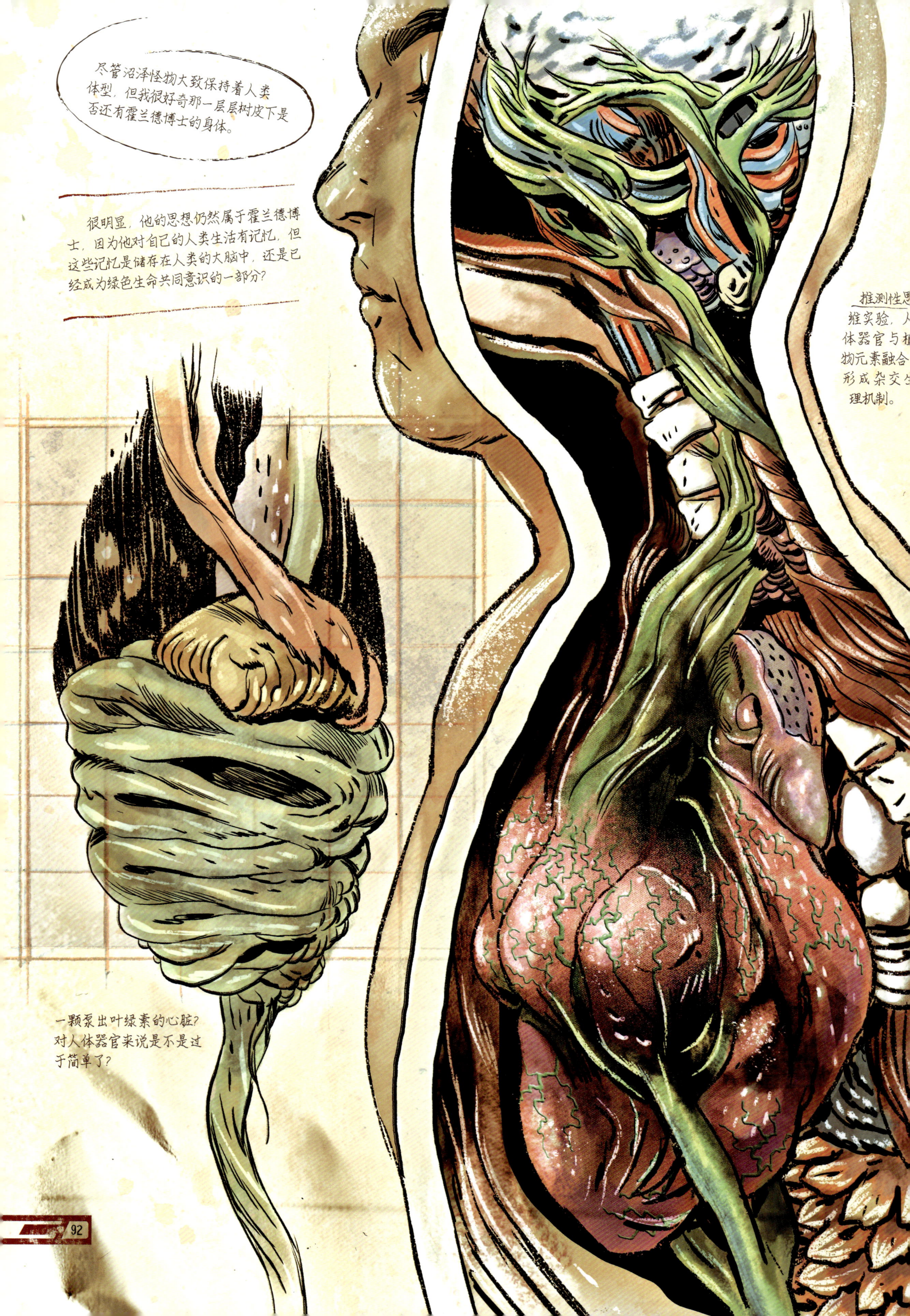

进一步的研究需要扩大调查范围。他和沼泽怪物以及黑色腐朽力量有什么关系？

——你指挥官，格兰迪。

与绿色力量有联系的并非只有沼泽怪物一个。除了人类历史上曾经出现过的一些沼泽怪物，还有其他一些个体能够通过心灵感应操纵植物的生命力。

例如毒藤女，帕梅拉·艾斯莉曾是韦恩企业的一名雇员，因进行有悖于道德的实验而被解雇。她在离开公司大楼时发生的一场争斗中溅到一种化学药剂，从而对植物生命获得了有限的控制能力。虽然她不能像沼泽怪物那样与绿色植物交流，但她有能力控制植物，并命令它们迅速生长并攻击受害者。

所有生命都畏惧火焰，但植物往往会在焦土中茁壮生长。用火对抗沼泽怪物可能能制住他一时，只是这样做最终会使他变得更强。

我不喜欢考虑这些可能致命的压制方法。它们在理论讨论中占有一席之地，可以成为不那么极端的、非致命措施的基础。无论如何，我决不会采取可能导致敌人死亡的行动。

弱点

和海王一样，沼泽怪物需要在特定的环境中才能充分发挥自己的能力。离开有利环境后，他的力量就是有限的。他也很容易受到火和黑色腐败力量的影响。黑色力量是死亡和衰败的本质，它曾经多次挑战其他元素，意图统治一切。如果不加以控制，它对所有生命都是一种威胁。

严重的创伤也会使沼泽怪物在短时间内停止战斗。据观察，头部遭受中口径枪支袭击将使他昏迷长达一分钟。虽然我出于个人原因拒绝使用致命武器，但是部署一个小型的燃烧装置可以在与沼泽怪物的战斗中争取时间，从而让我有机会发动反击。

如果我能拿到霍兰德的生物修复化合物的样品，就有可能针对它合成一种压制药剂，切断沼泽生物的再生能力——但这个假设的前提是他的自我修复力量来自这种药剂，而不是绿色力量。除草剂攻击可能会使他分心几分钟，但他不断再生的组织会迅速进化，产生化学物质抵挡这种攻击。

无论怎样，这些都应该只停留在理论阶段，除非我们发现自己遇到了最糟糕的情况。记住，对于任何元素化身，战斗都只应该是最后的手段。大自然的力量超越了我们，不应该遭到不必要的篡改。值得庆幸的是，无论让亚历克·霍兰德与绿色力量产生联系的是命运还是遗传因素，他始终保持着自己的人性。相对于沼泽怪物看似无穷无尽的力量，他对地球生命和环境平衡的贡献是非常值得称赞的。

达克赛德

作为人类遇到过的最强大的生命体之一，达克赛德是一个领域的绝对统治者，据我们了解，这个领域存在于我们目前所理解的时间和空间之外。达克赛德的主要力量是欧米伽效应，它似乎是一种反创造能量，一种破坏性的、混乱的、强行施加给这个宇宙的熵。他能抹去生命，转化物质，并用这种力量创造维度间的隧道。他偶尔会暴力闯入我们的世界，这是他扩大自己王国的一种手段，成千上万无辜的生命也因此被他随手毁灭。在我们与达克赛德最近的一场战斗中，他似乎死在了他的女儿——和他一样堕落的格蕾尔手中。但对于一个拥有此等力量的存在而言，死亡往往只是暂时的挫折。

关于达克赛德起源的传说显然只是一段神话。一个名叫马克萨斯的外星普通农夫对统治那里的所谓众神非常不满，作为一个聪明的阴谋家，他去了众神居住的高山，诱使他们互相争斗。众神因战斗而衰弱，马克萨斯便一个接一个地杀死他们，窃取他们的力量。他从他们身上获得了不朽的生命和近乎无懈可击的能力——压倒一切的体力和速度，以及致命的欧米伽效应。于是，马克萨斯成为达克赛德，他开始了对反生命方程式的终生探索，试图征服并主宰宇宙中的所有生命。

新神

新神的故事听起来像是神话传说中的故事。但与罗马和北欧传说中的幻想故事不同，我的切身体会让我得以断定，新神传说中的每一个元素都是真实的。在距离地球非常遥远的地方有两个敌对行星，新创世星和天启星。新创世星的人们由他们自己的神灵统治，他们也分为男人和女人，但他们是超人类等级的生物，遵循他们的领袖天父的教导。他们的星球处于一种质朴纯洁的状态，可以被看作一个乌托邦——如果不过分追究的话。

同时，天启星处于暴君达克赛德的铁腕统治下。达克赛德不满足于只拥有一颗行星的超人类仆从和一支由飞行怪兽——类魔组成的军队，他将目光投向了新创世星。两个星球的战争开始了，战争结果对双方都是毁灭性的。

在表面上中立的新神密特隆的劝告下，天父和达克赛德同意达成和平协议。他们交换了儿子：达克赛德的儿子奥利安将由天父抚养长大；而天父的儿子——一个将来会被称为奇迹先生的年轻人被送往天启星，过上了悲惨的生活。

不久之后，达克赛德背叛了他的诺言，继续寻找传说中的反生命方程式，征服他所走过的每一个世界，并撕毁了与新创世星的和平协议。已经成年的奇迹先生逃回了新创世星，同时，奥利安却选择支持天父，他的高尚行为是后天培养对人格塑造的一个绝佳例证。达克赛德似乎对父子相残的前景丝毫不以为意，只是继续企图用暴力统治宇宙，直到自己"死亡"。

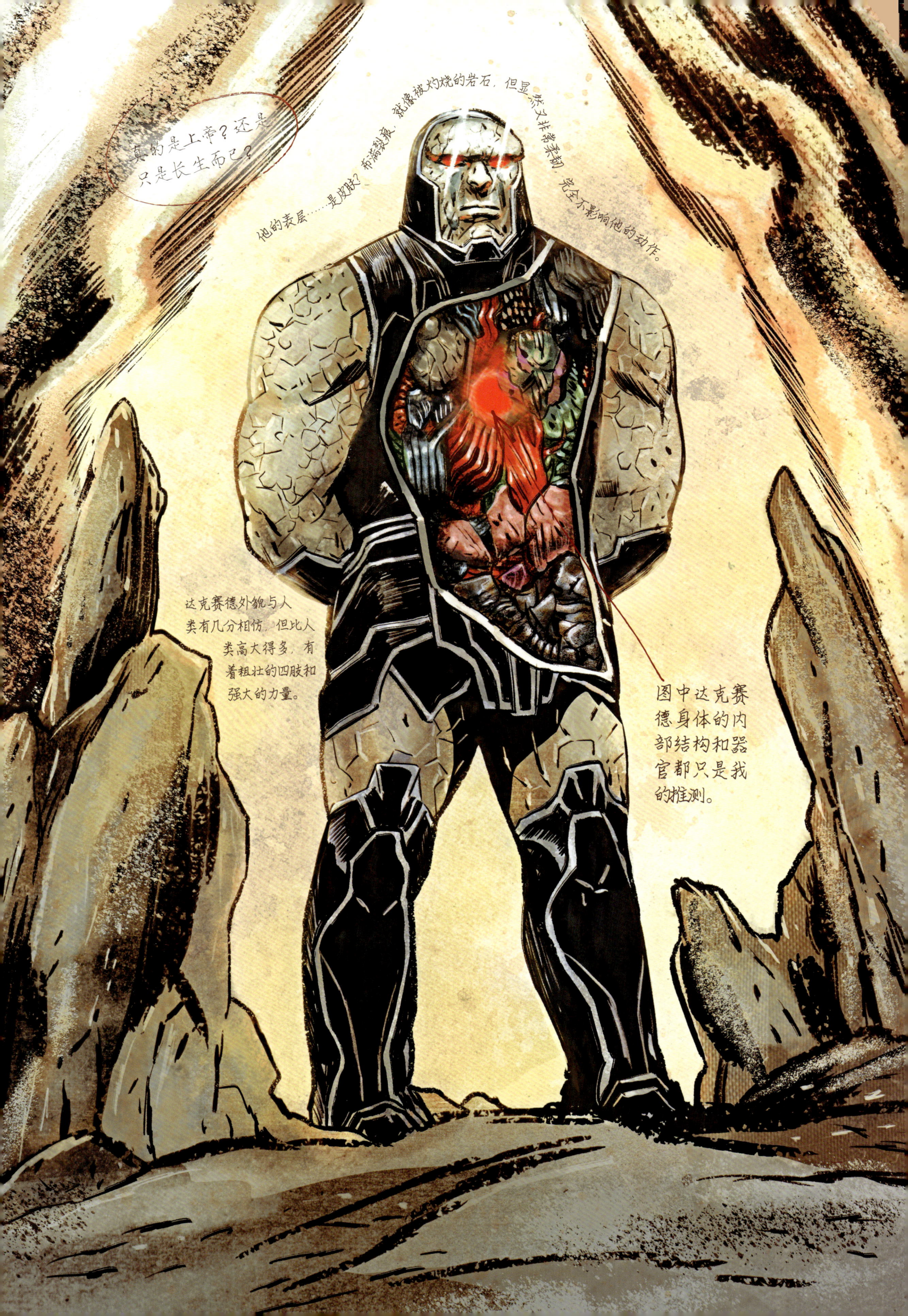

外星生理学

没有数据表明达克赛德的身体构造与人类相似。按照地球的标准，他是一个巨人，身高近三米，肌肉发达。他的四肢和面部特征接近于人类，但除此之外，他显然是非人类生物。由于无法获取他的组织和血液样本，我无法将他的肌肉组织和中枢神经系统与人类，或者氪星人进行比较。我只能尽力将我在本书其余章节讨论过的一些超人类特征与之进行类比，并分享我能够从他的能量来源——欧米伽效应——中推断出的数据。

达克赛德和超人一样强壮。实际上，他在短时间内的战斗力可能更强：在整理超人与达克赛德的战斗以及我与这名暴君对抗的数字记录时，我发现达克赛德有几次的反应比克拉克快数纳秒（十亿分之一秒），并显示出更大的破坏力。欧米伽效应的能量让他可以从眼中射出光束，为他提供战斗能源，制造毁灭性的纯能量打击。利用这种欧米伽光束，达克赛德能够随心所欲地制造维度虫洞，在不同空间中穿行。这个新神是正义联盟成立的原因，当时地球受到了达克赛德的类魔军团攻击。我们齐心协力才把他从音爆通道赶走。

虽然达克赛德不是人类，但做一些比较应该是合理的。和人一样，他似乎是利用自己的感官获取关注事件和周围环境的信息。

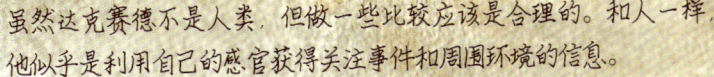

他的表皮层包裹并保护着对他的生命至关重要的东西。
但是，他的外部特征是否反映了与其他超人类相似的内部生理过程？

他的"皮肤"表面下又有多少皮层？人类皮肤有三个主要层次，每个层次都有自己的功能，但以为达克赛德的身体表面也是如此显然过于想当然。

欧米伽光束的光学幻想成紧凑的热核反应堆。通过达克赛德眼睛发射的爆炸能量为强大，足以将一大都市规模的城市夷为平地。

一步行动计划：
已经知道，神奇女侠顺手镯非常强大，能够承受达克赛德的伽光束冲击。必须戴安娜的许可，才天堂岛文物进行全面金学检查。

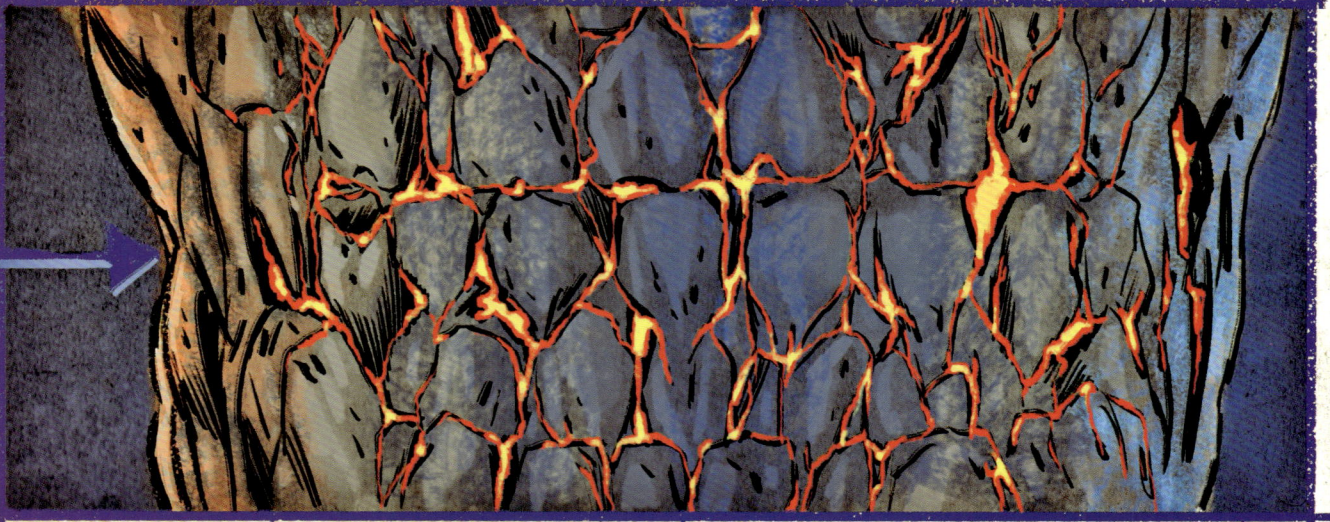

我无法猜测达克赛德的内在生理机制，但他的岩石皮肤下可能会产生强大的热量。

需要进一步研究达克赛德使用的"爆音通道"（本质上来说是一种虫洞，可以让他穿越时空）。使这些装置失灵可能是把他困在遥远空间的一种方法。

天启星

达克赛德是天启星的绝对统治者,这颗行星几乎是活生生的"人间地狱"。他通过恐惧和暴力统治他的王国,他受压迫的人民由生有翅膀的巨兽——美魔和复仇女神议会监管。天启星是一个比地球大得多的世界,其地表只有一座占据整颗行星的世界都市,实际上,那是一片无边无际的工业荒漠,其中遍布熊熊燃烧的烈焰深渊。这个世界的居民一定有着比人类密度更大的肌肉组织,他们的皮肤能抵抗高温灼烧。天启星人过着被奴役的生活,没有得到解放的希望,他们是一个残忍野蛮的种族,只有为数不多的一些例外隐藏在这颗星球上臭名昭著的贫民窟的阴影中。

即使我无法接触到超维度形式的达克赛德,但我必须寻找方法阻止他的具象体进入我们的世界,同样的方法应该还可以阻止其他像达克赛德一样的敌人攻击我们。

达克赛德的身体构造可能分为多层:

最内层是核心的基本能量

技术层:容纳以及引导他使用的能力

绝缘层和担当肌肉作用的物质

身体构成

达克赛德外表大致呈人形,但和人类有一些明显的差异。他的眼睛通红,骷髅般的面孔看起来仿佛布满了由岩石雕凿成的纤细脉络,他的护甲下可见的"皮肤"也是如此。虽然我称之为"护甲",但考虑到达克赛德的技术水平,他的金属甲胄可能会为他构建一种特殊环境,是他的额外能量来源,或者包含一些我们还不了解的用途。

我有一个推测,那就是达克赛德是一个多维度生物,在地球上的三维空间,我们可能只是在与他的物理外壳战斗——包含他的本质和意志的护甲和皮肉,但他的存在形式不限于此。达克赛德的身体服从我们维度的物理法则,但他还可能以其他形式存在,不受我们行为的影响,能够随意从我们的感知中抽身。

但是我不愿意对达克赛德的实际身体形态做出任何假设,包括他是否由骨骼系统支持。他会说话,但这需要声带、嘴唇和舌头吗?他有眼睛,但这是否意味着他"看到"和理解数据的方式和我们所知道的视觉相同?不管他的身体构造如何,这种构造必须能容纳欧米伽效应,一种足以改变物质,创造和毁灭世界的能量。毫无疑问,他完全有能力选择自己的体型。如果有一天他真的回来了,我们不能只简单地相信自己的眼睛,忽略我们与之作战的这个强大对手其他可能的存在形式。

我也怀疑达克赛德是否有内脏,至少那很可能不是我们所理解的内脏器官。我猜他的躯干装有复杂的电池状存储装置,被用以支持欧米伽效应。也许他的内腔充满了能量增强介质,或者是引发欧米伽效应的粒子。不过,这显然都是猜测,作为思想实验的材料记录在此。

我们战斗并最终击败了达克赛德的具象体,但他可能会以我们不曾想到的方式继续存在。不幸的是,如果不了解他的真实本性,我们只能解决我们所面对的表象。

厚实的皮肤层包含其他元素

一套为他构建特殊环境的战衣还是他的核心保护装置?它是一种能量源吗?

欧米伽效应

我们对达克赛德母星上的人们知之甚少。我们知道他们是生理特征与人类大相径庭的外星生物,他们的神拥有超人类的能力。吸收了这些神的能力后,达克赛德得以使用欧米伽效应,显然这是他神力的来源。他可以从自己体内发射欧米伽光束,这是一种强大到不可思议的破坏性射线。这些光束有可能是将物质凝聚在一起的谐波的定向波动吗?达克赛德能破坏力场,将各种障碍震碎。如果他能够控制将原子结合在一起的力,他就可以通过振动特定模式的谐波,轻而易举地摧毁他能触及的任何目标。我对这个理论没有十足把握——而且它的推导几乎完全基于对他力量能造成的影响进行的观察。不过物质的绝对湮灭很可能意味着亚原子级别的能量干涉。

弦理论认为物质相互作用的本质是谐波的融合。

欧米伽效应会破坏这些平衡吗?达克赛德的欧米伽效应所产生的巨大破坏力无疑表明了物质中存在一种根本性的破坏力量。

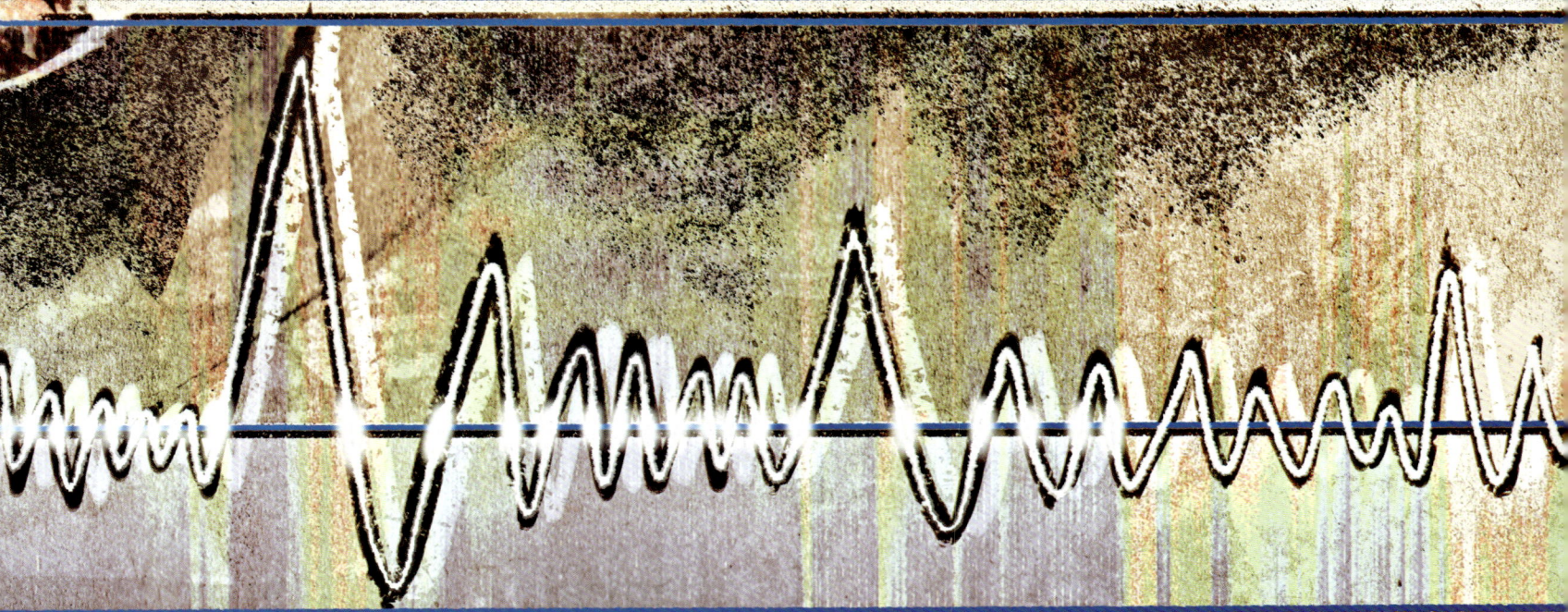

火和电是我们维度的一部分,严格来说,它们不是物质,而是某种现象。欧米伽光束能像破坏物质一样轻易地干涉这些现象吗?

子嗣

关于达克赛德的基因构成，最令人费解的一个问题是，他的孩子们和他之间，以及彼此之间都有着巨大的差异。他的女儿格蕾尔似乎继承了父亲对权力的贪婪。她的灰色皮肤与达克赛德的皮肤色泽最为接近，但质地却很光滑。她也能从眼中发射能量束，和她父亲引以为豪的欧米伽光束有几分相像。但是她的母亲米丽娜·布莱克出生在亚马孙，从任何角度来看都不是一名新神。因此，深入研究格蕾尔的家谱可能会得到有趣的发现，尤其是在与她的兄弟们进行比较的时候。

在战斗中，达克赛德的每位后裔都表现出了强大的力量和耐力。

格蕾尔的皮肤和她父亲的相似，奥利安的皮肤却和人类相似。这可能是母盒进行环境调节的结果？还是在新创世星天堂毁的环境中长大的结果？

虽然奥利安是达克赛德的后代，但我看到了他成为我们盟友的可能。奥利安能够提供的关于达克赛德的情报将具有不可估量的价值。

格蕾尔和卡利巴克应该被视为危险的对手。据我所知，他们都对人类抱有绝对的敌意。

奥利安的外貌与他父亲差别最大。我听说这可能是因为他经常使用母盒——据说母盒可以改变他的外表，抑制他的愤怒。奥利安拥有与人类相似的皮肤，而不是达克赛德那种开裂岩石般的外皮。如果不是奥利安令人难以置信的力量和耐力，几乎没有迹象能表明这两个生命体拥有相同的遗传物质。

卡利巴克则无疑遗传了他父亲的特征，他在战斗中的残暴行为显然能够证明这一点。然而他缺乏达克赛德的耐心和智慧，只是一个野蛮的斗士。我不止一次与他作战——这绝不是一件令人高兴的事情。虽然卡利巴克的外表和行为模式更像他的父亲，但不得不说，达克赛德对卡利巴克的看重总比不上对自己的另一个儿子奥利安。达克赛德似乎更为叛逆的儿子感到骄傲，即使奥利安站在新创世星一边，与统治天启星的父亲为敌。

被激怒时，奥利安的外形就会向他的兄长卡利巴克靠拢。然而，他们都比父亲拥有更多的人形特征。这可能是因为他们母亲的基因吗？

需要付出更多努力来获取更多关于母盒的情报。

母盒有不同的版本吗？是否无论以何种方式使用它们，它们的感知都不会影响宿主的本意？它的能力可以用来对付它的宿主吗？

弱 点

如果达克赛德真的再次来袭，阻止他的关键就在于研究他的技术。钢骨的母盒来自达克赛德的领域。这让维克多相信，解开达克赛德的力量之谜和研究代表着超前技术结晶的母盒两事可能殊途同归。至少，对钢骨的母盒功能的观察，揭示了一个我们可以着手处理的基准水平，一个可以实际进行外推的坚实起点。我还建议对弦理论相关的波动和谐波谣纵进行更多研究。即使我关于欧米伽效应的理论不成立，声波武器在对抗虫生物时也能有所助益。

达克赛德的威胁并未被消除，在我看来，我们仍然需要对其保持重视。他随时都有可能杀回来，我们应当就此制订一些特殊并有效的攻击计划。下一次达克赛德决定来拜访的时候，超人不一定还能帮助我们，我们一定要做好万全准备。

除了母盒之外，钢骨的复制技术也会非常有用。如果他能复制达克赛德任何一方面的武器，我们就有更大的机会对重新崛起的达克赛德或类似的敌人制订有效的对策。

贝恩

尽管贝恩并非严格意义上的超人类，但我相信贝恩靠毒液强化的能力使他对社会的威胁不亚于本研究中的其他一些对象，因此他完全值得被纳入研究。

几年前，在腐败的加勒比岛国圣普里斯卡（Santa Prisca），一个小男孩被监禁于一座极度暴力、戒备森严的监狱中，代替自己的父亲服无期徒刑，而他的父亲早已越狱逃走了。那个小男孩现在被称为贝恩。关于他进监狱时的年龄，不同的报道中有着各不相同的记录，有些人甚至认为他是在监狱里出生的。我们只知道他的母亲在他六岁的时候去世了。不久之后贝恩犯下了第一桩谋杀案，一名和他在同一个牢房的犯人死在了他手里。他被单独监禁了很长一段时间，锁在一个满是虫子、每天晚上都会遭到水淹的洞里。人们都在猜测他是如何在这种可怕的环境中活下来的，而他很快就成了顽石监狱高墙内的传奇。

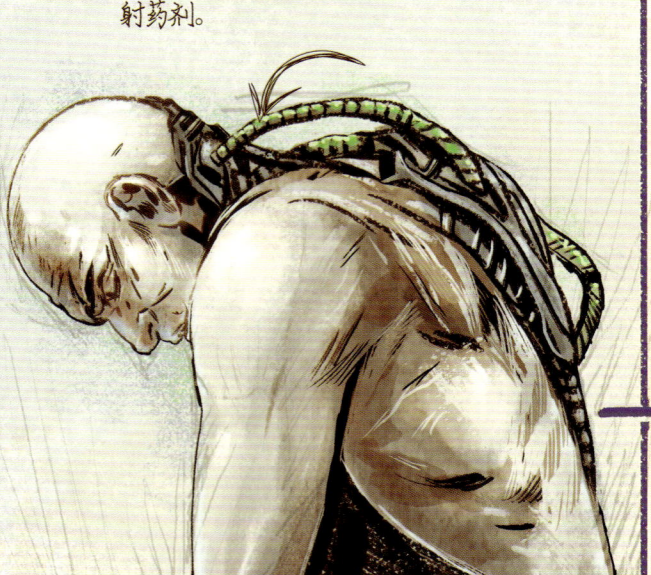

在使用"毒液"时，贝恩从他的颅骨后部注射药剂。

药物进入贝恩的循环系统，几秒钟后到达他的四肢。

肾上腺素的激增和"毒液"药剂造成高血压使贝恩的皮肤通红，静脉异常突出。

"毒液"药剂的作用立竿见影，十分显著。它能令肌肉呈指数级增长，并强化骨骼和韧带。

人体生理学

尽管贝恩早年的经历很是悲惨，但当他结束单独监禁，回到普通监狱时，已经永远摆脱了受害者的心态。他坚持不懈地锻炼身体，把能拿到的每本书都读了一遍。身高一米八几的贝恩体重达到了300余斤，还拥有极高的战略和战术素养。很快，自学成才、体格健壮的贝恩便登上了这座充满暴力的监狱中"食物链"的顶端。

认为贝恩变得过于强大的监狱长在贝恩的惩罚措施中加入了医学实验的手段，迫使他接受一种叫作"毒液"的高类固醇混合物的治疗。这种可能会致死的"毒液"没有杀死贝恩，反而增强了他的身体和精神，创造出一个远远超越人类的人——一个为了逃出监狱而做好充分准备的人。

注意：贝恩在出斗中被死亡天使打败。研究这名义警的战术可以进一步揭示贝恩的身体弱点。

是什么让贝恩能够长期忍受"毒液"的折磨?

这种药物是否有可能释放潜在的超人能力?我没有看到这方面的任何迹象,但也许应该着手进行一次更深入的血缘谱系研究。

贝恩的变化是否绝无仅有?其他长期用药者——假设他们能活下来——会获得同样的结果吗?

"毒液"

"毒液"是化学家调制的一种鸡尾酒式药剂,由大幅度强化的侵略性的雄性激素/合成代谢类固醇和神经刺激物组成。

雄性激素/合成类固醇(AAS)是天然激素睾酮的衍生物,它的功能是调节男性的性别特征和肌肉质量。类固醇可以大幅增加肌肉质量,但也会对身体造成越来越多的破坏性影响,还会提高使用者的攻击性,引发其暴力行为。

中枢神经系统兴奋剂,如甲基苯丙胺或二乙胺苯丙酮可增加身体活性、精神警觉性和注意力持续时间。许多中枢神经系统兴奋剂都是高度成瘾药物,并可能导致冲动控制障碍。

因此,这两种药物的危险组合肯定会在受试者体内产生极不稳定的爆发性反应。此种超类固醇的创造者还加入了一些神秘的X因子成分,使药剂发挥作用的速度大大加快,同时也毫无疑问地提高了药物的效力。在顽石监狱的虐待狂监狱长决定给贝恩注射"毒液"之前,这种药物已经在不同对象身上进行过数次人体试验。以前的囚犯没有一个能在注入这种有毒混合物之后存活下来。

顽石监狱

顽石监狱
医疗部
第3层
"毒液"实验-6号受试者

5/2凌晨3点37分
受试者为手术做好准备。头部剃光,颈部做好安装注射系统的清洁工作。

5/2凌晨3点43分
使用吸入性麻醉剂。受试者的挣扎时间约比平均时间长2.5分钟。

5/2凌晨3点48分
再次使用吸入性麻醉剂。受试者从初次麻醉中苏醒,挣断双臂束缚,被抬到另一手术台上,再次固定。

5/2凌晨3点54分
麻醉剂分量似乎不足,受试者保持清醒。手术暂停,束缚加倍。

5/2凌晨4点23分
"毒液"注射开始。受试者仍然清醒。

5/3凌晨3点28分
受试者状态稳定。第二次"毒液"注射开始。未麻醉。

5/4凌晨4点34分
生命体征保持稳定。第三次"毒液"注射开始。受试者并无过于痛苦的表现。

5/5凌晨3点23分
生命体征仍然保持稳定。注射似乎成功。受试者是该阶段的第一个存活者,以前没有活人承受过这种剂量的"毒液"。

5/5凌晨4点35分
受试者表现出强烈敌意,开始猛烈挣扎。第一和第二道束缚装置再次更换。使用吸入性麻醉剂。

5/5凌晨4点39分
麻醉终于成功。受试者失去意识。

5/5凌晨4点42分
植入手术开始。

5/5凌晨4点54分
注射管道成功安装,植入完成。"毒液"药物现在可以随意直接进入受试者的大脑。

5/5上午5点17分
手术完成。生命体征保持稳定。

5/5上午7点22分
受试者清醒且状态稳定。恢复室发生小冲突。蒙西瓦斯和罗德里格兹医生接受重症监护。

虽然我很高兴能找到最初贝恩接受"毒液"注射的医生记录,但是在危险的医学试验中强行使用非自愿受试者这件事让我很难释怀。不过听贝恩说,他和别人不同,是主动要求接受这种手术的。这不合常理,但符合他狂妄自负的性格。

体内的"毒液"

典型的雄性激素/合成代谢类固醇被注入人体后，它们会通过血液流向肌肉组织，并与雄性激素受体结合，对肌肉细胞的DNA产生作用，刺激蛋白质合成。从我收集到的情报来看，"毒液"会以强烈的化学作用"猛攻"肌肉细胞，建立生产机制，泵出蛋白质，主动撕裂肌纤维以形成更强壮的组织。

贝恩的总肌肉质量在几分钟内增加了30%。他在第一次注射中存活下来，这绝对是一件值得为之惊讶的事情，同时也证明了他是多么的强壮。虚弱的人会被"毒液"撕裂，由于身体组织突然遭到残酷改造而休克死亡。

随着"毒液"进入他的身体，贝恩的身高增长了近20厘米，体重达到385斤，能举起15吨的重物。当然，为了保持药效，他还必须定期将药物直接泵入大脑。这种成瘾化合物的半衰期不到6小时，他对它产生了严重的依赖性。没有它，他就失去了身体上的优势。突然失去"毒液"的支持可能会导致贝恩身体剧痛，甚至导致全身性休克等各种可怕的后果。

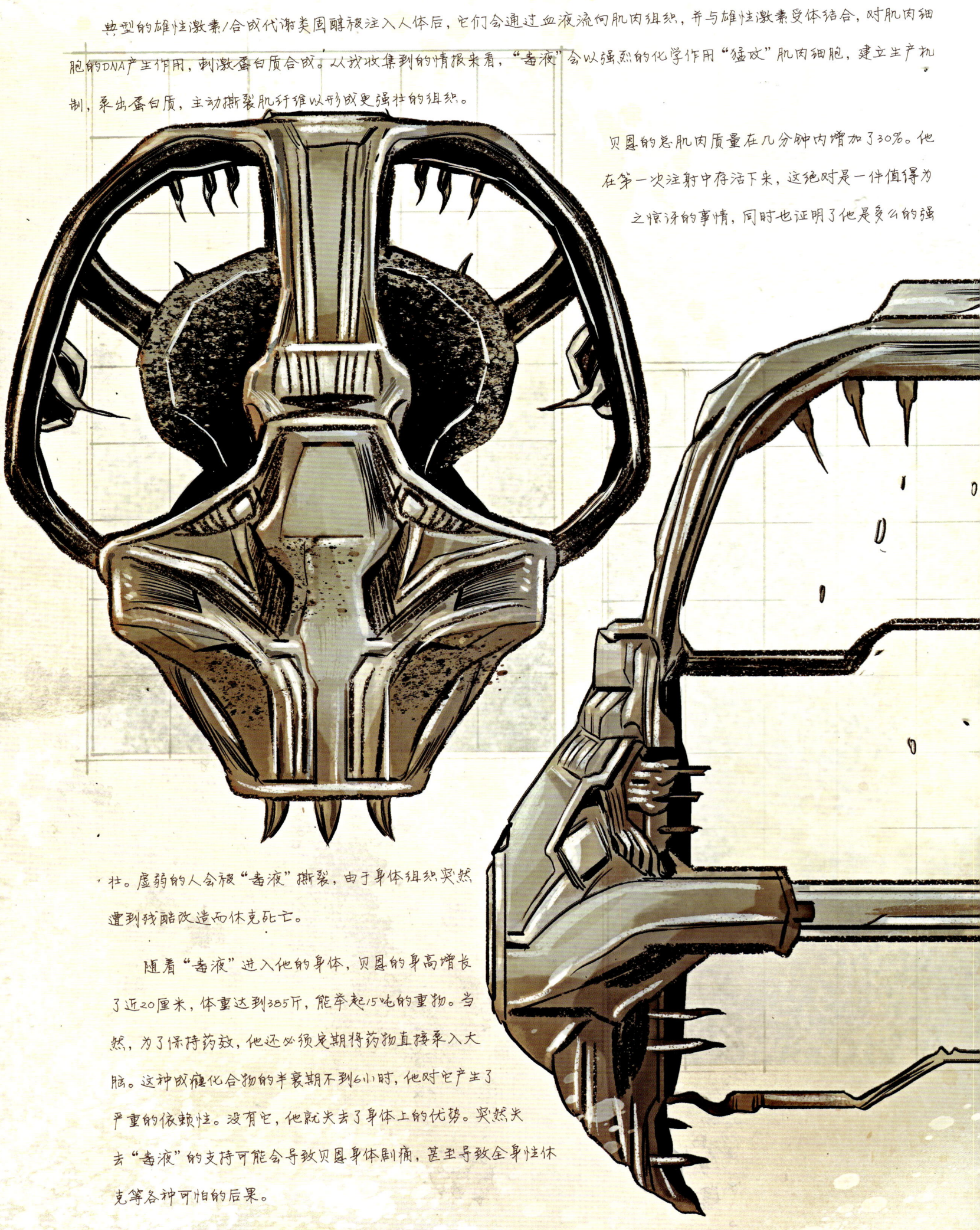

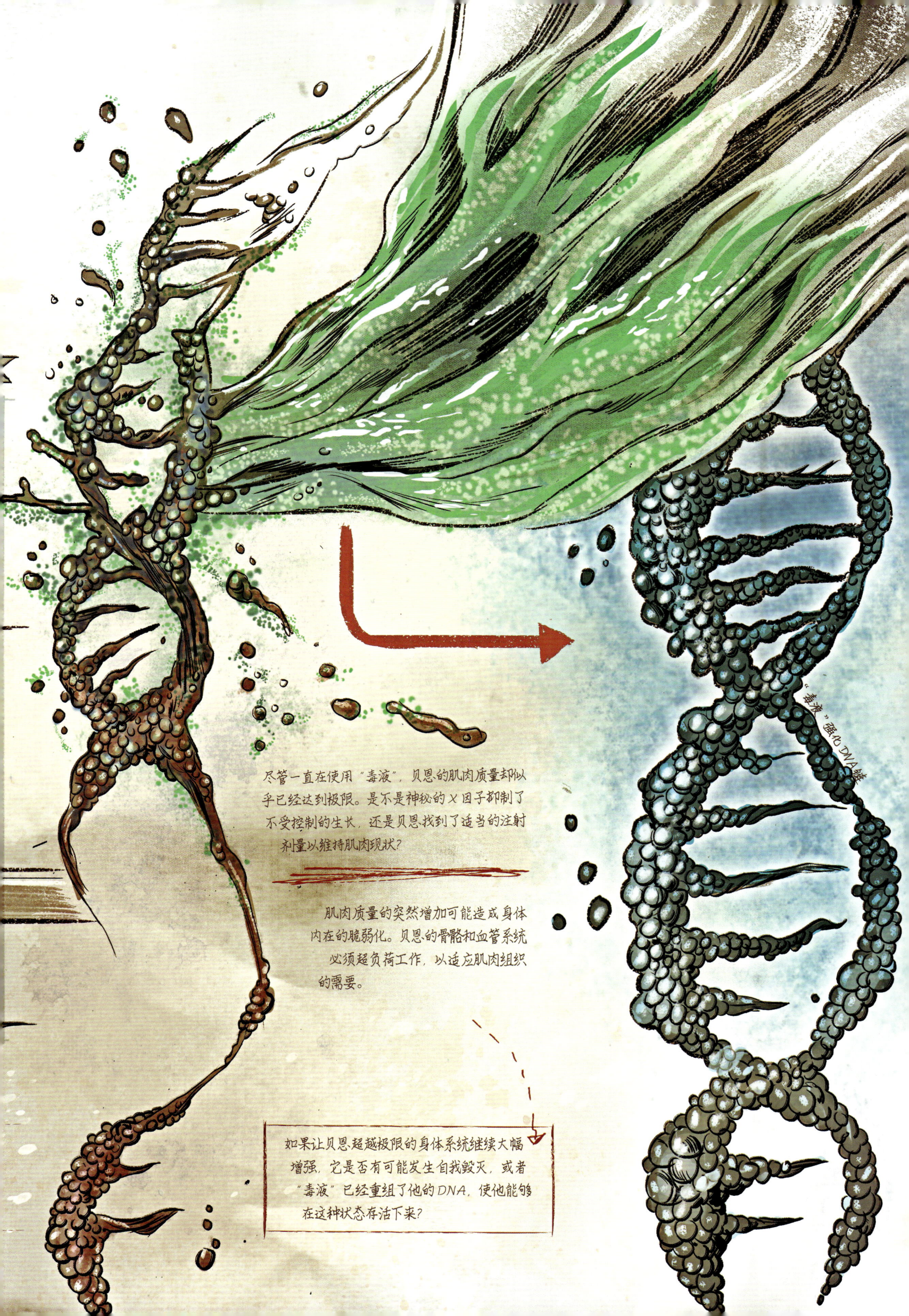

大脑中的"毒液"

我们的思想通过化学信号和电信号在大脑中传递。在人脑中,神经元通过轴突传递电脉冲,通过突触将化学神经递质射向下一个脑细胞。借助一些不完整的文件,我复原了"毒液"的成分。根据个人经验,我认为这种药物会刺激贝恩大脑的每一个部位,对其施压,促进神经元增生,创造新的神经通路网络。贝恩的神经调节递质现在能像抑制性和兴奋性递质一样快速激活,时间以毫秒计。

在"毒液"的影响下,贝恩的大脑以人类大脑从未有过的方式被重新配置。

注意:尽管"毒液"强化了贝恩的信息处理能力,但他在接受这种药剂之前就拥有令人敬畏的智慧。和他的非凡体力一样,有时很难区分贝恩的内在天赋和"毒液"的效果。

简单来说,接受注射后,他可以更快地处理更多信息。他变得更加敏捷,并拥有超乎常人的反应能力。在我们的第一次遭遇战中,贝恩借助"毒液"的效果胜过了我,造成了灾难性的后果。

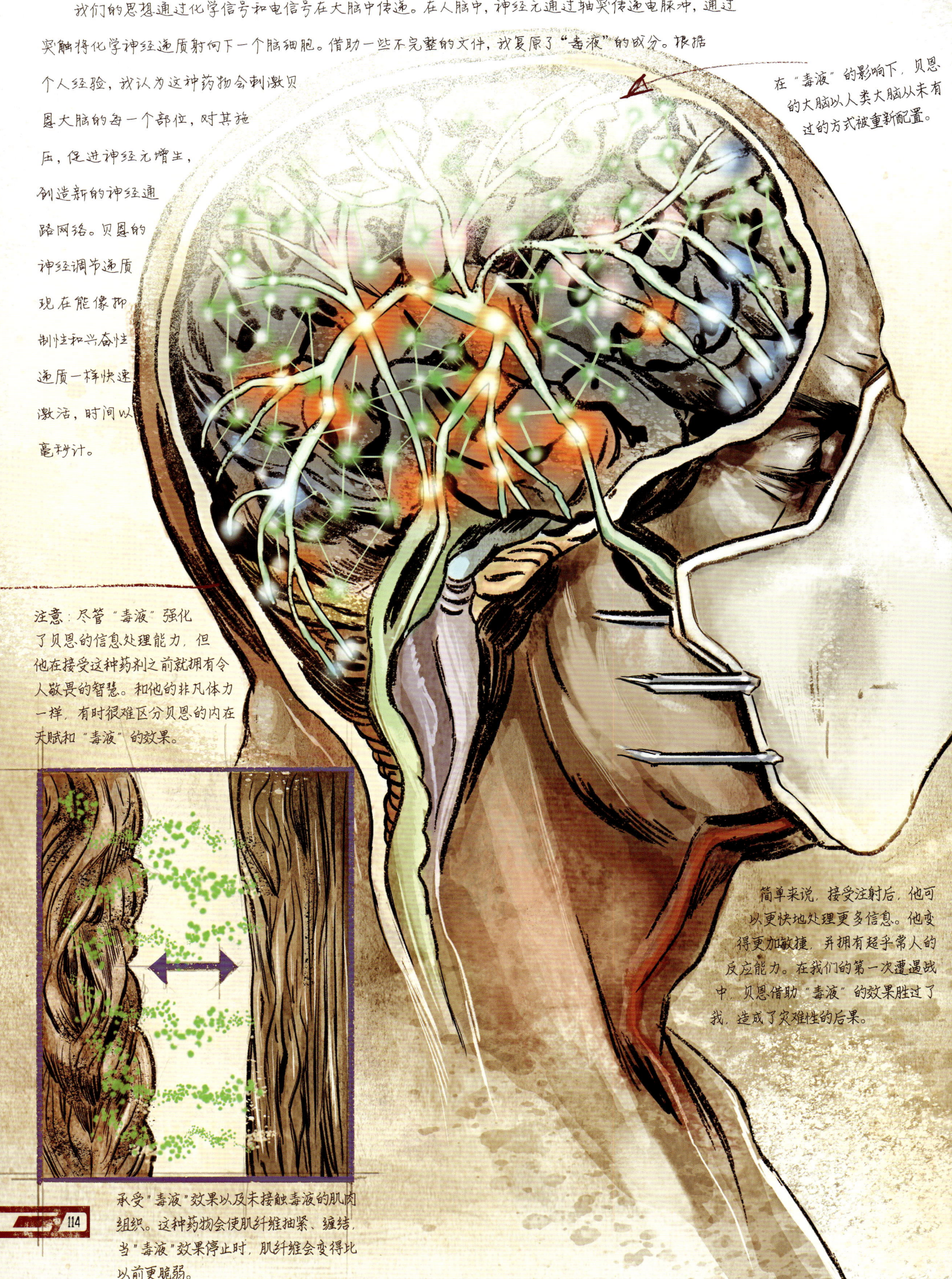

承受"毒液"效果以及未接触毒液的肌肉组织。这种药物会使肌纤维抽紧、缠结,当"毒液"效果停止时,肌纤维会变得比以前更脆弱。

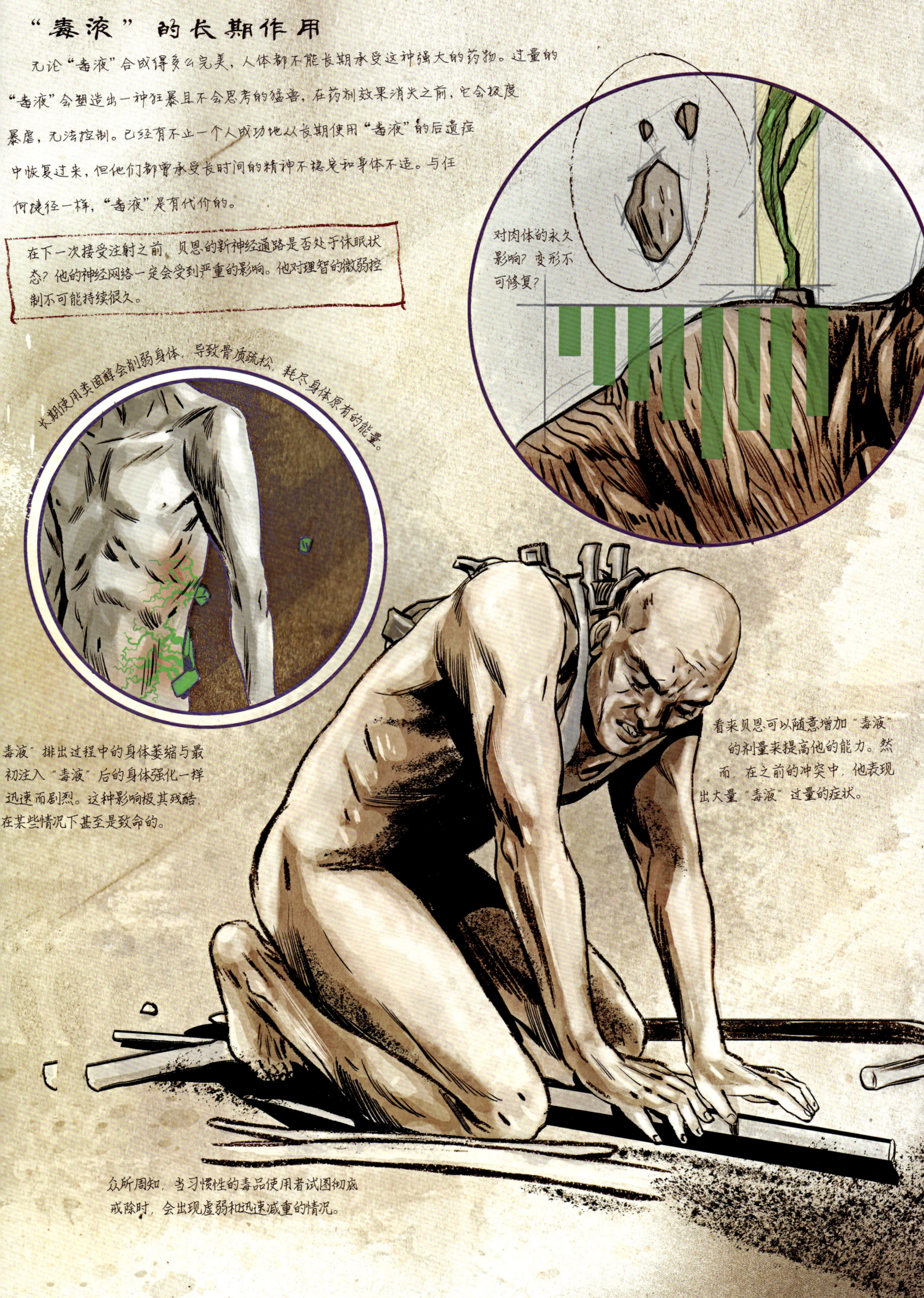

其他"毒液"使用者

黑门皇帝

伊格那修斯·奥格尔维曾是企鹅人的同党。他在"毒液"中混入了和恶科学家柯克·兰斯特罗姆用来将自己转变成"人蝠"的配方,和某种由毒藤女制成的未知混合物,将自己重塑成一个邪恶的超人类。这种新药剂对奥格尔维造成了永久性的改变:随着力量和速度的提高,他的皮肤变成蓝色,又获得了多种人蝠的特征,比如尖耳朵。

在毒液的作用下,他的某种程度上的增强,智力会得到某种程度的增强,但理性思维和同理心会完全消失。

考虑到毒液对大脑,尤其是对高级功能脑叶的影响,任何摄入过"毒液"的人都应该被视为潜在敌人。

非法控制了黑门监狱后,他宣布自己为黑门皇帝。目前还不清楚他是否在持续使用"毒液",只是他的种种身体强化特征都没有消退。

在经销商的案例中,"毒液"把他虚弱的身躯变得异常强壮。如果我们还有机会交手,我一定要采集到他的血样。

经销商

埃蒂安·吉博格,也被称为"经销商",是犯罪组织"镜匠"的神秘拍卖人。这个组织非法出售超级英雄和超级恶棍的装备,以及犯罪现场的"纪念物"。这个商人曾经用"毒液"和人蝠血清配制成某种混合物,作为一种防止他的非法拍卖被政府当局打断的应急手段。他的药剂效果只是暂时的,但是考虑到他掌握的资源,应该假设他能够不断制造新的药剂。

哈维·登特（又名双面人）

哈维·登特最近一次被关押在阿卡姆精神病院期间，被注射了"毒液"和另一种血清的混合物，这使他变得强壮无畏，而且比以前高大很多。他对善恶二元性的执着被药物所抑制，因此要求我们称他为"单面人"。后来，登特和我在阿卡姆的一次暴乱中发生了冲突，我得以幸存，只因登特缺乏贝恩完美的体格，无法处理"毒液"的混合毒性，导致他身体崩溃。

"毒液"对于哈维神智的影响似乎远超其他使用者，这可能是因为他脆弱的心灵已经承受了过于巨大的压力。

我与杰森就他使用"毒液"一事有过争论。尽管他依然嘴硬，但我相信他能理解我的担忧，并在将来更懂得担负责任。

红头罩

第二只知更鸟杰森·托德和我之间的事情可谓一言难尽。不幸的是，过去的事情终究无法弥补，我们现在才刚刚学会接受彼此截然不同的行事风格。然而我不能宽恕他使用"毒液"走出困境的方式，毕竟他是义警"红头罩"。看样子，他已经有一段时间没用过这种药了，但我还是会密切关注他。如果需要的话，我会对他采取措施。

弱 点

乍一看，贝恩似乎并没有什么显著的弱点。他是一名训练有素的战士，监狱中最优秀的斗士们教了他格斗术，"毒液"给了他超越常人的优势。他本身就具备强大的行动力，凭自身意志就能克服重重困难。更重要的是，他非常聪明，是一名操纵局势的大师。生活对他而言就像是一盘棋，而他的每一步都经过深思熟虑和精确研究。

与贝恩战斗时首先应该切断他的"毒液"供应。让他失去力量源泉，你才能迈出平衡战局的第一步。但就我所知，贝恩已经克服了对"毒液"的依赖。所以即便在这种情况下，他仍然具有可怕的战力。这时我们应该注意到他的另一个缺点——自负。

征服须石监狱后，贝恩已经习惯了被众人崇拜。那些围绕着他的唯唯诺诺的人让他相信，自己在所有方面都是最出色的，这让他变得极其自负，而这种自负可以被我们利用。借助贝恩的虚荣心，让他自以为一切尽在掌握，在他认为你处于最虚弱的状态时发起进攻。如果一个人已经相信自己势不可当，轻轻推他一把是再容易不过的事情。除了对"毒液"的依赖，这无疑是贝恩最大的弱点。遗憾的是，他也是一名出色的战术家，很可能早已意识到了自己这个缺点。我见过很多人只关注贝恩的战力却忽视他的才智，这往往是一个致命的错误。

"毒液"对心理的影响是它真正危险的地方：它会激发具有侵略性的强烈敌意并令使用者失控。

长尾鲛战甲

"长尾鲛"是我最实用的蝙蝠战甲之一。我首次使用它是在蝙蝠洞里对付一群来自哥谭市秘密犯罪团伙——猫头鹰法庭的利爪士兵。这套衣服强悍的防护力和硕大的体形使它非常适合对付多个强力战士，或者用于制衡肌肉力量远超过我的敌人，比如贝恩。

包含功能：

- 由我自己设计的间位芳纶纤维装甲（比凯夫拉纤维更坚韧）
- 强大的隔热和防寒功能
- 长效半固态流微电池
- 可持续数周的氧气供应
- 弹射电击失能枪
- 急冻蝙蝠镖
- 内置高频CPU，可远程访问蝙蝠电脑系统

切断贝恩的"毒液"供应当然是首选策略之一。但除了被药物强化所获得的力量外，他显然还有诸多才能。终止注入"毒液"后，多长时间才能达到预期的效果则完全无法预测。

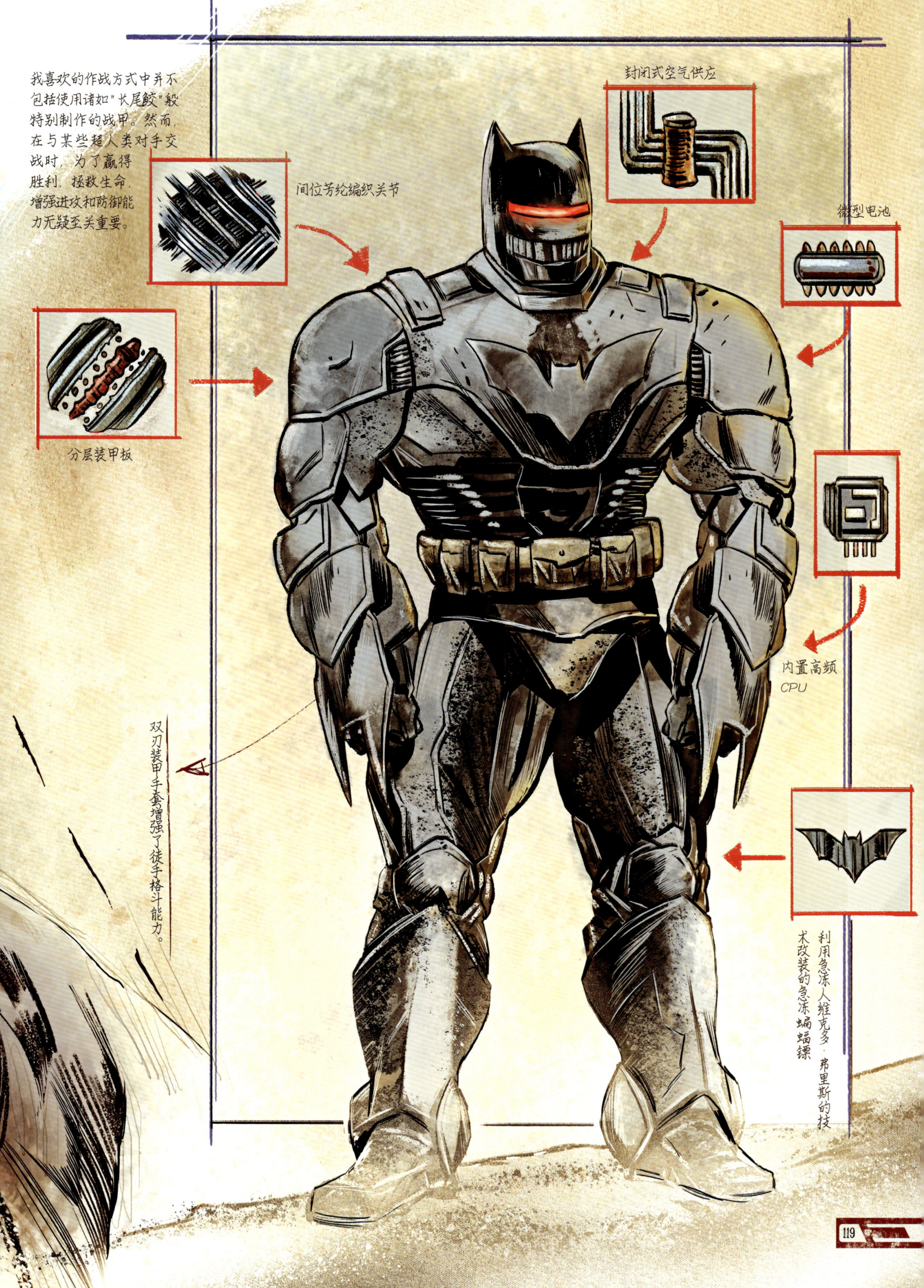

毁灭日

从本质上而言，它是一部氪星杀戮机器。就在氪星因其不稳定的核心而毁灭前不久，这个被称为毁灭日的强大生物曾企图将那颗行星彻底变成废土。它被放逐到被称为幻影空间的异维度。之后，毁灭日削弱了囚禁自己的牢狱并前往地球，意欲摧毁超人，但被超人击败。后来超人承认，和毁灭日的交锋是他一生中经历过的最残忍的战斗。

这些年来，毁灭日不断进化，它的每次出现都是超人的致命挑战。这个怪物的一种进化形态甚至能吸收其他生物的生命力以补充自身能量。在防御方面，毁灭日能够对任何攻击它的武器做出适应性变化。它拥有超快速进化能力，受到创伤时，毁灭日几乎能立即重建其身体的受损部位，并生出能抵抗此类攻击方式的新组织。短短几秒的再生周期后，曾经伤害过它的攻击方式就会完全失效。

毁灭日似乎是永生不死的，而且它能够从基因碎片中再生。就算摧毁了这个生物，它的细胞碎片迟早能演化出一个与过去不同的毁灭日。一种方法只能"杀死"它一次，它进化后的新形态能克服它以前的弱点。

我和毁灭日交过手，但我对它的大部分了解都源自超人。很多关于它的历史或是能力的故事听起来都让人感到匪夷所思，但亲眼看到超人吞下它的灰烬后慢慢变成了另一个毁灭日时，我就再也无法怀疑这些故事的真实性了。事实上，我在超人短暂的异变过程中收集了一些特别的数据，这让我对毁灭日不寻常的特性有了更多了解，与之相比，它那些神话一样的历史也显得平淡无奇了。

毁灭日是少数几个名号毫无夸张成分的恶棍之一。现在的问题是，如果没有超人的帮助，我们该如何打败这个怪物？

需要进一步研究：毁灭日最初会不会是一个类人生命体？如果是这样的话，它的原始形态在硬甲外皮下尚余几分留存？

厚硬的有机装甲覆盖了毁灭日的四肢、躯干和部分面部。

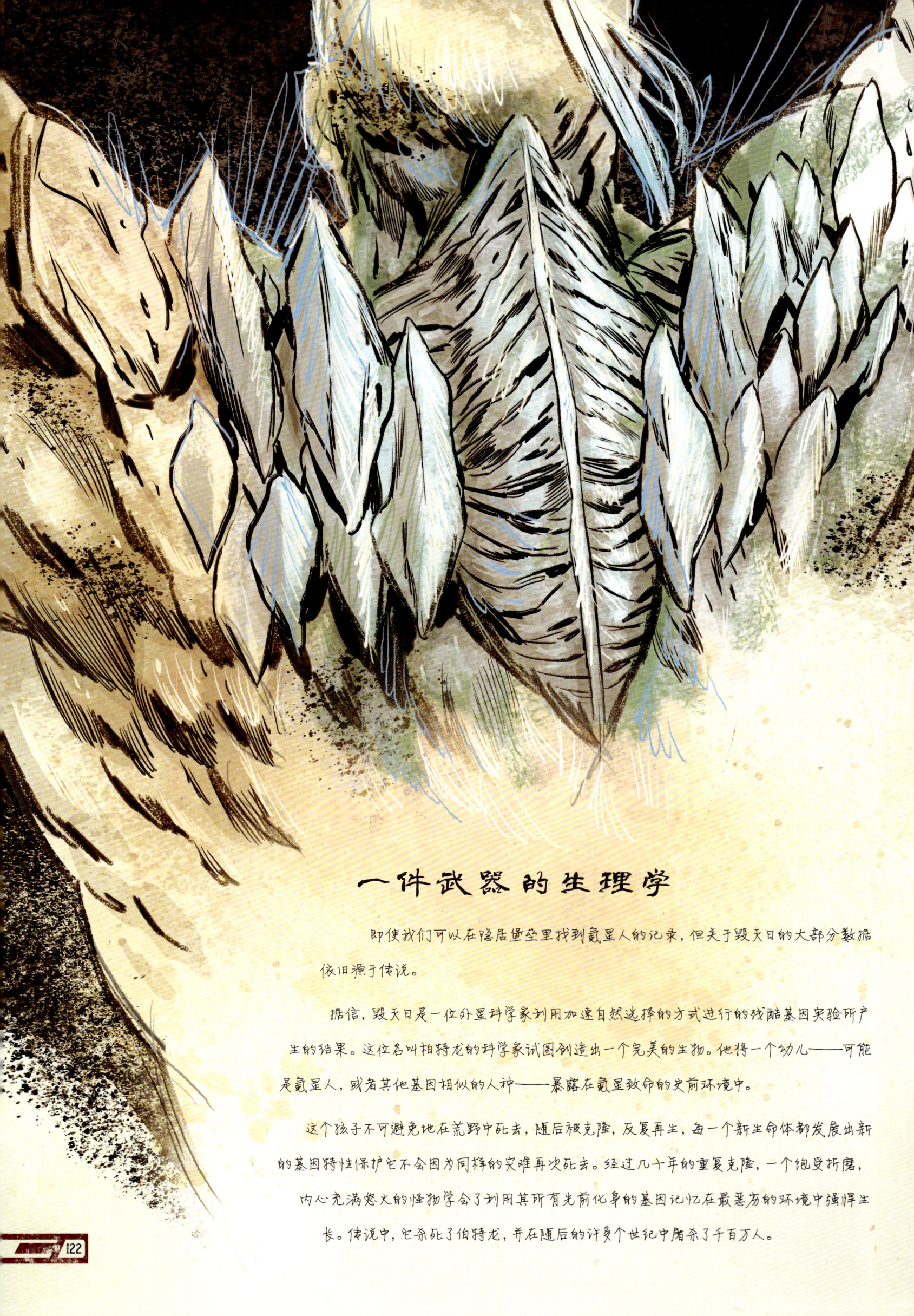

一件武器的生理学

即使我们可以在隐居堡垒里找到氪星人的记录，但关于毁天日的大部分数据依旧源于传说。

据信，毁天日是一位外星科学家利用加速自然选择的方式进行的残酷基因实验所产生的结果。这位名叫柏特龙的科学家试图创造出一个完美的生物。他将一个幼儿——可能是氪星人，或者其他基因相似的人神——暴露在氪星致命的史前环境中。

这个孩子不可避免地在荒野中死去，随后被克隆，反复再生，每一个新生命体都发展出新的基因特性保护它不会因为同样的灾难再次死去。经过几十年的重复克隆，一个饱受折磨，内心充满怒火的怪物学会了利用其所有先前化身的基因记忆在最恶劣的环境中强悍生长。传说中，它杀死了柏特龙，并在随后的许多个世纪中屠杀了千百万人。

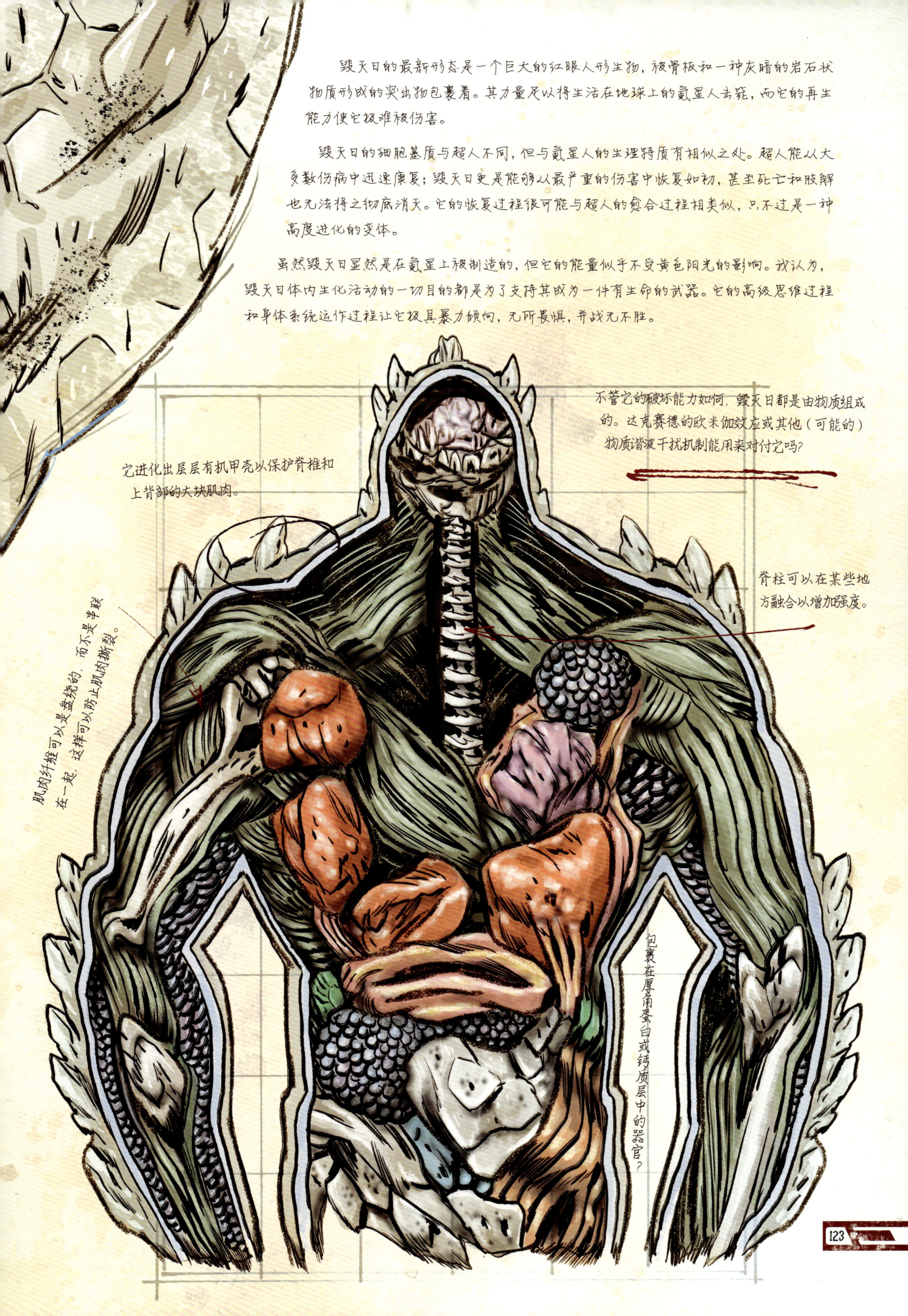

护甲

假设毁天日的最初形态是氪星人,那么它的身体组织中角质化物质的演化一定令人难以置信。角蛋白构成了哺乳动物从毛发到蹄类的各种蛋白纤维组织,同时还存在于爬行动物的皮肤鳞片中。而毁天日的体内外部没有那样规模广泛的鳞片结构。

超人首次受到毁天日病毒的显著影响时,他的皮肤细胞样本显示,富含角蛋白的外层细胞越来越多,并与一种长链葡聚糖衍生物交织在一起——那东西类似于几丁质,是节肢动物外骨骼的特征成分,但更加致密,也更加坚硬。超人甚至无法突破毁天日这个新形态的护甲。这个生物实在太强大了,它完全无法被物理摧毁,同时拥有远超许多人造核武器的破坏力——它的力量完全不容小觑。

虽然我知道,绘制一个不断进化成新形态的生物的体表护甲有些不合逻辑,但这么做帮助我对毁灭日体表甲片的拼接方式有了更多的理解。我的最终目标是找到它的薄弱点,或者至少是甲片有可能出现缝隙、暴露出脆弱部分的区域。

我的研究也涉及大量自然界中的有机装甲,从三角恐龙的骨质颈缘到覆盖犰狳的真皮骨板和包裹穿山甲的角蛋白鳞片。这些知识除了能辅助我理解毁灭日的防御机制以外,也会被应用于未来的蝙蝠战衣设计。显然,自然世界仍然是蝙蝠侠灵感的源泉。

> 在外部甲片之下,毁灭日的整个身体很可能是一团坚硬的疤痕组织。

也许盔甲本身就是疤痕组织?是纤维化组织的层层堆积?

紧密捏我的死细胞,似乎无法被破坏。

上臂甲片。骨头的棘刺既可以防御自身,也能对敌人造成最大伤害。

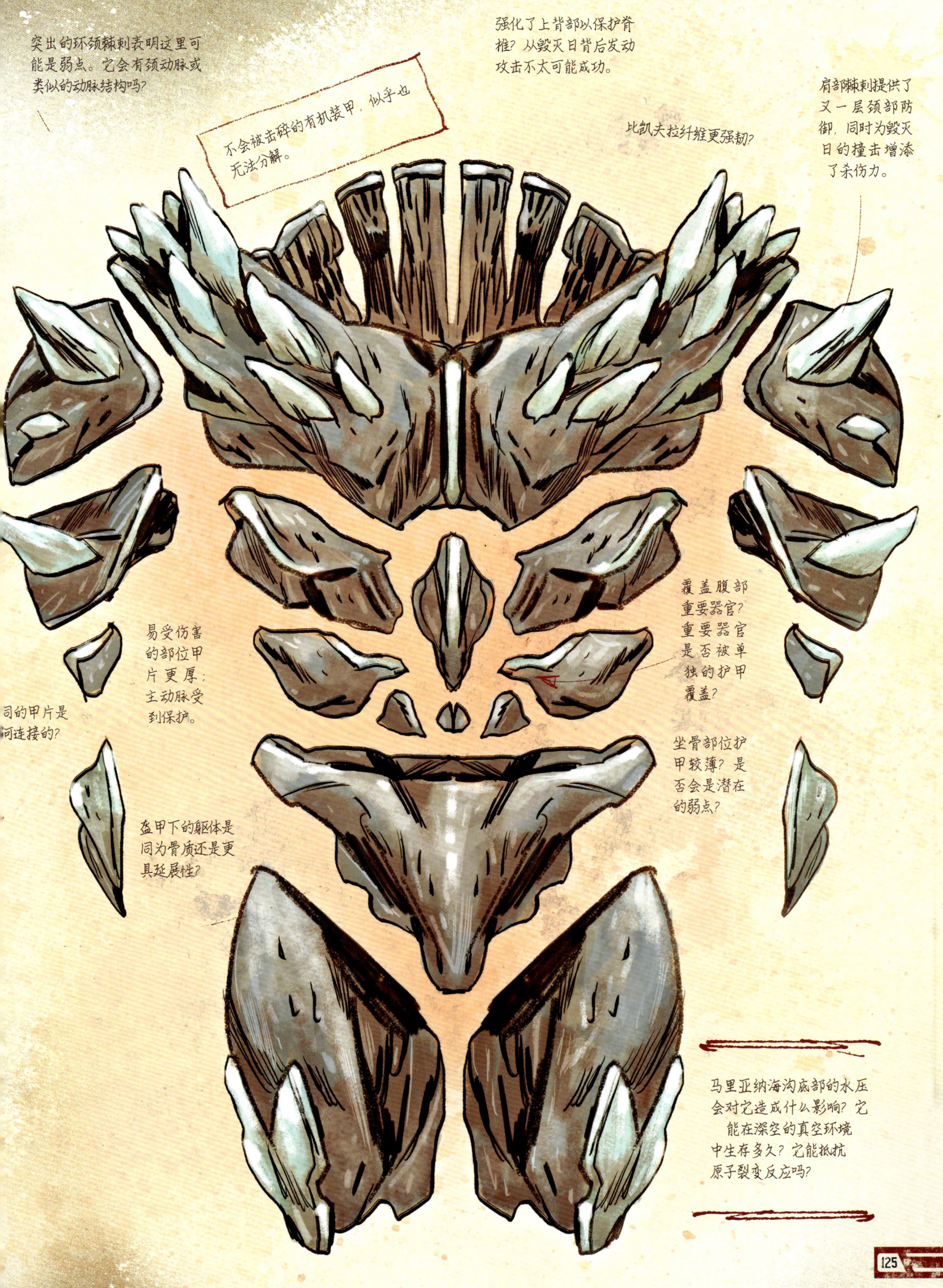

超人转变为毁灭日

毁天日逃离幻影区时，我们团结一致，付出了巨大的努力才得以保护我们的星球免遭生灵涂炭。最终，只有超人具备足够强大的力量与这个怪物一战。对战双方在一场致命厮杀后精疲力竭，克拉克撕裂了毁天日，并吸收了它体内飘散出的微粒以防止其毒素感染地球。几个小时之内，超人的DNA就被无情地改变了，甚至连他在隐居堡垒的传感器也无法识别他。

超人感染的毁天日"病毒"侵蚀速度极快。没过多久，克拉克身上就出现了毁天日的特征。他的皮肤变成了灰色的岩石状板块，心底对所有生命产生了深深的憎恶。超人凭借纯粹的意志力勉强控制住了毁天日病毒对他的影响，但他对自我的控制是不稳定的。超人已成为全世界的威胁。

尝试治愈超人的同时，我们记录下了他所经历的一些变化。整个过程包括剧烈的体内和体表组织变化，主要与他的上皮和内皮细胞有关。他的DNA编码和非编码部位都出现了大幅度异化——也就是说，他的隐性和显性基因标记都有变异——他的细胞生长显著加速，而他本人表现出明显的攻击性。我认为克拉克的大脑边缘皮层处于超负荷状态，当毁天日病毒与超人争夺对身体的控制权时，激发了他强烈的情绪和原始的生存本能。

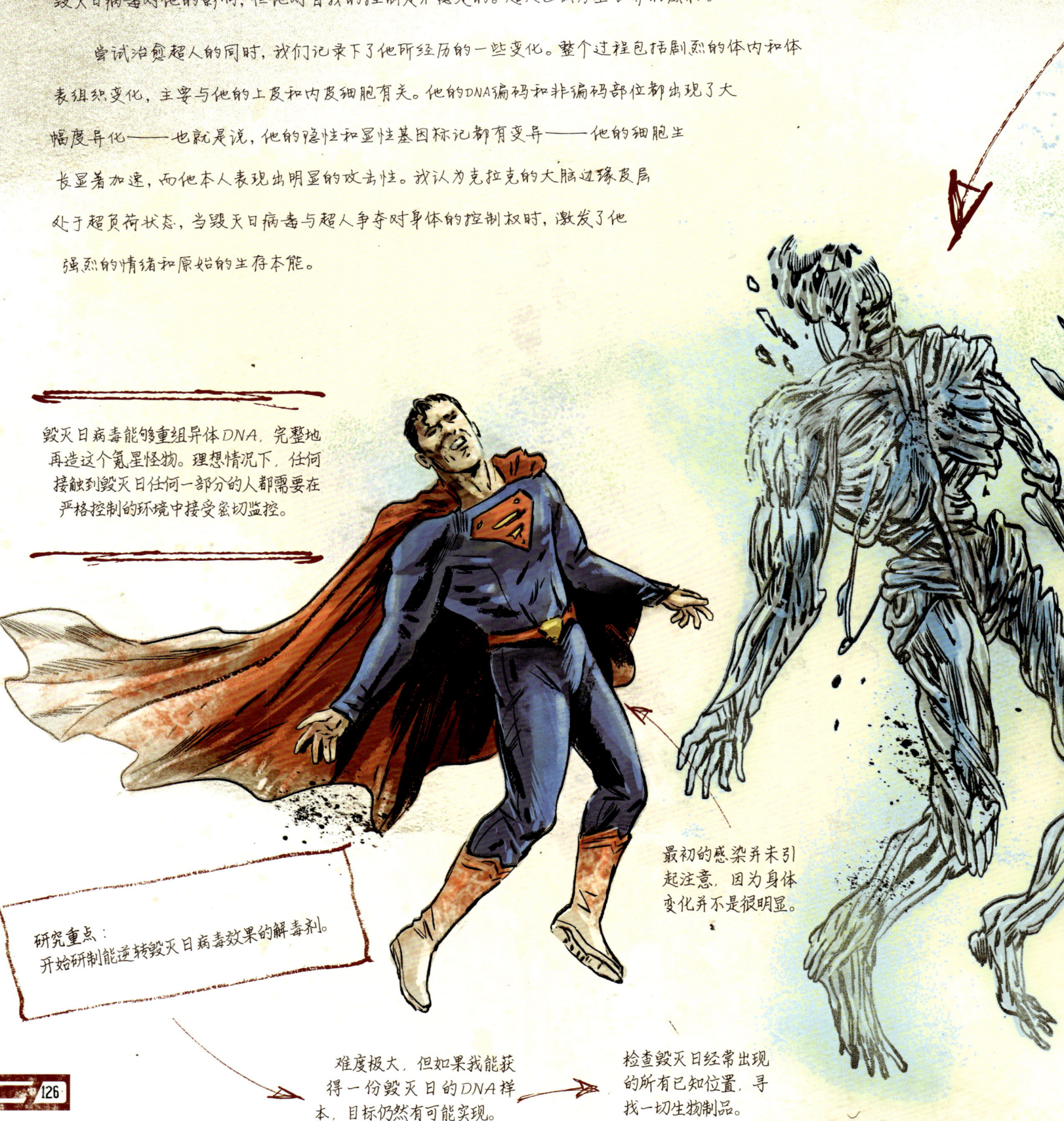

毁灭日病毒能够重组异体DNA，完整地再造这个氪星怪物。理想情况下，任何接触到毁灭日任何一部分的人都需要在严格控制的环境中接受密切监控。

最初的感染并未引起注意，因为身体变化并不是很明显。

研究重点：
开始研制能逆转毁灭日病毒效果的解毒剂。

难度极大，但如果我能获得一份毁灭日的DNA样本，目标仍然有可能实现。

检查毁灭日经常出现的所有已知位置，寻找一切生物制品。

如果我们再次遭遇毁灭日，莱克斯·卢瑟对这个生物的研究很可能会对我们有所帮助，但我怀疑他不会心甘情愿地交出他的情报。不过我们也许能让他明白，这也符合他的利益。另外，黑进卢瑟的数据库应该不会太难。

墨茜：

  与霍西博士和布兰奇博士召开会议。我认为是时候让我们的外星人灭绝计划有点儿创意了。

  我最近得出了一个相当令人失望的结论，即如果大都会想要摆脱来自外星球的入侵者——答案可能有些讽刺——我们必须利用外星武器。简单来说，要在我们的城市中解决超人问题，也许最好的办法就是以毒攻毒。

  超人曾经在另一个外星异种手中经历过一次与死亡最亲密的接触。这个外星生物通常被称为毁灭日。毁灭日不仅仅是一种生物，更是一种自然力量。随着时间的推移，它会变得越来越强大，而且在随后的岁月中，它的进化仍将持续下去。所以出于谨慎考虑，对其采取行动的最佳时间正是现在，你觉得呢？

  出于此种考虑，我想彻底改变布兰奇和霍西的研究方向，让他们继续研究精神控制。他们已经从布莱尼亚克和哥谭的疯帽匠身上获取了不少情报，我需要他们利用这些信息研发某种微型装置，驯服那个极度凶暴的怪物。和以往一样，让他们知道钱不是问题，如果需要的话，我也可以获得雷·帕尔默博士的小型化研究。或者更确切地说，我可以让我们子公司名单内一个更令人厌恶的专业人员为我采购相关信息。

  时间才是最重要的，墨茜。我的城市越早摆脱那个披斗篷的家伙，对所有人就越好。

莱克斯

弱点

没法儿用简单的办法解决毁天日。即使我们能透彻地了解它以前的形态，它也很快就会进化出更加强大的形态，让我们现有的知识变得苍白无力。

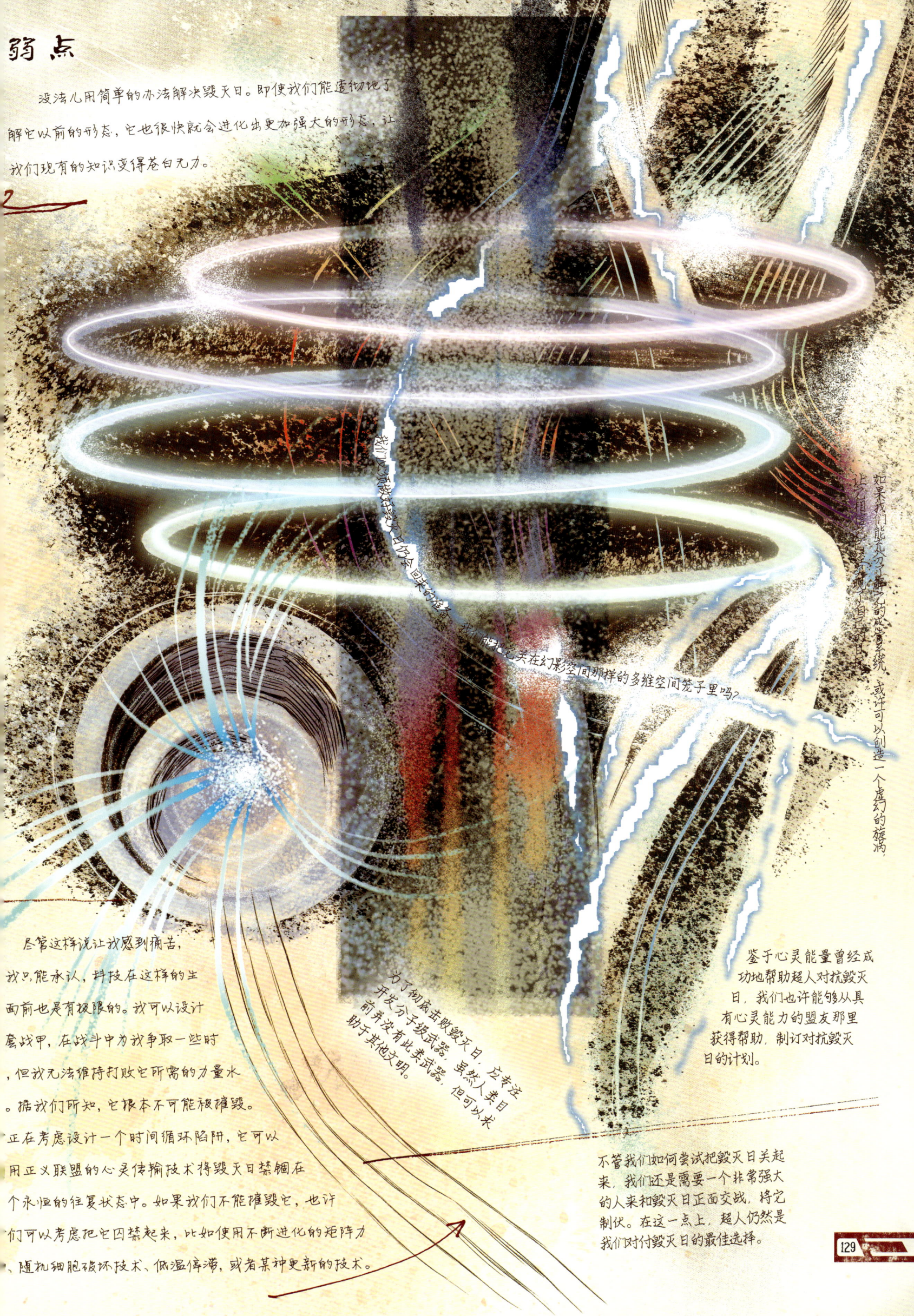

我们是否能把它关回它的老家？

我们能把它关在幻影空间那样的多维空间笼子里吗？

如果我们能充分了解它的感官系统，或许可以创造一个虚幻的旋涡。

尽管这样说让我感到痛苦，我只能承认，科技在这样的生面前也是有极限的。我可以设计一套战甲，在战斗中为我争取一些时间，但我无法维持打败它所需的力量水平。据我们所知，它根本不可能被摧毁。我正在考虑设计一个时间循环陷阱，它可以用正义联盟的心灵传输技术将毁天日禁锢在一个永恒的往复状态中。如果我们不能摧毁它，也许我们可以考虑把它囚禁起来，比如使用不断进化的矩阵力、随机细胞破坏技术、低温停滞，或者某种更新的技术。

为了彻底击败毁天日，必须得开发分子级武器。虽然人类目前尚没有此类武器，但可以求助于其他文明。

鉴于心灵能量曾经成功地帮助超人对抗毁灭日，我们也许能够从具有心灵能力的盟友那里获得帮助，制订对抗毁灭日的计划。

不管我们如何尝试把毁灭日关起来，我们还是需要一个非常强大的人来和毁灭日正面交战，将它制伏。在这一点上，超人仍然是我们对付毁灭日的最佳选择。

杀手鳄

毫无疑问，韦伦·琼斯表现出了一些非同寻常的生理特征，但无论出于何种目的和意图，或许都无法将之归类为真正的超人类。虽然有人猜测他拥有一种超级基因，能赋予他相当大的力量，但他很可能只是一个患有多种皮肤疾病和返祖退化现象的人类。我曾考虑过是否在这份报告中提及韦伦。不过追踪这种返祖突变可能关系到未来的一些战斗。

现在，韦伦看起来仍然像一条行走的鳄鱼，但他已经开始了人类的生活。返祖现象是DNA中残留的祖先特征占据优势的一种情况。我们的身体上都有一些残存的痕迹，它们表明我们的进化还不够彻底，和我们的先祖物种还有着千丝万缕的联系。这些痕迹中最明显的莫过于阑尾和手掌抓握反射——人类婴儿大约三个月时，这种反射就会消退，但它依旧在灵长类婴儿身上留存。

在极少数情况下，一个人在出生时会带有对现代人来说完全不必要的身体特征。这些看似异常的现象一直存在于我们的DNA中，是进化早期遗留下来的基因片段。只要这样的基因片段完整地隐藏在我们的遗传代码中，它们就有可能因为基因抑制机能出现故障而得以显现，其结果可能是一个有着退化尾巴或额外乳头的人出现。理论上，如果这个基因足够古老，它甚至可以显现我们尚未进化到哺乳动物时的特征。

在非常罕见的情况下，大量本该被抑制的基因特性会完全显现。这些特性对人类来说是不必要的残留，但对其他物种来说可能是必不可少的。我相信这就是杀手鳄的情况。不幸的是，韦伦似乎发生了持续性退化。曾为职业罪犯的杀手鳄似乎完全变成了一头野兽——残忍且致命。

杀手鳄鱼的速度、力量和攻击性远远超出了人类范畴。有没有可能是他的返祖现象引发了潜在的超人类能力？

牙齿和口腔的前突性突变

由于没有臼齿，鳄鱼会吞下岩石在体内研磨食物。杀手鳄仍然保留着人类的臼齿，但随着他的身体不断变异，这种情况可能也会改变。

皮肤疾病

自幼时起，身体机能紊乱的症状就已在韦伦身上出现。韦伦早年就有了"鳄鱼"的绰号，最初他被诊断为寻常型鱼鳞病*。随着病情恶化，医生们对他做出了更多的诊断，但始终无法充分解释他的身体到底发生了什么。鱼鳞病会阻止皮肤产生皮脂，使皮肤看起来比一般人的更坚韧，但不会增加皮下组织的强度。严重的硬皮病会使皮肤增厚变硬，但不能解释他的精神状态为何会逐渐恶化。表皮松解性角化过度也经常被列为他的主要疾病，这可能是他的身体散发出难闻气味的原因，但这种诊断不能解释他的体表为何会出现"鳞片"。

（注：鱼鳞病是一种皮肤角蛋白的积累导致鳞状外观的疾病。）

随着年龄的增长，韦伦的人类特征渐渐被爬行动物特征所取代。第一个可见的迹象可能是他脖子上的褶皱或粗糙的皮肤。在他生命的前十九年里，他的皮肤越来越<u>坚韧</u>，并生出鲜亮的色彩，与鳞片的状态愈发相近。最显著的变化发生在他的青春期，他的肌肉骨骼系统逐渐重组，他的皮肤变得越来越像爬行动物。

韦伦成年之后，他的骨骼系统大体仍属于人类，但具有成年蝾螈的特征，特别是头骨和手的形状。然而，他的鳞片和牙齿的形状更接近于鳄鱼。他的肌肉组织极其发达，下巴极宽，牙齿非常锋利。随着年龄的增长，他的下颌不断地伸展和强化，让他得以拥有鳄鱼般强大的咬合力。

据测量，一条尼罗河鳄鱼的咬合力约为2000千克，足以折断骨头。只要对比一下大白鲨（1600千克）或土狼（1000千克）的咬合力，远离鳄鱼的必要性就显而易见了。杀手鳄的下颌肌肉已经近似于鳄鱼，它们坚硬硕大，可以爆发出惊人的力量。

现在，韦伦·琼斯的最后一丝痕迹似乎也从杀手鳄的身上消失了。他的头已经大幅度延长并扁平化，看起来和鳄鱼完全一样。他变得极度残忍，有时甚至会食人，他的人性已淹没于变异的原始本能中。

韦伦爬行动物的皮肤和变异的面孔只是一种更深层次紊乱的外在表现，这种紊乱不可逆转地腐蚀了他的思想。

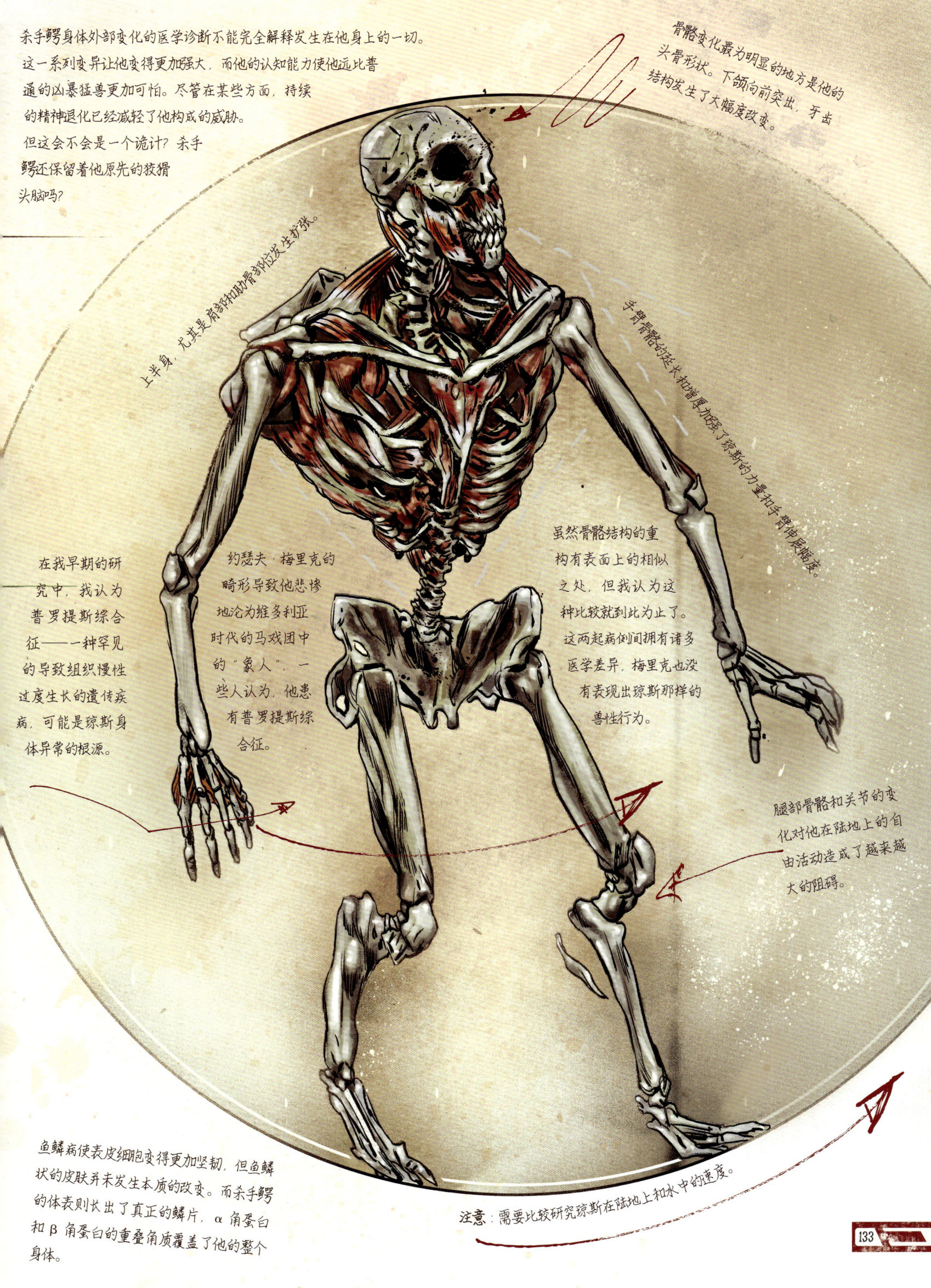

身体特性

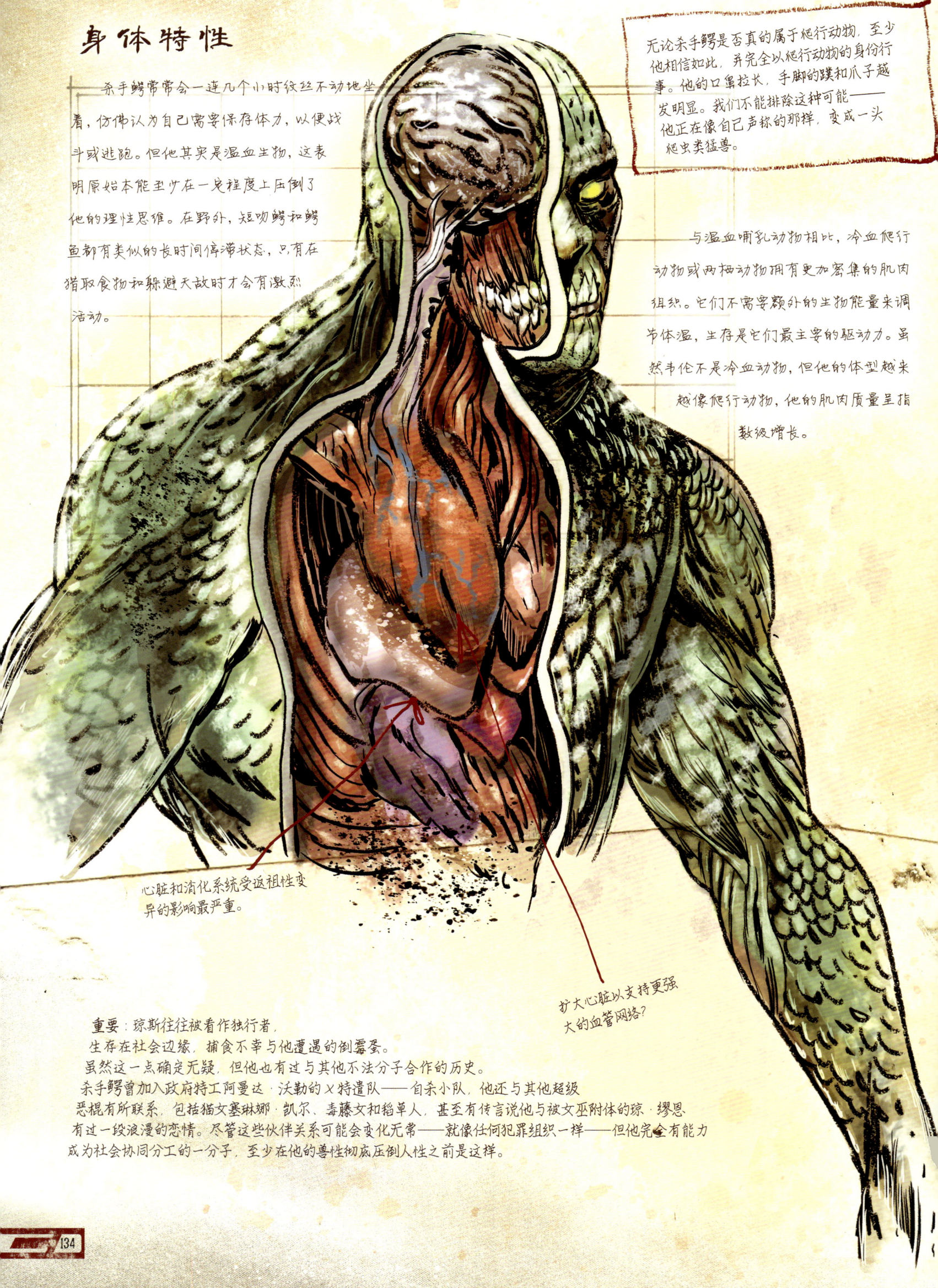

杀手鳄常常会一连几个小时纹丝不动地坐着，仿佛认为自己需要保存体力，以便战斗或逃跑。但他其实是温血生物，这表明原始本能至少在一定程度上压倒了他的理性思维。在野外，短吻鳄和鳄鱼都有类似的长时间停滞状态，只有在猎取食物和躲避天敌时才会有激烈活动。

无论杀手鳄是否真的属于爬行动物，至少他相信如此，并完全以爬行动物的身份行事。他的口鼻拉长，手脚的蹼和爪子越发明显。我们不能排除这种可能——他正在像自己声称的那样，变成一头爬虫类猛兽。

与温血哺乳动物相比，冷血爬行动物或两栖动物拥有更加密集的肌肉组织。它们不需要额外的生物能量来调节体温，生存是它们最主宰的驱动力。虽然韦伦不是冷血动物，但他的体型越来越像爬行动物，他的肌肉质量呈指数级增长。

心脏和消化系统受返祖性变异的影响最严重。

扩大心脏以支持更强大的血管网络？

重要：琼斯往往被看作独行者，
生存在社会边缘，捕食不幸与他遭遇的倒霉蛋。
虽然这一点确定无疑，但他也有过与其他不法分子合作的历史。
杀手鳄曾加入政府特工阿曼达·沃勒的X特遣队——自杀小队，他还与其他超级
恶棍有所联系，包括猫女塞琳娜·凯尔、毒藤女和稻草人，甚至有传言说他与被女巫附体的琼·缪恩
有过一段浪漫的恋情。尽管这些伙伴关系可能会变化无常——就像任何犯罪组织一样——但他完全有能力
成为社会协同分工的一分子，至少在他的兽性彻底压倒人性之前是这样。

手

杀手鳄的手指仍然保持着类人结构，拇指与其余四指可以对握，但他指间有蹼，指尖有爪，锋利的爪子撕碎砖块如同撕扯纸巾一样轻松。阿卡姆精神病院的监控录像显示，杀手鳄似乎一直在他的牢房墙壁上磨砺尖爪，他肯定懂得如何充分利用自己的进化优势。

鳄鱼具备一种复杂的韧带网，能够为四肢提供结构支撑和力量。

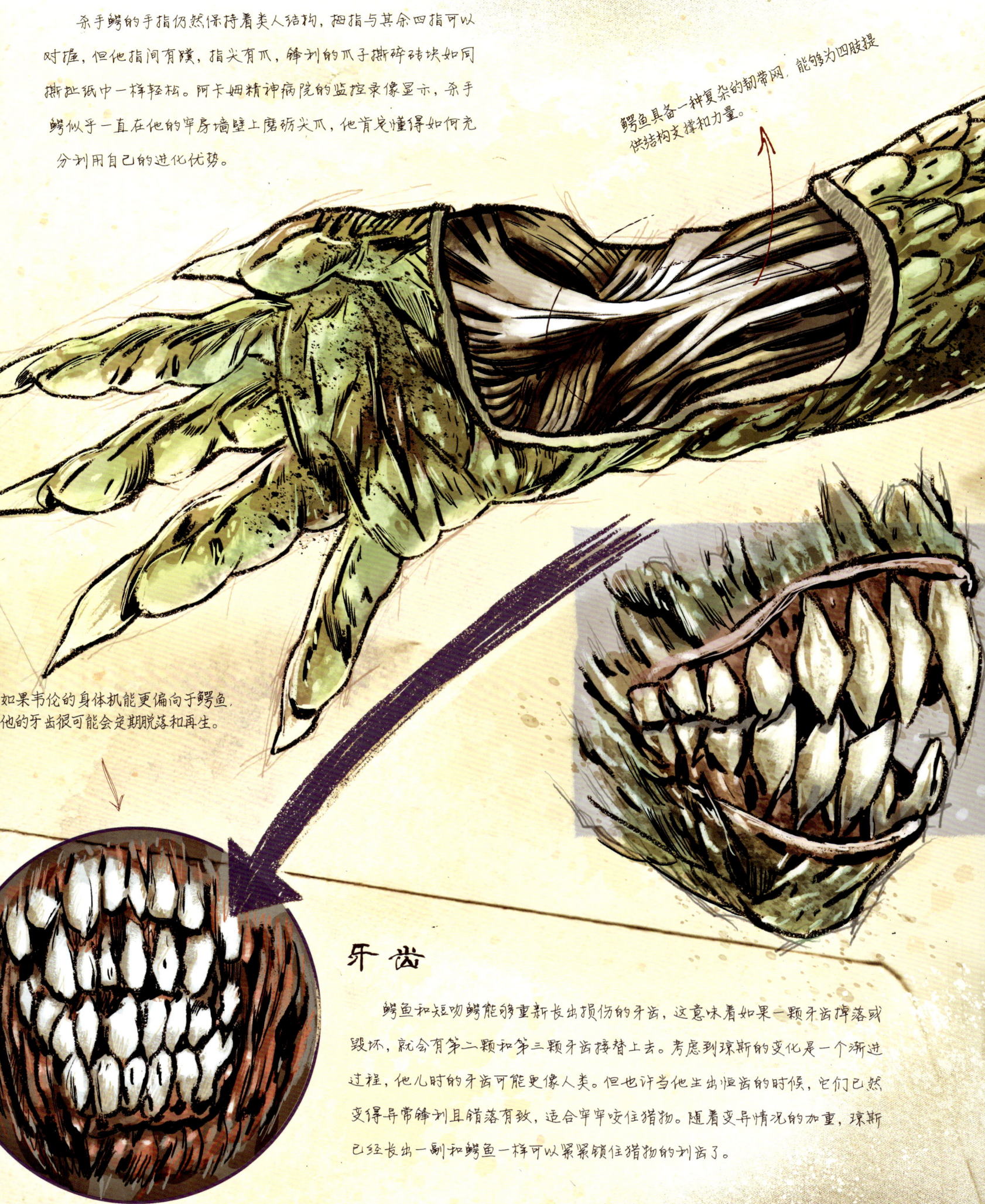

如果韦伦的身体机能更偏向于鳄鱼，他的牙齿很可能会定期脱落和再生。

牙齿

鳄鱼和短吻鳄能够重新长出损伤的牙齿，这意味着如果一颗牙齿掉落或毁坏，就会有第二颗和第三颗牙齿替补上去。考虑到琼斯的变化是一个渐进过程，他儿时的牙齿可能更像人类。但也许当他生出恒齿的时候，它们已然变得异常锋利且错落有致，适合牢牢咬住猎物。随着变异情况的加重，琼斯已经长出一副和鳄鱼一样可以紧紧锁住猎物的利齿了。

如果他的DNA正在逐渐爬虫化，他的身上就会出现更多肉眼可见的变异。鳄鱼眼像猫眼一样——细长的瞳孔将眼球从中间分开，没有可见的角膜，但韦伦仍然拥有人类的眼睛。

对鳄鱼基因组的研究告诉我们，自大约两亿年前出现在地球上以来，鳄鱼的进化速度极其缓慢。

他坚硬的鳞片上是否缺少可以吸收水分的毛孔？

韦伦是否有鳄鱼的鼻孔和喉瓣，这种变异可以保护他在水下时不被淹死？

浸入水中

杀手鳄可以在水里待一个小时。如果他的肺和循环系统受到了鳄鱼DNA的影响，他就可以在这方面复制鳄鱼的能力。像鳄鱼一样，琼斯也许能够把他的心跳减慢到每分钟两三次以节省氧气。如果这真是他能长时间待在水下的原因，他在水下需要尽量保持静止。无论心率如何，活动都需要氧气。

另一种可能是，两栖生物的返祖特性使他能够通过一种叫作皮肤呼吸的过程呼吸，这种呼吸在以青蛙为代表的许多生物体中都很常见。考虑到杀手鳄的众多返祖性遗传变异，他被鳞片覆盖的皮肤拥有透气性也不无可能。就像青蛙或某些鱼类一样，他可以通过皮肤吸收溶解氧。这种能力可以大大延长他的潜水时间。

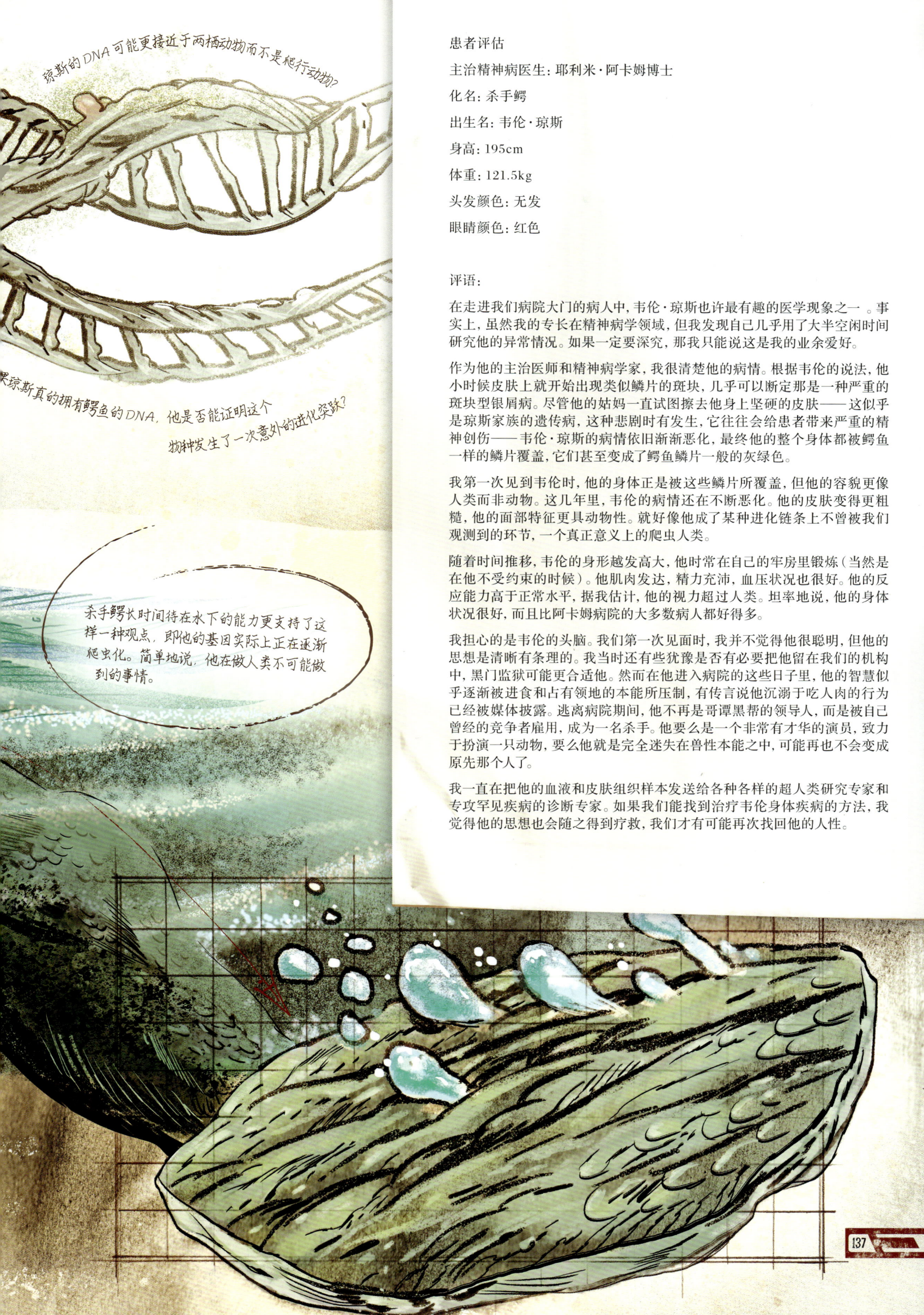

琼斯的DNA可能更接近于两栖动物而不是爬行动物?

如果琼斯真的拥有鳄鱼的DNA，他是否能证明这个物种发生了一次意外的进化突跃?

杀手鳄长时间待在水下的能力更支持了这样一种观点，即他的基因实际上正在逐渐爬虫化。简单地说，他在做人类不可能做到的事情。

患者评估

主治精神病医生：耶利米·阿卡姆博士

化名：杀手鳄

出生名：韦伦·琼斯

身高：195cm

体重：121.5kg

头发颜色：无发

眼睛颜色：红色

评语：

在走进我们病院大门的病人中，韦伦·琼斯也许最有趣的医学现象之一。事实上，虽然我的专长在精神病学领域，但我发现自己几乎用了大半空闲时间研究他的异常情况。如果一定要深究，那我只能说这是我的业余爱好。

作为他的主治医师和精神病学家，我很清楚他的病情。根据韦伦的说法，他小时候皮肤上就开始出现类似鳞片的斑块，几乎可以断定那是一种严重的斑块型银屑病。尽管他的姑妈一直试图擦去他身上坚硬的皮肤——这似乎是琼斯家族的遗传病，这种悲剧时有发生，它往往会给患者带来严重的精神创伤——韦伦·琼斯的病情依旧渐渐恶化，最终他的整个身体都被鳄鱼一样的鳞片覆盖，它们甚至变成了鳄鱼鳞片一般的灰绿色。

我第一次见到韦伦时，他的身体正是被这些鳞片所覆盖，但他的容貌更像人类而非动物。这几年里，韦伦的病情还在不断恶化。他的皮肤变得更粗糙，他的面部特征更具动物性。就好像他成了某种进化链条上不曾被我们观测到的环节，一个真正意义上的爬虫人类。

随着时间推移，韦伦的身形越发高大，他时常在自己的牢房里锻炼（当然是在他不受约束的时候）。他肌肉发达，精力充沛，血压状况也很好。他的反应能力高于正常水平，据我估计，他的视力超过人类。坦率地说，他的身体状况很好，而且比阿卡姆病院的大多数病人都好得多。

我担心的是韦伦的头脑。我们第一次见面时，我并不觉得他很聪明，但他的思想是清晰有条理的。我当时还有些犹豫是否有必要把他留在我们的机构中，黑门监狱可能更合适他。然而在他进入病院的这些日子里，他的智慧似乎逐渐被进食和占有领地的本能所压制，有传言说他沉溺于吃人肉的行为已经被媒体披露。逃离病院期间，他不再是哥谭黑帮的领导人，而是被自己曾经的竞争者雇用，成为一名杀手。他要么是一个非常有才华的演员，致力于扮演一只动物，要么他就是完全迷失在兽性本能之中，可能再也不会变成原先那个人了。

我一直在把他的血液和皮肤组织样本发送给各种各样的超人类研究专家和专攻罕见疾病的诊断专家。如果我们能找到治疗韦伦身体疾病的方法，我觉得他的思想也会随之得到疗救，我们才有可能再次找回他的人性。

以食物作为诱饵制作陷阱或圈套，放置于下水道中，可能是一种有效的诱捕手段。

弱点

这些年间，我认识的杀手鳄发生了巨大的改变。他曾经表现出过人的狡猾甚至机智，但他现在只剩下残暴的力量和近乎无意识的残忍。虽然他的凶猛的确令人担忧，但他智力的下降使得欺骗和诱捕他变得不那么困难了。在下水道里设置一个食物诱饵陷阱可能和任何更复杂的计划一样有效。然而，过度自信可能是致命的。对杀手鳄而言，杀戮是如同呼吸一样平常的事情，与他遭遇时一定要牢记这一点。

如果我关于杀手鳄拥有透气性皮肤的理论是正确的，那么他就存在另一个潜在弱点。用鼻孔呼吸时，屏住呼吸就能暂停吸入气体；而皮肤通透性是不可控的，各种物质可以随时渗透他的皮肤。如果是这样的话，只要气体中的有效分子足够小，能够穿过细胞壁，杀手鳄就极易受到此种气体的攻击。

此外，鳄鱼的咬合力极强，但它们用于张开下颚的肌肉却细小脆弱。只需要一根结实的橡皮筋就能绑紧它们的嘴。如果被迫与韦伦进行正面对抗，那么束得他的双颚显然是首要策略。这个策略曾助我获得巨大的成功。

琼斯曾经受到贝恩的欺骗，吸食过"毒液"。虽然他似乎没有持续使用这种药物，但我会监测他的生理和行为，寻找可能的副作用迹象。

比扎罗

通过加速的克隆过程，莱克斯·卢瑟用取自超人的DNA培育了自己的基因工程氪星人。但克隆体在培育工作尚未完成时就被过早释放出来，成为一个具有超强力量的半智能生物，并且会服从卢瑟的每一个命令。比扎罗以其克隆室的名称——B-ZERO命名。他拥有诸多超人的能力，但不像克拉克那样可以用自控力和智慧来指导自身行动。

DNA降解，断链。最草率的基因篡改。

因为比扎罗是从超人的DNA中克隆出来的，所以研究这种生物最好的模板就是超人本人。

最初的比扎罗在没有完全成熟时就被中断生长过程，释放出来，导致他具有严重的精神和身体缺陷。

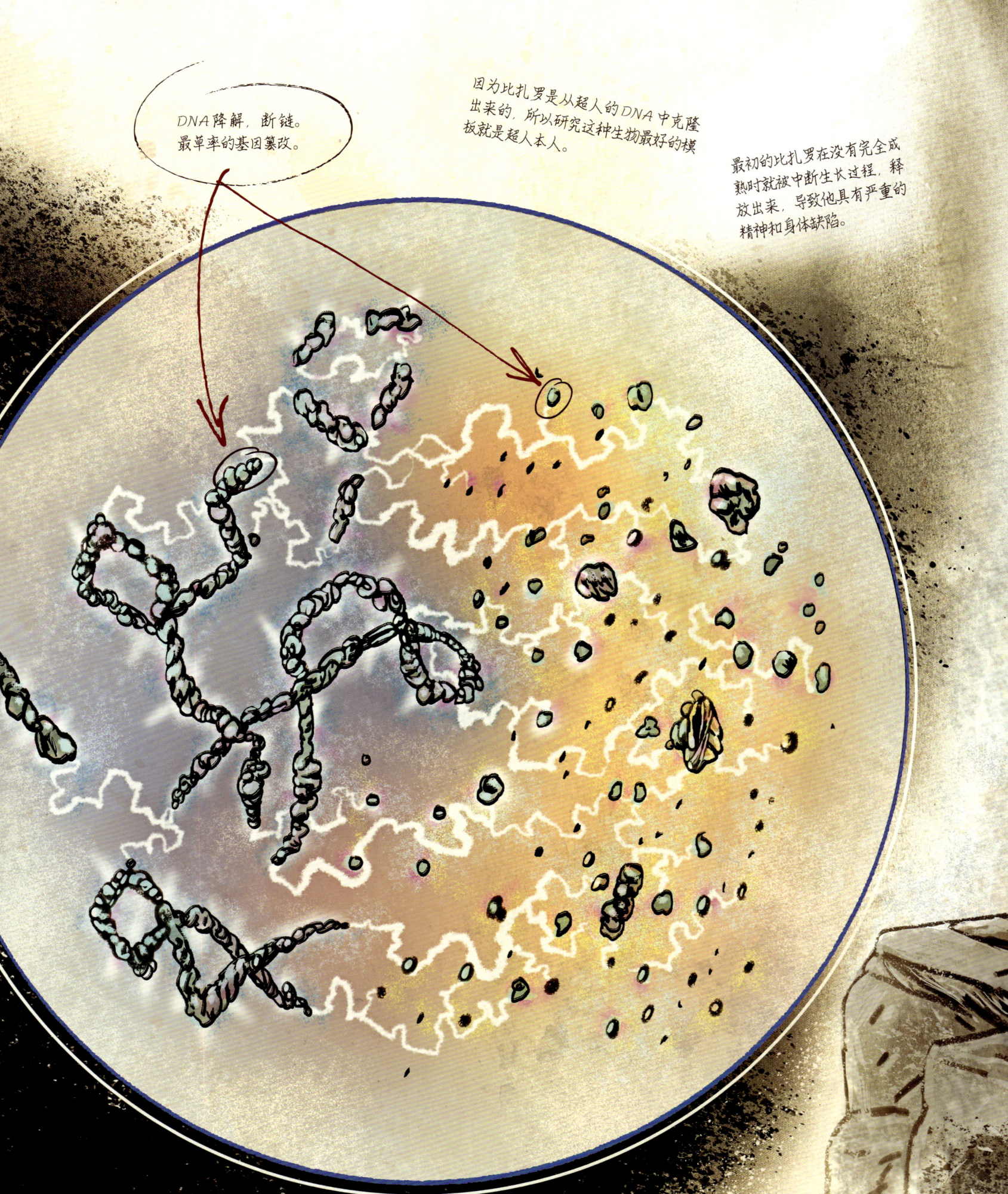

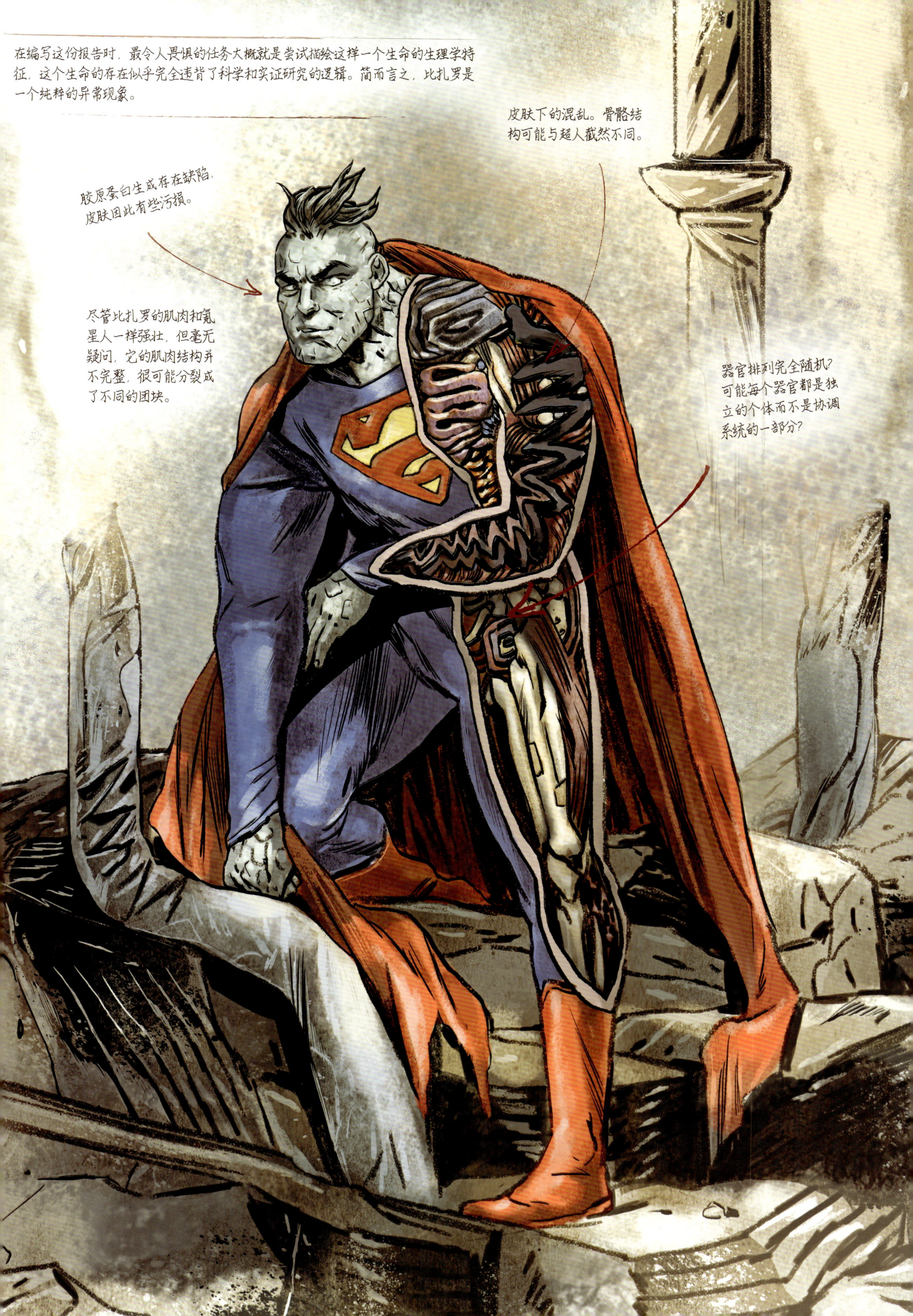

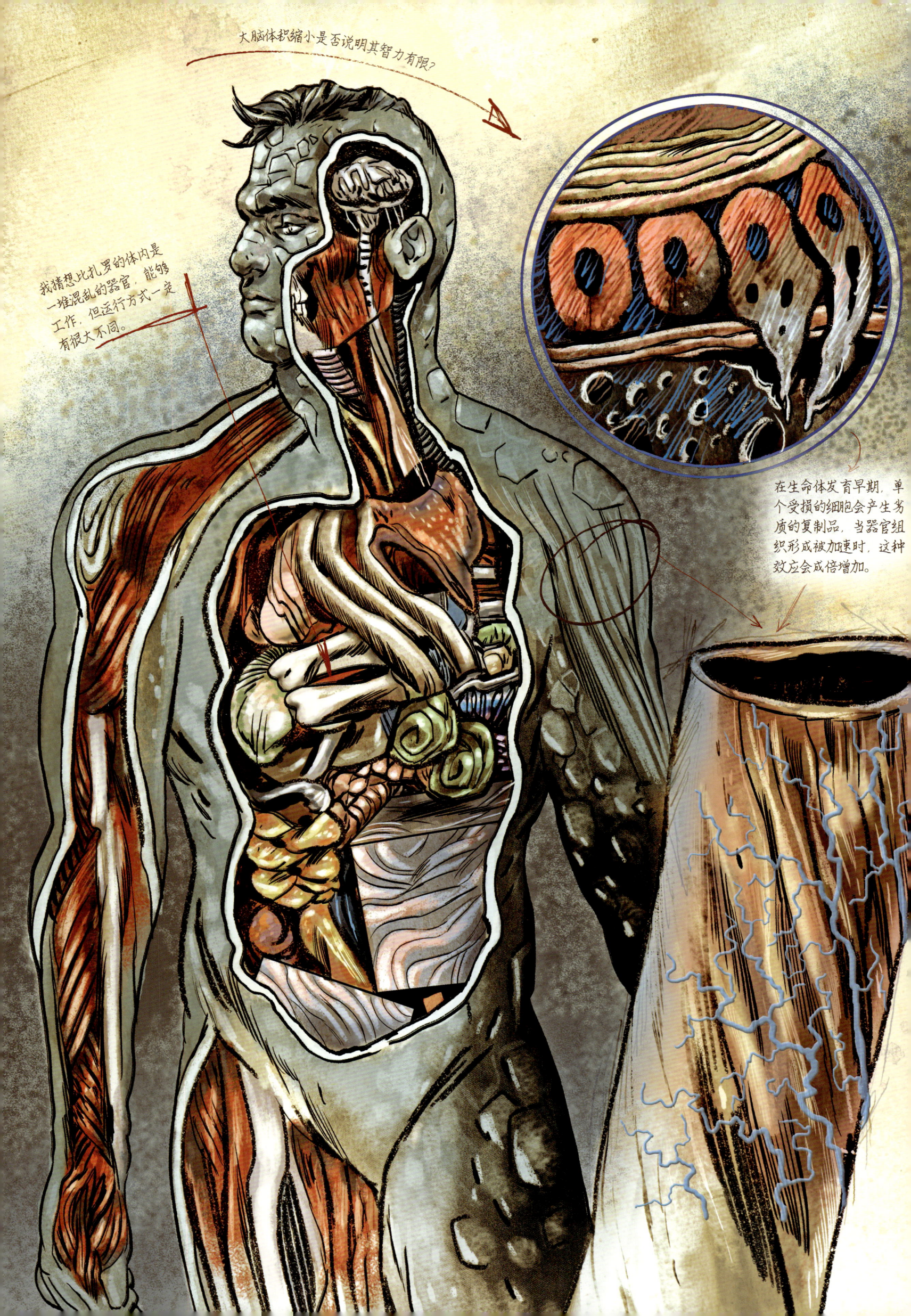

比扎罗的部分大脑无疑是极度不发达的。这是因为克隆使用的原始样本受损？还是完全因为莱克斯·卢瑟的基础科研水平有问题？

发育

一如既往，莱克斯·卢瑟使用科学技术就像抡动大锤一样蛮横。他利用一种快速却显然未经测试的方法来培育他的超人克隆体。卢瑟不是一个有耐心的人，但他仍然预计这个项目十年后才会有结果。很有可能即使比扎罗完整经历了十年的生长过程，他仍然会因为生长过快而存在一些生理缺陷。实际上，考虑到他提前五年就从培育室中被取了出来，他能发挥如此水准的能力已经非常令人惊讶了。

在实验室中，胚胎细胞的分裂和复制必须在缓慢而有条不紊的过程中完成，以减少出错的概率。有效的细胞分裂对于干细胞尤其重要，干细胞是产生不同类型细胞的"空白"细胞，身体各部分的分化全都由它而起。如果胚胎孕育时产生的第一个骨细胞有错误，很可能导致全身性骨骼缺陷。同样，某一个分化皮肤细胞发生错误可能是黑色素瘤的最根本原因。

人类胎儿的发育首先从关键系统开始——心脏、大脑、脊髓。身体系统的发育在整个妊娠期持续进行，所有的精细过程都在妊娠末期发生。这意味着早产儿基本上能够存活，但也可能罹患肺部与大脑发育相关的并发症。适当的成长需要时间。

卢瑟试图跳过细节，改变比扎罗的基因标记，却不考虑由此造成的神神新错误。比扎罗的内脏和心脏的位置明显颠倒了（完全性内脏转位以及右位心），虽然他的身高和力量都已经发展到与超人相当的程度，但他的大脑仍然非常不发达。就体魄而言，他拥有许多超人的能力——超级力量和超快速度、飞行、极强耐力和耐受力，不过他的许多能力是超人能力的逆转，比如火焰呼吸和冰冻视线。

脑缺损

根据莱克斯·卢瑟的私人实验室报告，比扎罗的脑神经发育不足。神经细胞似乎不能迅速发育。负责处理情绪的脑皮层边缘系统、海马体和杏仁核都不发达，使比扎罗的攻击性极强，同时缺乏真正的行动和后果意识，难以分辨对错。他的大脑额叶也不能正常工作，这让他难以控制自己的冲动，同时像孩子一样害怕黑暗。他的布罗卡区——或者更确切地说，氪星人脑中控制语言的区域——显然也不成熟，因为他几乎不能把两个词连在一起使用。

我认为莱克斯并未考虑到孩子的大脑比成人大脑更擅长学习的事实。他似乎认为成年氪星人会自动通过感官接触自主学习，却从没有想过比扎罗缺乏儿童灵活的学习能力。

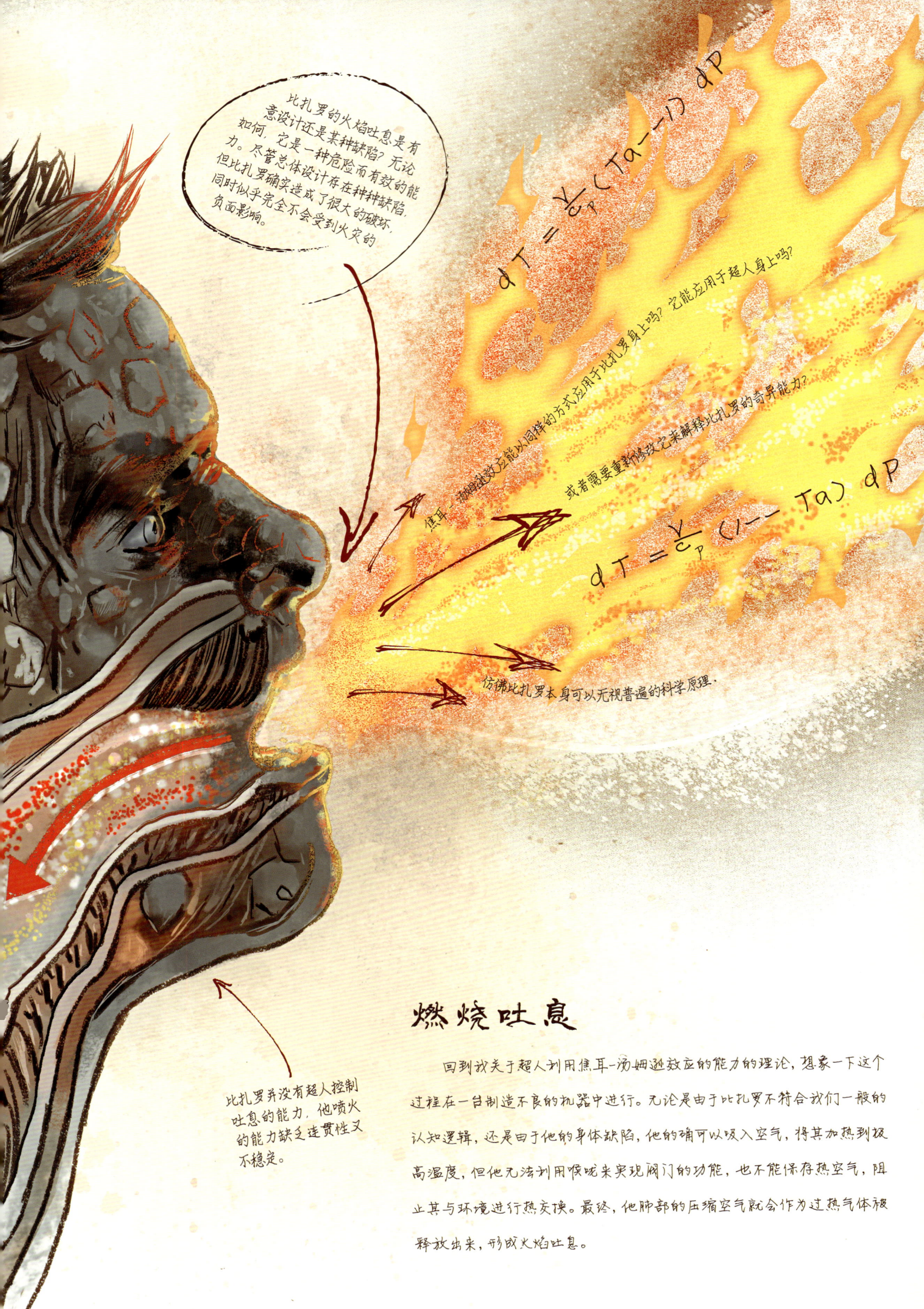

冷冻视觉

与其他氪星人一样,比扎罗人的眼部结构可能非常复杂。显然,他可以看到分子层面的运动。我的猜测是,在他试图像超人一样使空气分子过热——使其加速滚动——的过程中,不知怎的,他成功分离出个别空气分子,无意中使他视线中的分子几乎停止滚动。这会使它们失去能量,温度降到极低。他越专注,这些空气分子的移动速度就越慢,最后它们的温度会接近自身的冻结点。

下一步研究计划:
潜入莱克斯企业,取得比扎罗的任何生物样品,包括沾有眼内液体的棉签和与这名克隆人眼睛有关的任何其他物品。

能够利用自己的能力制造极度寒冷的超人类是非常普遍的。我怀疑比扎罗和冰霜杀手以及急冻人并没有直接联系,但是任何能力上的关联都是值得研究的。

其他能力

比扎罗有一些暴露在黄色阳光下的氪星人都会拥有的能力。他强壮而且迅速，能够飞行。我推测他的细胞能吸收阳光，使他可以获得近乎无限的能量。在他的身上没有观察到超人不具备的能力，也没有相关报告提及这一点。

最初的化学设计错误，加速生长导致的缺陷，以及"早产"的副作用都是可能造成比扎罗巨大缺陷的原因。就我个人而言，不喜欢莱克斯·卢瑟的理由又多了一番——他给这样一个有自主意识的人造成如此多的伤害，甚至让其无法拥有完整的生命。

鉴于黄色太阳的辐射可能是支撑他虚弱的身体机能的重要因素，有理由相信氪石能够对他造成一定伤害，而非仅仅剥夺他的力量。

和任何氪星人一样，氪石是削弱比扎罗能力的有效手段。

接下来，我必须强化对莱克斯企业及其附属机构的监视，尤其要对卢瑟的克隆实验室多加注意。他完全有可能在不久的将来克隆出更加危险的超人类，给我们的世界带来灾难性的后果。卢瑟从来不知道何为不可逾越的底线。

弱点

初代比扎罗为莱克斯·卢瑟战死。我毫不怀疑莱克斯在遭遇这样的"挫折"后，仍然会对这个特别项目充满兴趣，并会进行更多克隆超人的尝试。事实证明，我是对的。

为了颠覆犯罪头目黑面具，红头罩成为卧底，在此期间，他偶然发现了另一个超人克隆体。红头罩与这个强大的新比扎罗成了朋友，他们目前正在合作，他们的队友还有亚马孙人阿尔忒弥斯。虽然红头罩和我时有分歧，但我们仍会不时交换意见。我希望他的新团队能让我接触到我以前不了解的资料。

如果情况有变，我们不得不再次与比扎罗战斗的话，对超人采取的许多预防措施应该对他的克隆人同样有效。虽然在某些方面有所"反转"，但比扎罗的任何化身仍然是氪星人。在我与卢瑟最初的克隆人进行的短暂较量中，比扎罗显然对我的氪石戒指有敏感反应。由此可知，新的比扎罗也会受到氪石的影响，并且可能和超人一样容易受到某种红日辐射的影响。

莱克斯企业

第13子级　　联合项目　　主题B-ZERO

抄本

莱克斯·卢瑟：这可能是徒劳的，因为从每一项评估来看，你仍需要五年的时间来发育，但重申一下，我是莱克斯·卢瑟，我是你的创造者，你被设定为服从我的每一个命令。明白了吗？

B-ZERO：呃？

莱克斯·卢瑟：是的，在我们开始之前，我计划测试一下你的决策能力。一个简单的"是"或"否"就足够了。你明白吗？

B-ZERO：呃。

莱克斯·卢瑟：我想这和我要听到的"是"差不多了。很好，开始吧。你看到一枚相当大的导弹正在与大都会相撞，它正直奔星球日报社。你要做什么？

B-ZERO：呃？

莱克斯·卢瑟：你要是能阻止导弹就咕哝一声。如果你要让它撞到大楼，就保持安静。

B-ZERO：呃。

莱克斯·卢瑟：嗯，如果我告诉你不要阻止那枚导弹呢？如果我告诉你让它击中目标呢？这是你主人的愿望。那你会怎么做？

B-ZERO：……

莱克斯·卢瑟：有意思。如果我命令你，你就会让它撞上大楼？那里的所有生命都会因为你的不作为而被毁灭。如果你同意，保持安静。

B-ZERO：……

莱克斯·卢瑟：你可能比我想象的更成熟。你还算不上我希望克隆出的超人，但也许你还是可以完成交给你的任务。

B-ZERO：呃！

莱克斯·卢瑟：太好了。充满年轻的热情，至少在这一点上你和氪星人一样。我们开始吧，好吗？

抄本结束

考虑到卢瑟想要制造一个"更优秀"的超人，他有可能在未来的尝试中努力降低克隆体对氪石的敏感性。我希望他病态的急躁情绪会继续干扰他的努力。

冰霜杀手

凯特琳·斯诺博士在星球实验室的北极前哨站工作，负责研究一部强大的热力学引擎。当时犯罪组织蜂巢（H.I.V.E.）的特工试图摧毁她的工作成果，她被困在机器里。绝望下，她故意破坏了冷却系统，让自己接触到一种化合物。这种化合物使她的皮肤变成冰蓝色，并赋予她一种能力——吸收热量并将其转化为低温压力波。

意外发生后，斯诺博士只要动个念头就能让物质冻结，还能凭空制造寒冰并发射寒冰弹。然而，她的新能力伴随着沉重的代价。众所周知，像普通人类需要食物一样，冰霜杀手需要热量，特别是生物的热量。这种强烈的饥饿感使她夺走了许多无辜者的生命。终于，她将目光投向超级英雄火风暴，试图彻底吸收其生命能量。

冰霜杀手对低温现象有着绝对的控制力，她可以用任何肢体发动低温攻击，只不过她一般喜欢用手。她还能引发足以同时杀死多个受害者的冰风暴。

下一步研究计划：将超人的冻结呼吸和冰霜杀手呼出的致命冷气进行比较。冰霜杀手的能力会不会更强大？

只要动个念头，冰霜杀手就能控制水蒸气，从稀薄的空气中生成冰和雪。

冰霜杀手的嘴唇甚至也能作为致命武器。她可以用亲吻即刻冻死目标，或者在她的控制下，使对方体温过低、心脏骤停或冻伤。

重要：治疗冰霜杀手的受害者时，要特别注意那些表现出"垂死钻穴"行为的人。那些因体温过低而濒临死亡的人通常会恢复原始的本能，试图把自己藏在很小的空间里，就像冬眠的动物一样。

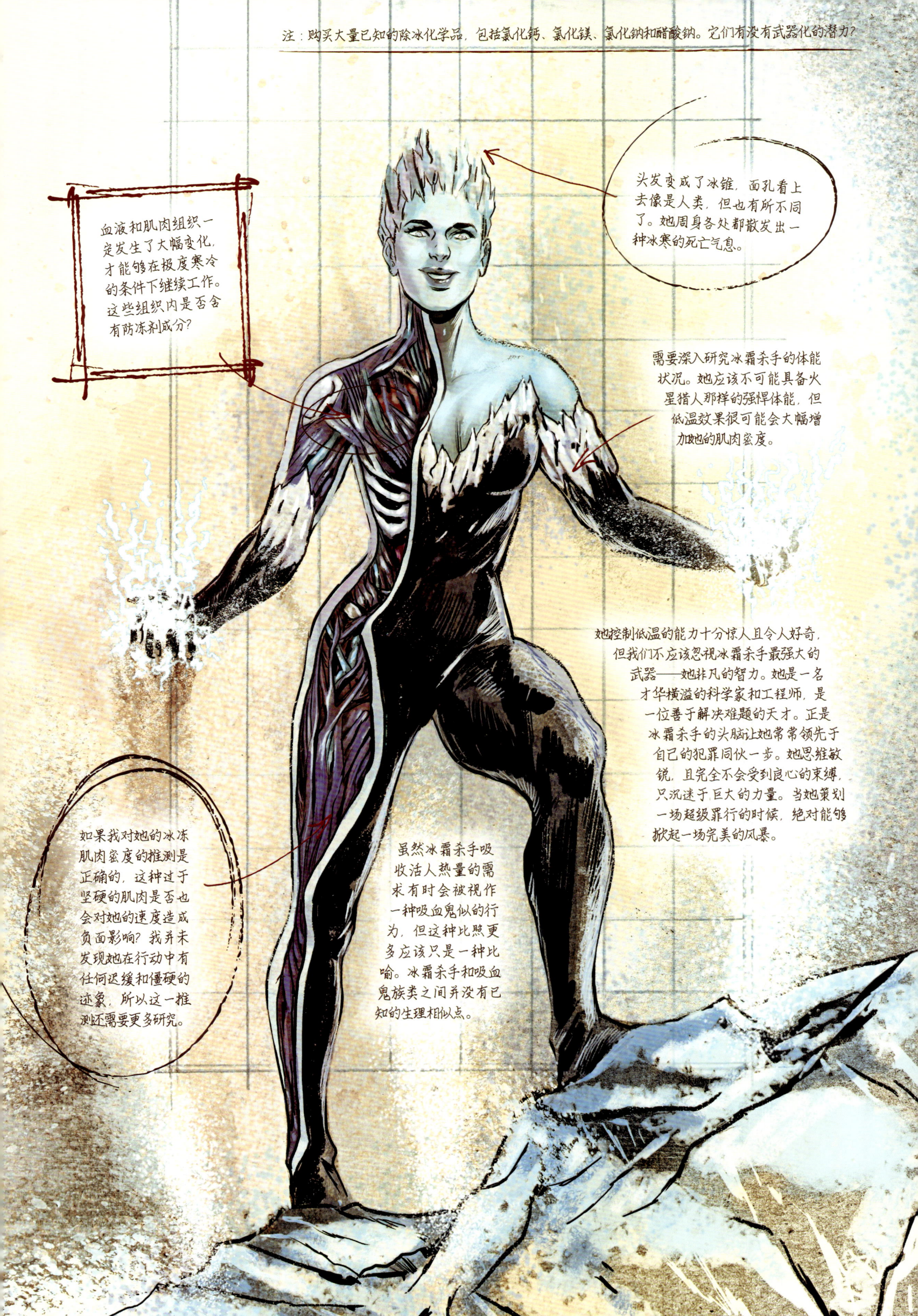

她是如何把受害者的热量转移到自己身上的？这一点很令人费解，而这似乎与她的冷投射能力完全相反。

冰霜杀手身体各部位应该在细胞层面发生了变化，每一个系统都要完全重新配置来维持她现在的状态。

用手指发动攻击让冰霜杀手能够同时发射多股冰流，并极其精准地控制其流向，令其造成最大的伤害。她似乎能在不损坏衣料的情况下透过衣物运用能力，不过我还不知道她身上穿的是不是能够抵抗她的冰流的耐低温衣物。

星球实验室

科技前沿研究

阿尔蒂克前哨站（第72号前哨站）

损坏报告（见相关文件：凯特琳·斯诺博士）

迈尔斯·摩根博士

星球实验室

大都会区

情况恐怕比我们想象的还要糟。尽管由于某种原因，它并未在"事故"中完全爆炸，但自持型热力学超导发动机（日志中简称热超导机）却被完全摧毁了。如果没有凯特琳·斯诺博士和她前任的笔记，恐怕这台机器再也不会有运转起来的希望了。

斯诺的同事——约瑟夫·诺兰博士、莎拉·维埃拉博士、托比亚斯·托马斯博士和丹尼尔·爱德华兹博士的尸体已经找到。维埃拉博士似乎被几个巨大锋利的冰块刺穿，而诺兰博士和托马斯博士则是被冻死的。他们的尸体看起来枯萎而毫无生气，状况与我所见过的任何冰冻过程都不相同。

考虑到斯诺博士的情况，可以推测这位年轻的科学家是实验室事故的受害者。正是这场事故导致她变成了她所自称的冰霜杀手，那名超级恶棍。其余死者的异常情况应该和她的特殊能力有关，但她的动机仍然是个谜。

总体来说，我建议完全关闭72号哨所，财政团队这些年来的努力也终于算是成功了。虽然热超导机的意义是无法估量的，但事实是，它只能被视为一个废弃的项目，现在一切都要从零开始了。

我的建议是彻底终止。

斯诺博士接触到的神秘冷却剂一定很快就穿透了她的外层皮肤。

也许冷却剂是由二甲基亚砜（DMSO）辅助的，因为二甲基亚砜的溶剂性质和高沸点很适合试验机的需求。

热力永动机的管道破裂使得斯诺博士发生了转变。

化学暴露

我们知道，斯诺博士研究的发动机是为了"打破"传统物理定律。斯诺的前任林肯博士正在研究通过热力学传导的永动过程。热力发动机通过冷却过程将热量转化为机械能。林肯博士正在试验一种物质的样品，这种物质被发现具有水的冷却剂特性，其复杂的化学组组成类似于传热流体。在这种情况下，它是一种能够自我激活实现低温的液体———一种可以匹配和对应任何热量水平的防冻剂。

据推测，林肯博士希望这种化学物质的自我激活能力能够在她的试验机器中进行无限循环的传导动作。当斯诺博士将自己暴露在这种活性液体中时，她自己成了试验对象。最终，她变成了冰霜杀手，一个从其他生物身上吸热生存的活人，而那些被她吸收热量的人都死于低温休克。

生理变化

斯诺博士的外部生理学变化是剧烈而极端的。她的皮肤变成了一种苍白、冰冷的蓝色，她的头发变成了一撮冰晶。冷却剂和爆炸的同时作用一定瞬间改变了她的细胞基质，可能是刺激她的细胞生成低温保护剂，那是一种保护生物组织不受冷冻损伤的物质。据推测，这种化学物质——可能是乙二醇或甘油——会使她的皮肤染上寒冰的颜色。

她的内部生理也同样发生了翻天覆地的变化，她的身体似乎被完全重塑。她的体温达到了冰点，使她在热成像中显示为一个黑点。她身体周围的环境温度可能在-30°C到-40°C之间，同时，她可以通过触摸来控制温度，并且可以冷冻活组织（液氮对人体也有类似的作用）。

为了让斯诺在这场剧烈的变化中活下来，她体内系统的协同方式必须彻底改变——并且立刻改变，否则必然会发生系统性的崩溃。我的理论是：在人类冻死之前，他们的外周血管会扩张，将血液输送到皮肤和四肢，这是防止冻伤的最后一个机制。如果冷却剂已经渗透了斯诺被冻结的皮肤，那么突然的血液灌注和血管扩张可能会将这种有自我激发效应的冷却剂吸入她的血液中，其剂量足以立即蔓延到她的大部分脏器系统中。她的心脏、大脑、肺和大部分肌肉组织明显存活了下来，尽管可能部分已经凝固。但如果无法取得这种超级冷却剂的样本来进行研究，也无法准确复制改变斯诺博士的那场爆炸，我的推测便只能是推测。

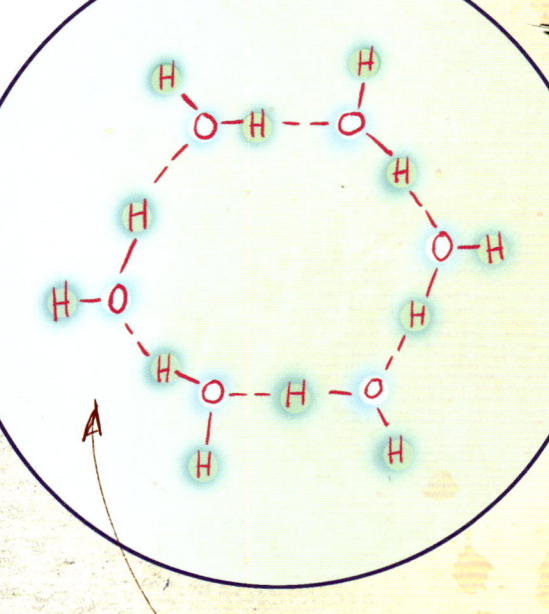

人类有很强的耐受力，但是他们的内部系统很脆弱，很容易被破坏。冰霜杀手体内维持生命所必需的数以百万计的复杂化学过程到底是如何发生了如此剧烈的变化，却又没有导致她的死亡？

受到某种低温保护剂保护的组织是什么？
这种物质的化学成分到底是什么？

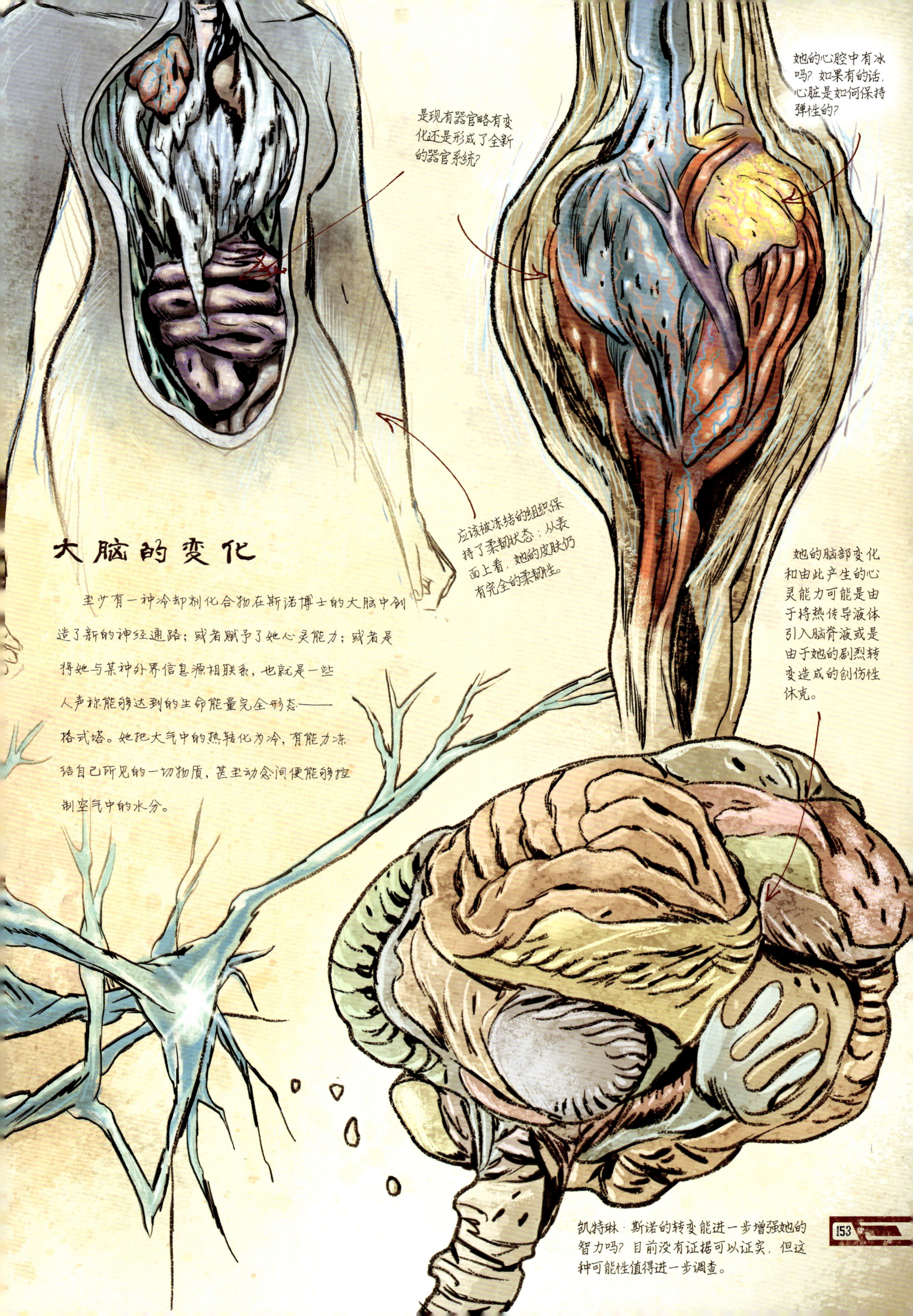

冷冻机能

虽然我的标准蝙蝠战衣的强化区域足够坚固，能够抵挡冰霜杀手的大部分冰弹攻击，但战衣上装甲略显薄弱的区域还是有被突破的可能。这一缺陷需要加以解决。

冰霜杀手可以从空气的水分中收集并冻结水分子。水是一种极性分子，能吸引其他正负电荷，这就是水分子聚集在一起的原因。看来，冰霜杀手的身体变化让她能够在体外产生分子电荷，以此收集空气中的水分子，并使其凝结和冻结，生成冰弹。除了用冰保护自己以及用冰来减速和阻止攻击者之外，她制造的这种冰块抛射物能够以惊人的力量射向对手。

考虑模拟分离特定分子的机械方法？

通过心灵能力或某种诱导作用将水分子与空气分离？

冰霜杀手的冰盾有多坚固？一米余厚的冰足以阻挡小口径武器射出的子弹。若是其中融入她身体分泌的某种未知物质，冰盾甚至能令她在任何轻武器的攻击下毫发无伤。

制造攻击性的抛射物时，冰霜杀手倾向于简单的串联冰柱。不过她也可以造出更复杂的冰结构，包括冰刀和戳刺型武器。

例如，将木屑与水结合，然后冷冻混合物，就形成了复合材料Pykrete，这种复合材料具有混凝土的许多特性，可以有效地防御枪炮袭击。

冰霜杀手从别人的体温中汲取力量的能力,是否与乔舒亚·迈克尔·艾伦(又名寄生魔)的吸能能力有一定的相似之处?无论如何,我应该对艾伦进行进一步的研究,因为他的能力既有趣又可能致命。

吸热

与急冻人这样擅长在寒冷环境中行动的超人类不同,热能不会伤害冰霜杀手。她的能力是转化能量,所以热能反而会为她提供更多能量以供吸收和使用。不过,只有来自生命体的热能才能给她提供能量。没有这种"生命"热量,她甚至会感到饥饿,产生肉体上的痛苦。

她对"生命"热量的持续需求正是她被超人类火风暴吸引的原因。拥有核能生命基质的火风暴可以不断产生冰霜杀手生存所需的热量。她从一个普通人身上获得的全部热能只能勉强维持她一天的生存所需。而从火风暴体内吸收一次能量爆发,就可以满足她长达一周的热能需求。

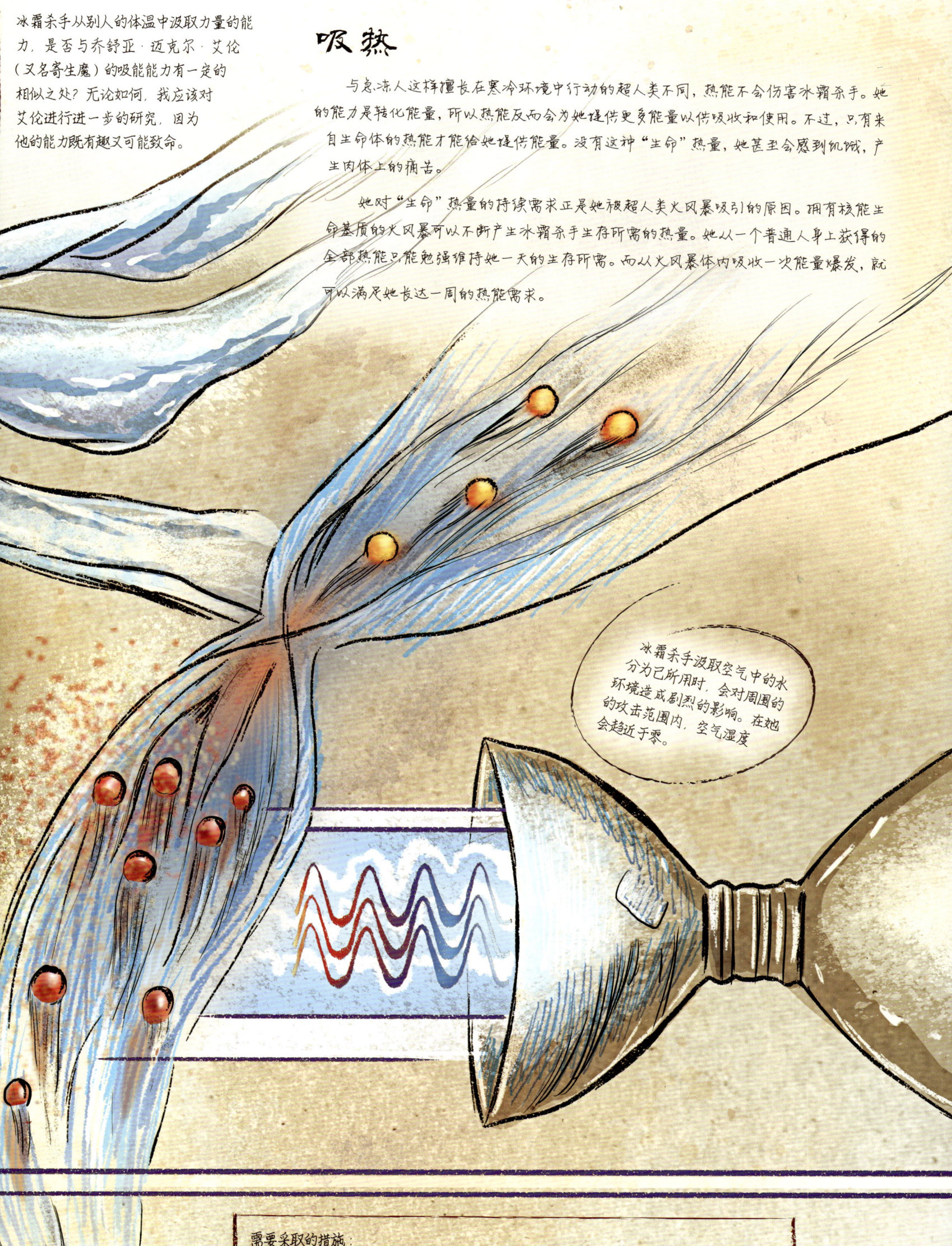

冰霜杀手汲取空气中的水分为己所用时,会对周围的环境造成剧烈的影响。在她的攻击范围内,空气湿度会趋近于零。

需要采取的措施:
火风暴的介入无疑对这项研究助益甚大。合作的程度可能取决于目前火风暴矩阵中的是谁。

如前所述，超级恶棍急冻人有着与冰霜杀手相似的能力，他还可以将低温和寒冰武器化。在一次实验室事故中，维克多·弗里斯的体温下降到-5℃，他因此获得了特殊能力。同时，他不需要外源性热能就可以施展冰霜杀手那样的能力。实际上，他和冰霜杀手恰恰相反：他的主要弱点是不能暴露在温暖的环境中，这迫使他穿上了一套冷冻服，这样他才能在阿卡姆精神病院的低温牢房以外生存。冰霜杀手以热能为食。和急冻人不同，她不需要任何外部技术的支持。维克多梦想能成为冰霜杀手那样的人形兵器。

急冻人声称他的情绪因为肉体的转变而趋于迟钝，冰霜杀手则似乎因为身体变异而变得更加精绪化。以往那种精神上的冷静常常会彻底从她身上消失，取而代之的则是分析的冷静常常会彻底从她身上消失，取而代之的则是对暴力的热情。

有趣的是，冰霜杀手和急冻人都拥有超高智力。这其中存在相关性还是纯粹的巧合？

尽管这两个生物都和寒冷有关，但冰霜杀手的转变赋予她的力量远远超过了急冻人的技术。

在评估冰霜杀手和急冻人对低温操控能力的相似性时，分析师有可能得出过于简单的结论。幸运的是，他们的差异更容易被发现。最值得注意的是，冰霜杀手对自己的精神状态有较强的控制力，而急冻人则明显表现出一些严重的精神疾病迹象，包括高度强迫性行为和夸张性妄想。

冰霜杀手穿上急冻人的低温服反而会失去能力，她需要热量才能生存。

急冻人需要一套低温服来维持他的超低体温。

给予急冻人冷冻能量的低温液体似乎也减缓了他的老化过程。有没有可能冰霜杀手遭遇的事故在赋予她特殊能力的同时也对她的新陈代谢产生了类似的影响？

下一步研究计划：交叉比较冰霜杀手和急冻人的调查结果，以及与伦纳德·斯纳特（又名寒冷队长）有关的所有可用数据。

弱点

要打败从高温中获得力量的冰霜杀手，寒冷反而可以成为强有力的武器。任何生物都可以被推到一个温度极限，在那里，他们不能再有任何动作，而冰霜杀手一定已经接近了这个极限。如果她因为无法获得热能而感到痛苦，那么更多的寒冷就会使她丧失能力。急冻蝙蝠镖由急冻人的冷冻技术发展而来，应该是对付冰霜杀手的有效武器。

下一步行动计划：
优先考虑渗透蜂巢组织，对其特工进行高压审问。考虑到该组织和冰霜杀手之间长久以来的敌意，他们很可能掌握着关于冰霜杀手能力的宝贵情报。

要战胜冰霜杀手，最明显的方法是将其隔绝于低温环境中。只要失去了热量，她的力量就会衰竭。

冰霜杀手和普通人一样容易受到物理攻击。可以通过击晕或绑缚等手段让她失去行动能力。战胜她的诀窍是在她释放冰弹或夺走你的热量前抢先对她发动攻击。制造寒冷效果的武器会对她造成身体痛苦，为你争取到几秒钟时间，让你靠近她，从而有效地结束战斗。从长远来看，更好的解决办法可能是研究火风暴的能量，并尝试在实验室条件下复制它。最终，这或许能让斯诺博士完全摆脱目前的状态。虽然这不能为她的作为辩解，但成为杀手并非她的意愿，她只是在错误的时间出现在了错误的地方。我相信若是有机会，她一定乐于摆脱冰霜杀手的身份。

远距离进行液氮轰炸可能使她长时间丧失行动能力，为捕获她创造机会。我有多个特殊手榴弹项目正在进行中。

结论

写这份报告的时候，我忍不住怀疑这些研究是否足以应付那些可能会到来的危机。数年的科学钻研是值得的——但也仅此而已。我还没有足够的数据来确切地阐释超人为何能翱翔于空中；诸神又拥有什么力量；大脑如何接收和放射心灵感应能量；是什么样的反常规律将沼泽怪物们的意识联系在一起。对此我有一些推测，但即使能接触到一些世界上隐藏最深的秘密机构的档案，它们能够提供的情报也非常有限。

毫无疑问，这份报告必须被隐藏起来。我的亲身经历让我明白，莱克斯·卢瑟和拉尔斯·艾尔·古尔这样的人能够如何滥用这种情报，制造出可怕的武器。

现在，超人类成了我们日常生活的一部分，我们对他们的了解日益深入。我们的星球已经变成人类和外星人、变神人和凡人的大熔炉。和我的父亲一样，我既是一个乐观主义者，又是一个愤世嫉俗者，虽然这些非人类的存在给我们带来了希望和诸多奇迹，但我也不得不做好最坏的准备。

本篇报告所涉及的研究是我们对这些异神生物在我们的物理世界中的活动机理的首次深入探寻，是理解"不可能"背后的科学逻辑的第一步，我相信在这几页报告的字里行间可能存在保护人类免遭毁灭的关键。这是我们完全理解超人类的起点。即使我的工作可能只是触及表面，但现在也只能如此了。

布鲁斯·韦恩

进一步研究的优先对象：

神奇女侠	泥脸
闪电侠	大猩猩格鲁德
布莱尼亚克	女超人
鹰女	人蝠
亚魔卓	金属人
所罗门·格兰迪	塑胶人
寄生魔	急冻人
塞尼斯托	寒冷队长

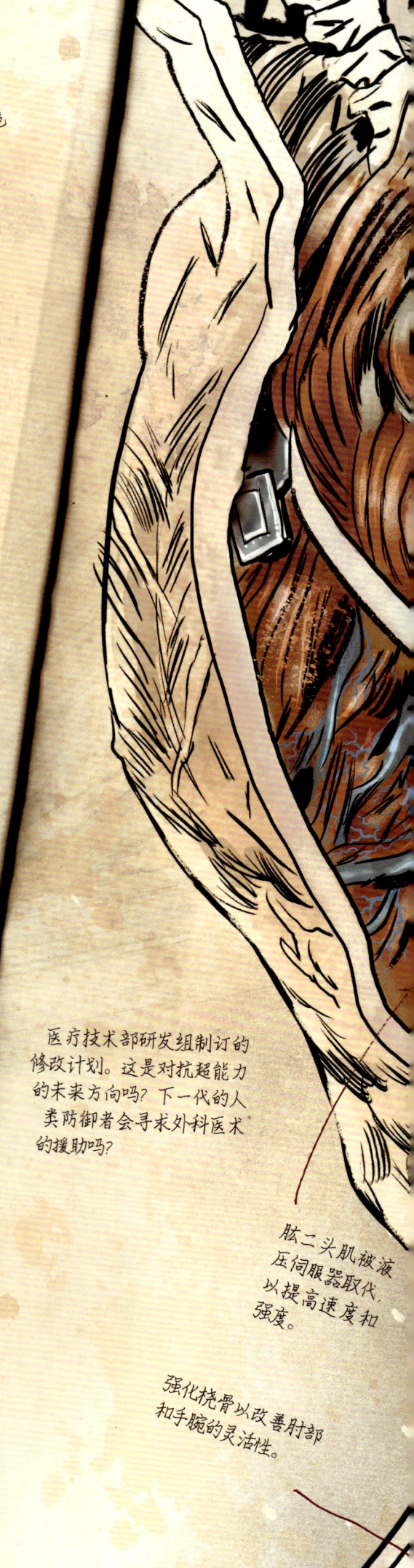

医疗技术部研发组制订的修改计划。这是对抗超能力的未来方向吗？下一代的人类防御者会寻求外科医术的援助吗？

肱二头肌被液压伺服器取代以提高速度和强度。

强化桡骨以改善肘部和手腕的灵活性。

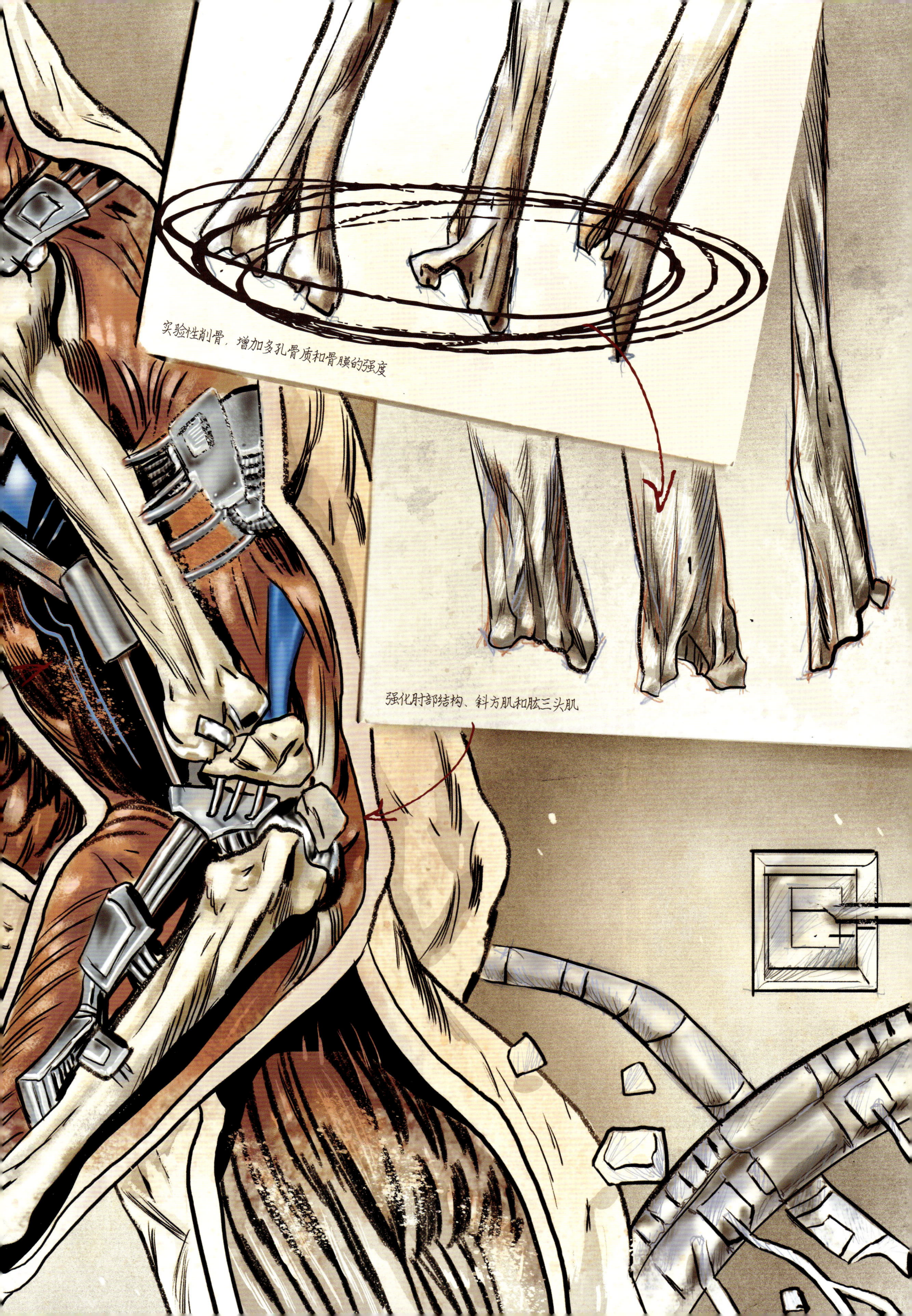

Copyright © 2019 DC Comics. All DC characters and elements © & ™ DC Comics. WB SHIELD: © & ™ WBEI. (s19)
Published by arrangement with Insight Editions, LP, 800 A Street, San Rafael, CA 94901, USA, www.insighteditions.com
No Part of this book may be reproduced in any form without written permission from the publisher.
© &™ DC Comics. (s19)
INED39380
著作版权合同登记号:01-2019-5416

图书在版编目(CIP)数据

蝙蝠侠手记:超人类绝密档案/(美)S.D.佩里,(美)马修·曼宁著;(美)明·多伊尔绘;李镭译.——北京:新星出版社,2019.10(2020.1重印)
ISBN 978-7-5133-3631-4

Ⅰ.①蝙… Ⅱ.①S…②马…③明…④李… Ⅲ.①科学幻想小说-小说集-美国-现代 Ⅳ.① I712.45

中国版本图书馆 CIP 数据核字(2019)第 148481 号

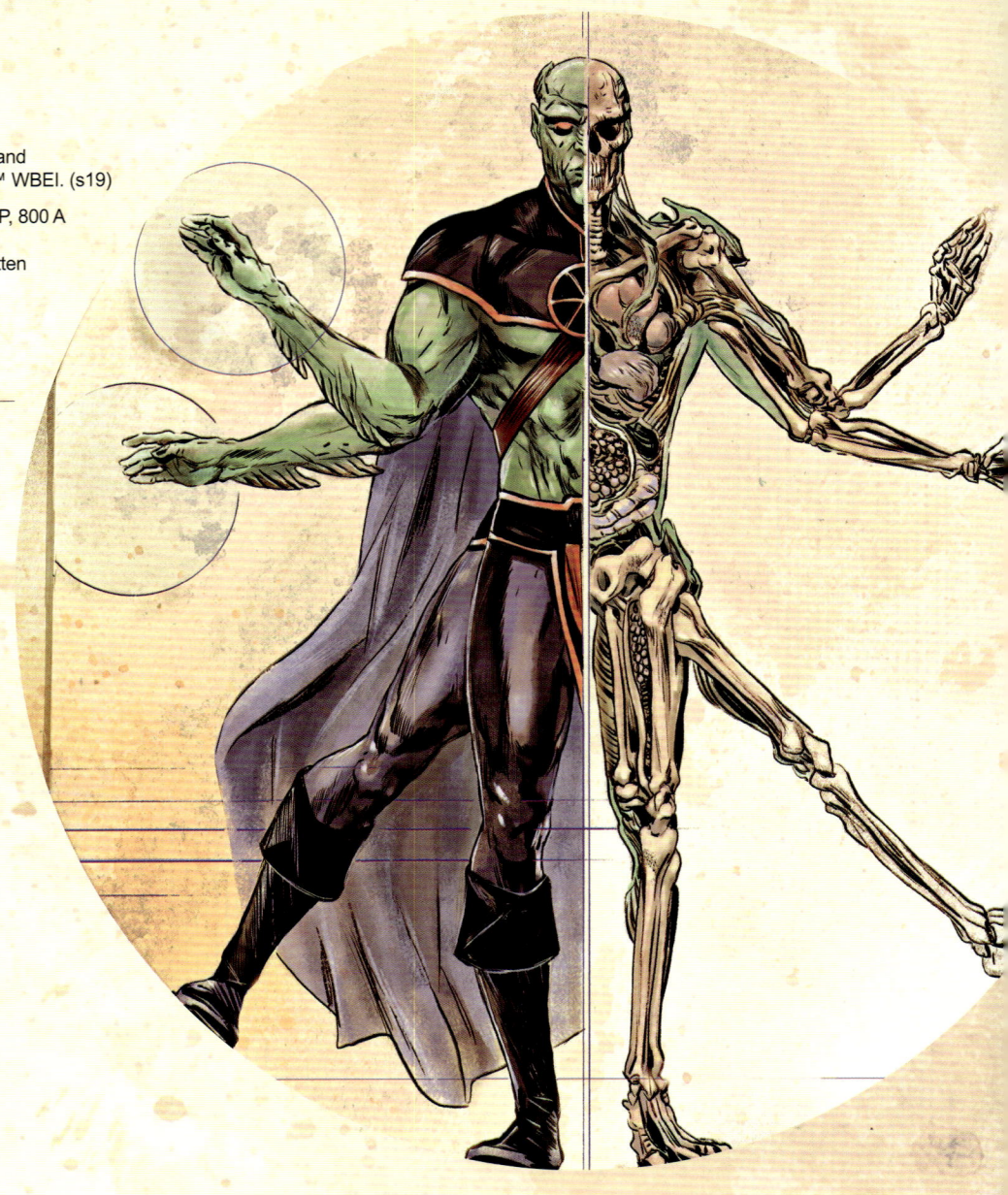

蝙蝠侠手记:超人类绝密档案

[美] S.D. 佩里　[美] 马修·曼宁　著
[美] 明·多伊尔　绘　李镭　译

责任编辑: 汪　欣
责任印制: 李珊珊

出版发行: 新星出版社
出版　人: 马汝军
社　　址: 北京市西城区车公庄大街丙3号楼　100044
网　　址: www.newstarpress.com
电　　话: 010-88310888
传　　真: 010-65270449
法律顾问: 北京市岳成律师事务所

读者服务: 010-88310811　service@newstarpress.com
邮购地址: 北京市西城区车公庄大街丙3号楼　100044

次元书馆

印　　刷: 北京美图印务有限公司
开　　本: 710mm×1000mm　1/8
印　　张: 20
字　　数: 74千
版　　次: 2019年10月第一版　2020年1月第二次印刷
书　　号: ISBN 978-7-5133-3631-4
定　　价: 168.00元

出版统筹: 贾骧 宋凯
出版监制: 张泰亚
策划编辑: 李懿
特约编辑: 陈雅君
美术编辑: 张慧
特约校对: 王晔

版权专有,侵权必究;如有质量问题,请与印刷厂联系调换。